「先生、好きです……これから生きているうちになにがあっても、
俺にとって生涯で、一番の恋でした」

（本文より抜粋）

DARIA BUNKO

サヨナラ・リアル

朝丘 戻

ILLUSTRATION 問

ILLUSTRATION
問

CONTENTS

サヨナラ・リアル

恋する鳥は空を飛べない

うちの男子校には、美術準備室に長時間いると窒息死するという噂《うわさ》がある。

「……日が沈むまでここにいたら、先生と一緒に死ねるかな」

絵の具や本の匂《にお》いが充満する狭い室内に、金色の夕日がさしている。中央にある長机の端につっ伏した体勢で、その日ざしのなかにただよう無数のほこりを眺めていると、ふいにうしろから後頭部をはたかれた。

「吉沢《よしざわ》。ばかなこと言ってないで、ほらこれ」

目の前にばさっとノートを放られてまたほこりが舞いあがり、思わず身体を起こす。

美術部の日誌だ。部長の俺が書くことを義務づけられている、活動報告書のようなもの。

「しつこいようだけどな、吉沢。日誌には部活動中になにがあったかだけ書きなさい」

「そうしてます」

窓脇にあるデスクの椅子に腰かけた高岡《たかおか》先生が横目で俺を睨《にら》んでくる。口での反論はなにもなく、数秒間見つめあったのちに、先生は前へむきなおってなにやら仕事を始めた。

俺も日誌をひらく。

部長をひきついだ今年の春に新調されてから約五ヶ月。日誌は使用ずみのページがすっかりよれている。俺の報告の下に先生が緑色のペンでコメントをくれるのだが、おたがい下敷きをつかわないせいで筆圧でおうとつがついているのも原因だった。

『今日は水張りをしました。全員で好きな絵を描いて、来月の文化祭で展示する予定です。背中の羽を描かせてくれと何人かに頼まれて困りました。

先生、あのとき俺のこと呆《あき》れてましたよね』

昨日書いたこの報告の返事には、『ご苦労さまでした。文化祭まで時間もないので部長も部員の指導をお願いします』とある。いつもどおり個人的な質問は無視されていてそっけない。

鞄《かばん》からシャープペンをだして今日の報告を書こうしたら、「吉沢」とまた声をかけられた。

「日誌は持っていっていいから家で書きなさい。お疲れさま、気をつけて帰るように」

俺の座っている場所から、窓辺のデスクにいる先生はうしろ姿しか見えない。書類を忙しなくめくっているスーツの背中と、乱れた髪に、刻一刻と色を変えていく夕日が斜めに降りて、明るく照らしている。

無言の、絶対的な拒絶を感じる。

「例の噂のこと、心配してくれてるんですか」

違うとわかっていて、それでも訊《き》いた。

「噂？　なんだそれ」

……やっぱり。

「この部屋にいると窒息死するらしいって、みんな言ってますよ」

「あー……そういえばそんなのあったな。毎日ここで仕事してぴんぴんしてる俺も、そのうち死ぬのかねえ」

嘲《ちょう》笑《しょう》まじりの返答のなかで〝死〟という単語だけが不穏に響いた。

「先生が死ぬときは、俺も一緒にいさせてください」

ちら、と半分だけふりむいた先生が、辟易《へきえき》したように目を細める。

「おまえらはなんでそう死ぬ死ぬ言うのが好きなんだか……格好いいと思うの？　わけわからん方向に熱いよな」

二十八歳の先生と十七歳の自分のあいだに、厚い壁をはられたのがわかる。

「俺は学校の縛りがないところへ先生といきたいだけです」

「ばかな話はそこまでにして帰りなさい」

先生の視線が一瞬、俺の背中の羽にうつった。

「天国だろうと地獄だろうと、吉沢とはいかないよ」

再び前をむいて仕事を再開した先生が、目で見ているより途方もなく遠くにいる気がする。追えば追うほど遠のいていくことは、もう承知していたのに。

「でも、先生がいる場所は俺にとって天国なんです」

心が安らぐ唯一の場所。一年前から、お世辞も嘘《うそ》も愛想笑いも必要ない、正直な自分でいられるのがここだけだった。

「何度も言うけど、」と先生が重く長いため息を洩《も》らす。

「吉沢は部長だし、部の仕事がてらちょっとガス抜きにくるのはかまわない。ただ、それ以上の期待には応《こた》えないからな。わかっておけよ」

冷然と言い放つ先生の艶《つや》のあるうしろ髪を見つめて、奥歯を嚙《か》みしめる。先生の前で自分は無価値な子どもで、大勢の生徒のなかのひとりにすぎない。

「……日誌だけ書かせてください」

声を押し殺して頼んでも、「日誌だけな」と淡泊《たんぱく》にあしらわれた。

深呼吸して、胸の痛みが落ちつくのを待ちながら芯の先をノートにつけた。今日あったことをふり返る。

――なんか九月なのに風冷たくて、急に冬みたいじゃね？　外いって描くのだりぃな～……なあ真白《ましろ》、やっぱおまえのこと描かせてくんない？　羽綺麗で絵になるしさー。

――ずりーぞ、俺も真白描きてーわ。羽って天使ちゃんって感じでいいよなあ～。ははは。真白ぉ、どうしても駄目？

囃《はや》したてられて、俺は『悪い、遠慮しとくよ』と苦笑したんだったか。

笑いながら迫ってきたふたりは同級生だが美術科の生徒で、普通科の俺はクラスも違うからどんな性格なのかほとんど知らない。冷やかしともとれるああいう態度に愛想よく返して波風たてずにすませるのは、他人とつきあっていくうえで当然のことだと思う。なのに内心苛々《いらいら》して、ときどきひどく息苦しくなる。

――寒いんなら防寒していけばいいだろ。しつこいと嫌われるぞ。

さりげなく助け船をだしてくれたのは先生だった。

『今日も文化祭の絵の続きを描きました。外へ写生にいく部員が多く見受けられます。F15号の大きなキャンバスはなかなかの強者《つわもの》で、完成まで時間もかかりそうです。みんな美術科の生徒だから、なかには「授業とおなじで飽きる」と愚痴《ぐち》る人もいました。来年は絵の展示じゃないほうがいいかもしれません』

「高岡先生は、文化祭でなにをするんですか」

文字を書く手をとめて訊《たず》ねてみた。

「ああ、今年もクラスの出店手伝うよ。焼きそばだったかな。あとは見まわりと」

「去年はたこ焼き、先生が作らされてましたね」

「生徒がさぼるからな」

「またいきますね」

書類をおいて書きものを始めた先生が、左手で後頭部を掻《か》いた。

「吉沢はどうしてそうなっちゃったんだろうな……」

「そうってなんですか」

問い返しても、何事もなかったかのように仕事を続ける。

〝どうして教師に惚《ほ》れたりしたんだろうな〟という意味なんだろうが、自分から恋愛話をふったくせにこちらが踏みこもうとすると黙《だん》まりを決めこむ先生が憎い。

「先生がたったひとりの理解者だからです」

しかたなく自分からこたえた。

「安心しろ。吉沢をわかってくれる奴ならこれからも何人だって現れるから」

「一番初めに会った先生に意味があるんですよ」

訴えたら、「あのな、」とうんざりしたように制された。

「〝理解されて嬉しい〟っていうのは、イコール〝好き〟じゃないんじゃない？」

「え」

「吉沢が好きなのは要は自分なんだよ。自分を理解して愛して可愛がってほしいだけ」

「違います俺は、」

「なに?」

「俺は……」

反論したってきっとまた無視される。歯嚙みして言い淀むと、先生は喉《のど》で小さく笑った。

「もし万が一、卒業して五年経ってもいまとおなじ気持ちでいたならもう一回おいで」

先生の声音は、俺が絶対に戻ってこないと信じきっている響きをしていた。こっちを見ようともしない背中を照らす日ざしが、薄暗く沈んでいく。

ペンを握りなおして、いま一度日誌に文字を書きつづった。

『何年経っても先生を忘れることはありません。ずっと好きです』


一軒家の自宅の低い門扉をあけて玄関へいくと、その音を聞きつけた母さんは毎晩俺をむかえに飛んでくる。

「真白、おかえりなさい。今日も遅かったね、部活動?」

「うん、ただいま」

「美術部、楽しいの?」

靴を脱ぐ俺の顔色を注意深くうかがって、不安げに訊いてくるのは母の常だ。

「楽しいよ。今日も文化祭のために絵を描いた」

にっこりと母親にまで愛想笑いをするようになったのは、いったいいつからだっただろう。

「そう、楽しいんならよかった。夕飯できてるから、着がえて手洗ってらっしゃいね」

母は過保護で、俺がいじめに遭ったり傷ついたりしていないかと危惧《きぐ》し続けている。獣人なんてほかにも大勢いるよと説得しても警戒心をとかない母に反し、父のほうは自分の母親に羽が生えていたことや犬属の友人がいることで楽観してくれているから救われる。

真白、という名前も、俺の背中の羽にちなんで母がつけてくれたものだと聞いている。真白。なにも書かれていないノートのページじみた虚《むな》しさが、本当はあまり好きじゃない。

二階の部屋へ入って姿見の前に立ち、羽の下のチャックをふたつおろして制服を脱ぐ。チャックをあけてしまうと、どちらが前かうしろかわからないほど生地がばらばらで無残な見た目になる。

制服も普段着も、自分の羽の位置にあわせて切りこみを入れてもらわなければ着られない。調整が複雑で時間を要するから不便なうえに、通販の服やアーティストがつくる限定Tシャツなどは無論買えず、諦めることにも慣れている。糸がほつれると、縫いあわせてくれるのは母だった。『……服買うの面倒だから嫌い』と小学校三年生のときにぼやいて母を泣かせて以来、そんな本音を言うのもやめた。

満員電車では周囲に煙たがられる、睡眠時も一定の姿勢しかとれない、傷むと見窄《みすぼ》らしい、そのくせ〝綺麗、素敵〟と執拗《しつよう》にもて囃される。そもそもこの羽は空を飛べるものでもない。ただの邪魔で厄介《やっかい》な代物だ。

「……ごめんなさい」

こんな身体に生まれなければ、母さんにも余計な世話や心労をかけさせなかったのにな。

初対面の人間が第一声で『真白君綺麗だね』と褒《ほ》め称《たた》えることに幼少期から違和感を覚えていたが、〝羽と自分の人格はべつだ〟と決定的に理解したのは小学二年生のころだった。仲よくしていた友だちが陰で『真白といると自慢になるよな』と嗤《わら》っているのを見た。

勉強を教えてくれたり逆《さか》あがりの練習につきあってくれたりするいい奴で、一番の友だちだと思っていたのに、『羽って女子にも人気だもん。一緒にいると俺までモテるぜ』と喜ぶそいつにとって俺は単なるコマでしかなかった。

信用できる親友をつくろうと努力してもみたが、うまくいかないまま中学では逆に孤立した。色気づいてきた女子が『羽の彼氏って憧れるなあ』と誘惑めいた素ぶりを見せてくるにつれ、男子に嫉妬《しっと》されるようになったのだ。

——おまえはいいよな、外見でモテるんだから。

恋愛は外見だけじゃないだろ、と苦笑いしながらも辟易した。

自分の評価は常に羽で、人格じゃなかった。好かれるのも羽なら嫌われるのも羽、つきあう価値があるかどうかジャッジされるのも羽。人格を見て対等に扱ってくれる人間が探しだせず、誰も信用できないから心もひらけない。他人にも自分にも失望したまま卒業した。

高校へ進学してからは周囲とただ穏便に接し、よく言えば博愛主義、悪く言えば淡泊、という曖昧《あいまい》なスタンスを保って諦観していたころ、高岡先生と会った。

——おまえ心の底から笑ったことある？

文化祭で休憩時間が一緒になったクラスメイト数人と、高岡先生のクラスの出店へいって羽を褒めそやされたときだった。

——普通科二年の吉沢だよな、愛想笑いひきつってるぞ。美術科の奴らはおまえみたいなのにすぐ食いつくんだ、嫌なら言ってやって。我慢することないからな。

ともするとこれまでも何人かにはばれていたのかもしれないが、己のうちに秘めてきた嫌悪を暴かれた挙げ句、思慮をむけられたのは初めてで、複雑な恐怖と期待に襲われた。

文化祭が終わっても忘れられず、先生が顧問をしている美術部へ見学にいったのが三日後。普通科で美術部に入る生徒は皆無で、先生も『珍しいな』と目をまるめていたし、部員もみんな訝《いぶか》しげで完全アウェイだったものの、先生は木彫りのコースターづくりに参加させてくれた。

芸術に明るくもなく、彫刻刀を触るの自体小学生の図工の授業以来で、不器用きわまりない俺が案の定掌《てのひら》を切ったら、先生は急いで止血して保健室へつれていってくれて、

——天使の血も赤いんだな。

と、俺の手に包帯を巻きながら苦笑した。

ばかにされたとは思わなかった。優しい目で安堵《あんど》したように笑った先生は、俺のことも安心させるために冗談を言ってくれたんだと悟った。その瞬間、美術部へ入部することを決めた。

そして、これは自分の初恋だとはっきり自覚した。

笑いたいです、と俺は思わず縋《すが》っていた。

——先生俺、心の底から笑いたいです。

先生に指摘されて、小学生のとき友だちだと信じていた相手と絶縁して以来、かけ値なしに笑った記憶がなかったことに気づいてしまったから。

——ばか。怪我して笑う奴がいるか。

でも先生が怒って顔をしかめたものだから、その拍子に笑ってしまった。たしかにそうだ。自分は怪我をして応急処置してもらっていたんだった。

笑う俺に呆れた先生は、手当てを終えて部室へ帰る道すがら、

——辛いなら、まずは趣味を見つけてみたらどうだ。好きなものができれば自然と笑えるようになるよ。そこから他人との輪もひろがっていくだろうし。

と諭《さと》してくれた。文化祭でかわした会話を先生も憶《おぼ》えていてくれたんだ、と思った。

——好きなものならできました。

俺はそうこたえた。

「——こら吉沢っ」

洗っていた手を横からひっぱられて、我に返った。

「おまえなんで水で洗ってるんだ、手が真っ赤じゃないか」

高岡先生だ。

「冬場はお湯で洗うと荒れるんで、水で洗うようにしてるんです」

「あー……なるほど、おまえなりの知恵なわけね。でもかじかんでちゃ意味ないだろうが」

ほどほどにしなさい、と叱《しか》る先生が俺の手に絵の具で汚れたタオルをくれた。綺麗になるのか謎なそれで掌を拭いつつ、先生の左の掌にも意識を奪われる。

「先生はどうしたんですか、その手」

包帯が巻かれている。

「ああ、さっき準備室で探しものしてたら怪我したんだよ」

「まさか、あの噂の祟《たた》り、」

「ンなわけあるか」

凝視する俺の視線から逃げるように、先生が左手を身体の横に隠して離れていく。

「身体には気をつけてください」

「はいはい」

痛々しい包帯がちらつくのを尻目に、俺もキャンバスの前へ戻った。冷えた手で筆を持つ。

「吉沢、昼休みまでこんなところにいていいのか。淋しいだろ、ひとりぼっちで」

椅子に座って筆に絵の具をつけ始めると、先生が窓をしめながら訊ねてきた。

「文化祭の絵、描きたいんです」

「間にあいそうにない？」

「いえ、つくりかけのものがあると落ちつかないっていうか。終わるまで、なにかに追われてるような気分になって嫌で」

「ああ。授業中も絵のこと考えちゃうか」

「あ、いや、勉強はちゃんとしてますよ。ただ頭の隅にひっかかってるだけです」

相手が教師なうえに好きな人だと言葉選びに気をつかう。

先生はすべての窓をしめ終えて、唇《くちびる》に微苦笑を浮かべながら近づいてくる。

「吉沢はここを描いてるんだな」

　キャンバスにあるのはあやふやな輪郭の下絵に色がのった、部室兼美術室だった。

「大事な場所だから決めました」

昼間の陽光が隙間《すきま》なく満ちた室内には、木製の長机と椅子、水場のほかに、石膏像や未使用のイーゼルが綺麗に整頓しておかれており、壁には美術科の卒業生がおいていった絵が数点飾られている。物が多いのに雑然としていないのは、高岡先生の性格も関係しているんだと思う。先生と過ごせる、先生の気配が濃い場所。

「そう」

たったひと言の相づちには、素気《すげ》ない軽さがあった。

「絵を描くのは好き?」

右うしろに先生がきて続けて問うてくる。俺は筆を持つ手が震えないよう慎重にこたえる。

「うまいとは思えないけど、好きです」

「そうか。吉沢は進学クラスだし、勉強の息抜きのつもりで楽しんで描いてほしいな。締め切りで焦《あせ》らせてるなんて諏訪《すわ》先生にばれたら、俺が怒られる」

諏訪先生はうちのクラスの担任だ。

「ちゃんと楽しいです」

「ン。絵以外になにかしたいことはあるか? 日誌にも書いてたよな」

「俺は絵に不満はないですよ。でも、また木彫りの小物もつくってみたいです」

「おまえに彫刻刀は二度と持たせないよ」

先生の声がしかめっ面をしていたので、表情を見たくてふりむいたら予想どおりの苦い顔をしていた。俺は笑ってしまう。

怪我をしたとき先生が手近にあったタオルで瞬時に止血してくれたのを想い出す。驚いて動揺したり、判断力を失ったりは一切せず、タオルで俺の手を押さえたまま『保健室いってくるから』と部員に告げてこの美術室をでるまで、五分とかからなかった。

この人は教師の責任を心の底にしっかり刻んでいる人なんだ、と確信した瞬間だった。

その後木彫りのコースターは、中央に大きな星をかたどった簡単なデザインに変更して完成させ、先生にあげたのだが、いまも美術準備室でつかってくれているのを知っている。

「あの日巻いてくれたタオルも、絵の具の染みがついてましたね」

さっき借りたタオルをさしだすと、先生が「洗っても落ちないんだよ」と受けとった。

「先生も授業以外に、趣味で絵を描いたりするんですか」

ふいに先生の口が自嘲めいたゆがみかたをした。

「描かない」

……え。訊いちゃいけないことだったんだろうか。

先生が会話を断ち切るように教卓へいってしまう。タオルを無造作に放るうしろ姿が急に冷たく感じられて、発せられる空気も自分の知らないどこかの大人の男のものみたいに思えた。

いまのいままで親しく会話をしていたのに、その一秒前の感覚がなぜかもうとり戻せない。

キャンバスにむかって重たい手を持ちあげ、絵の続きを描いた。声をかけていいのかもわからず、ただ沈黙が重たい。

「高岡先生〜……——あー、やっぱりここにいた。教室にも職員室にもいないから探したじゃん」

「手塚《てづか》？　どうした、今日登校してたのか」

「してたよ。つか入試の相談にいくってケータイにメールしただろ」

「おまえの担任は阿部《あべ》先生だろうが」

「俺は高岡先生がいーの」

突然やってきたのは、前美術部部長の手塚先輩だった。美術科の三年生で、現在自主登校で受験にむけて忙しくしているはず。

「真白もいたんだ。昼休みにふたりきりであやしいな」

手塚先輩が俺と先生を交互に見て厭味《いやみ》たらしく鼻で笑った。

身長百八十三センチの高岡先生とならんでも大差ないぐらい大きくてたくましい身体つきをした手塚先輩は、立っているだけで威圧感がある。それにこの人も先生が好きだ。

「おまえなに描いてんの」

「文化祭で展示する絵です」

「だったら部活中にやれよ。部の展示はあくまで活動報告みたいなもんだ。進学組のガリ勉君が、大事なオベンキョウの時間割《さ》いて描いた落書きを展示する場じゃないんだよ」

手塚先輩のきつい双眸《そうぼう》に、嫉妬や嫌悪がにじんで見える。

普通科の俺は入部当初からこの人に嫌われている。絵に対して強い情熱がある先輩にとって、高岡先生目当てで入部して自ら部長にまでなった俺が気に食わないらしい。

一方で俺は、自分が部員のなかで唯一芸術面の知識や技術が少ないことにコンプレックスがある。美術科の人間に及ばない事柄が多すぎて、たとえ落書きだと蔑《さげす》まれても文句が言えない。しかしそれが、先生への想いをゆずらなければいけない理由になるとは思わない。

「わかりました。絵は部活動中に描きます」

「おう、そーしろそーしろ」

「昼休みは先生に絵の勉強と相談をさせてもらう時間にしますよ。それならいいんですよね。先輩もわざわざ登校して、担任でも進路指導担当でもない先生に相談にきてるし」

「おまえ……」

「正々堂々とお願いします。俺も狡猾《こうかつ》な手をつかうつもりはありませんから」

「こう、か……？」

「狡猾。狡《ずる》いことって意味です。こくごの時間に習いませんでした？」

手塚先輩が眉根《まゆね》を寄せて睨《ね》めつけてきて、俺もまっすぐ見返す。

「……ふたりともいい加減にしなさい。手塚は阿部先生のところへいくように」

先生だけが呆れていた。

「俺は高岡先生がいいんだって」

「手塚、頼むから俺と阿部先生の関係も考えてくれないか」

「先生と阿部ってデキてんの……？」

「あほ。部活の顧問でしかない俺がでしゃばったら担任の阿部先生の顔つぶすことになるだろって言ってるんだよ」

おまえ男子校に染まりすぎだぞ、と先生が肩を落として、手塚先輩が悔しげに唇を噛む。

「それにな、おまえら知らないみたいだけど俺は女好きだから」

「まじか、女たらしなんて聞いてねえ！」

「もうおまえ帰れ。こんなところでうつつ抜かしてないで受験生っていう自覚を持ちなさい」

手塚先輩の背中を押さえた先生が、出入り口のほうへ誘導して追いだしにかかった。

「くそっ……俺諦めないからな。五年後絶対戻ってくる。先生に男の悦《よ》さ教えてやるから！」

「おまえ俺のことどういう目で見てるんだよ」

……五年後。

先輩のわめき声が消えてドアのしまる音が続き、先生が頭を掻きながら教卓へ戻っていく。

俺は先輩に宣言したとおり描くのをやめることにして、筆を筆洗バケツに入れてパレットとともに持ち、水場へ移動した。

「吉沢にしちゃ珍しく素直に啖呵《たんか》切ってたな」

感心したような口調で背後から声をかけられた。褒められているのかからかわれているのかわからない。

「素直に啖呵切るって、おかしな日本語ですね」

「いつもならおとなしく笑ってかわしてただろ」

「恋愛沙汰で喧嘩売られたらべつですよ」

「へえ……男前だこと」

まるで自分が部外者みたいな物言いをする。

「そうやって本音だせる相手はほかにいないのかね。案外手塚と仲よくやっていけるんじゃない？」

筆の先についた絵の具を拭《ぬぐ》うのは、行き場のない感情を洗い流そうとするのに似ている。

「もっと図太ければよかったのにな。吉沢は頭がよすぎるんだよ。頭がよくて真面目で、要領が悪い。だから端《はた》から見てると淋しそうだ」

「先生と会うまでは淋しかったかもしれません。でももう忘れました」

先生の傍《そば》ではありのままの自分でいられて落ちつくし救われる。けれど想いが募るほどにこれまで経験したことのない焦燥《しょうそう》や激情にも襲われる。

俺は思いのほか心が狭い。

「気のおけない友だちがいないと駄目だっていうなら、先生がなってください。友だちに」

「俺は教師です」

「ならどうして手塚先輩には携帯電話のメアドを教えてるんですか」

「メアド……？　ああ、必要だったからだよ」

「告白してくる生徒全員に『卒業して五年後にこい』って言ってつっぱねてるわりに、手塚先輩だけ特別扱いなんですね」

うしろからため息が洩れ聞こえてきて、背筋に戦慄《せんりつ》が走った。怒らせた……？

「手塚には美術部の部長になってくれたとき教えたんだよ。でも吉沢に教えたら日誌みたいになるだろ。いままで問題なくやってこれたんだし、いまさら教えません」

好きだなんだと毎日言われるのは迷惑だ、という意味か。

先生のプライベートに繋《つな》がる携帯電話のアドレスを知る手塚先輩は、自分と同等の位置で片想いをしている人だと思えない。教師と生徒の域を越えている。フェアじゃない。

「……あれ、この画集、栞《しおり》挟んでたんだけどどっかいっちゃったな」

パレットを洗う手をとめてふりむくと、先生が困ったように教卓の周囲を見まわしていた。

俺は水道の水をとめて、自分の羽根を一本ひき抜く。

「これ、つかいますか」

顔をあげた先生がぎょっと目をむいた。

「おい、むしるなよ」

「すみません、やっぱりこれじゃ栞になりませんね」

「そうじゃなくて、痛いだろって言ってるんだよ」

駆け寄ってきた先生が、俺の持っている羽根と背中の羽を痛そうな顔で観察する。気になるけど触ったらいけないもの、と考えているのか、先生の手が宙で泳ぐ。

「そんなに痛くありませんよ」

「髪の毛が一本抜ける程度……？」

「それよりは痛いけど」

「指が一本とれるぐらいか」

「まさか」

髪の毛でたとえるなら、十本一気に抜く程度だと思う。

「……吉沢の痛みは俺にはわからないな」

渋い表情をする先生が、俺の手から羽根をとった。その掌にある包帯がまた目につく。

「他人の痛みなんて誰にもわかりませんよ」

人と人がひとつの痛みを共有しあうことは永久にできない。

だから俺は、先生といたい。


「十一月の修学旅行は北海道《ほっかいどう》です。みんなには三泊四日のあいだ二日間自由行動してもらうわけだけど、いま配布したしおりを見て、どこをまわるか各自で決めておいてください」

諏訪先生が帰りのホームルームでそう発表すると、教室内にいっせいに「まじで北海道かよ」「海外いきてー」と不平不満の声がひろがった。

「せんせーはここの卒業生なんですよねー。昔はもっといいところにいったんじゃないんですかー？」

「修学旅行は社会人として望ましい対人関係、公衆道徳を身につけることも目的とした行事です。行き先がどこだろうと、きみたちが仲間と共同生活しながらなにを学ぶかがもっとも重要だということを肝《きも》に銘《めい》じておいてください」

「お友だちとハワイいって仲よく泳ぎたかったですー」

先生は「はいはい、わかったわかった」とすずしい顔で蹴散らして眼鏡のずれをなおす。

「先生からは以上。明日も元気に登校して、中間テストにむけてしっかり勉強するように」

「テストの話すんなよっ」と生徒の文句がすりかわった直後に、日直が「起立」と声をかけて「礼」と挨拶《あいさつ》が続き、ホームルームは終わった。

うちの担任の諏訪先生は無駄話を嫌うたちで、朝も帰りもホームルームは一瞬で終わる。

「諏訪先生」

俺は鞄を持って席を立ち、教室からでていく先生を追いかけた。

「ん？　どうした吉沢」

先生の横にならんで歩く。廊下には下校や部活に急ぐ生徒があふれ始めている。

「諏訪先生ってうちの卒業生なんですか」

「さっきの話か。おまえも修学旅行に不満があるのか？」

「いえ。美術準備室の噂のこと、なにか知らないかと思いまして」

先生の瞼《まぶた》が細まって、刺すような強さで一瞥《いちべつ》された。

「なにも知らないな」

こんなにわかりやすい嘘もない。

「知らないって目じゃなかったですよいま。先生が知ってるってことは十年ぐらい前にできた噂なんですか。それとも当時はもっと具体的な内容だったとか？」

「探偵ごっこが好きなんだな。おまえはなんで興味持ったんだ」

「守りたい人がいるからです」

窒息死する、なんてばからしい話は信じていなかった。しかし噂ができたからにはきっかけがあるはずで、それが高岡先生を脅《おびや》かすものじゃないという確信を得ておきたかったのだ。

文化祭が終われば二年生は部活に参加する機会がなくなり事実上の引退となる。そして来年は受験生で自主登校に切りかわるから、先生と接点を失ってしまう。最後に恩を返したい。

包帯が巻かれたあの手。自分が先生と痛みや苦しみを共有できない無力な他人なのだとしても、ささいな怪我さえせず健やかに幸せでいてほしいと願うのは自由だろう。

「守りたい人か……そういえば吉沢は美術部員だったっけ。好きな相手でもいるの」

諏訪先生が口の端をひいてにやけた。

「先生は男子校でもそういう冷やかしかたをするんですね」

「話そらすのがうまいな」

「先生こそ」

廊下の角を曲がって、他クラスの生徒とすれ違いながら階段をおりる。

諏訪先生は数学教師で、理系らしく生徒に対しても感情的に接しないきらいがある。教師と生徒の役割をわきまえて冷徹なまでに明確な一線をはっており、プライベートをまるで明かさないから人間味さえ感じられなかった。こうして色っぽい会話をかわしていても高岡先生以上に立場の違いや歳の差による厚い壁を感じる。

とはいえ、こっちも用があるのは噂話の件だけだ。

「余計な穿鑿《せんさく》はやめて、知ってることだけ教えてください。ないならそれでいいですから」

ふっ、と含み笑いが聞こえて訝った刹那《せつな》、先生が階段の途中で歩みをとめてスーツの胸ポケットからペンをとり、俺の左手をひっぱった。なにをするのかと思えば、手の甲に字を書く。

「――……やなみ、こうき？」

「いや、いさき。矢浪功貴《やなみいさき》だよ。俺のひとつ先輩だった人」

顔をあげて先生を見ると、微笑を浮かべている。

「この矢浪さんて人が詳しく知ってるってことですね」

にっかりと白々しいつくり笑いが返ってくるのみで、明瞭なこたえはない。

「気をつけろよ。あそこは本当に人が死んでるからな」

「え」

「頑張れ、探偵君」

俺の肩を叩《たた》いて茶化し、先生は去っていった。

左手に描かれた文字をいま一度見おろす。……紙に書けよ。


図書室には卒業アルバムが保管してある。ドアをあけて、受付に図書委員がひとりだけ座っているがらんとした室内へ入ると、最奥にある資料棚へむかった。

諏訪先生は高岡先生よりふたつ年上の三十歳のはずだから、それよりひとつ上で現在三十一歳の矢浪さんが卒業したのは十三年前。

年をさかのぼるほど紙が焼けて傷んでいく背表紙をたどり、目的の一冊を手にとった。若干ほこりをかぶっている上の部分を触らないようにページをめくる。

——矢浪功貴。

三年二組の個人写真のなかに、名前と当時の姿があった。第一印象は、強面《こわもて》の厳つい不良。

長めの前髪をうしろにながしたオールバックで、こちらを睨む目は切れ長の奥二重。眉毛を剃《そ》ったり制服を着崩したりはしていないのに写真一枚で畏怖《いふ》を覚えるから、つくられた不良というよりは、生まれつき貫禄《かんろく》のある男なんだろうと想像した。

アルバムの最終ページには生徒の住所と電話番号もしるされているので、調べて携帯電話に登録した。アルバムを戻して図書室を退室し、日暮れどきの廊下を歩きながら矢浪さんの現在について思考をめぐらせる。卒業後の仕事や、結婚歴や、子どもの数——おたがい見知らぬ他人だから対面したときどんな反応をされるかシミュレートしておきたいのだが、写真で見た外見が邪魔をしてどうにも不躾《ぶしつけ》な方向へそれていく。チンピラまがいの態度で、いきなり怒鳴られるんじゃないか、とか。

やめよう。外見で人格を判断されるのは自分も嫌いじゃないか。妄想は真実をなにも語らない。

肩にかけている鞄から携帯電話をだして、人けのない階段の踊り場へむかいつつ早速発信した。冷たい壁に寄り添って携帯電話を耳にあてる。

時刻は四時半。いまだとでてくれるのは母親か、留守か……。

『おかけになった電話番号は現在つかわれておりません。番号をおたしかめのうえ——』

駄目だ。

さすがに十三年も経っていれば住まいが変わっていても無理ないか。

機械的な声の虚しいアナウンスを切って、携帯電話を鞄のポケットにしまう。次は当時自宅があった場所へ直接いって追跡するか、矢浪さんの交友関係を探るかかな。

諏訪先生にもう一度訊くのがもっとも近道なんだろうが、頼るのは手段がなくなってからにしよう。矢浪さんの名前しか明かさなかったところからして、あの人が俺の意思を試しているのは明白だし、俺自身この自己満に他人を巻きこみたいとは思わない。

卒業するまでに謎が解ければいいんだけど。息をついて壁から離れ、再び歩きだす。

今日は美術部の活動日じゃないが、文化祭前は準備期間として連日活動許可がおりる。

昼休みに中断した続きをすすめておきたくて美術室の前まできたら、「なあ、高岡先生」と手塚先輩の声が聞こえてきて足をとめた。

「だいたい吉沢が部長になってるのもおかしいだろ。あいつこっち関係なんにもわかってねえじゃん。立候補したからって部長にふさわしくない生徒を任命したってのが解せねえ」

「わからないのと興味がないのは違う。それにおまえも立候補だったじゃないか」

「俺は真剣に勉強してるし、絵で食ってくつもりでいるんだよ。先生のことだってあいつよりちゃんと理解できてるはずだ」

「へえ。じゃあ惚れたくなるぐらい立派な画家になってほしいもんだ」

「ああ。俺、先生にもまた〝絵を描きたい〟って思わせてやるからさ。俺といたらもう一回夢を追いたくなるような、そんな恋愛させてやる」

「なんだそりゃ」

「前に教えてくれたじゃないかよ。いろいろ悩んで、大学卒業して絵はやめたんだって。先生、本当は哀しいんだろ？　描きたいんだよな？」

……いろいろ悩んで、大学卒業して絵はやめたって、教えてくれた。

「はあ。俺はおまえのその情熱を受験勉強にむけてほしいよ……」

橙色《だいだいいろ》の夕日が、床面に窓枠の四角い影をうつしている。美術室は校舎の角にあって孤立しているから、真正面はいきどまりでしんとしずまり返っていた。

先生が昼間見せてくれたいびつな笑顔と声が蘇《よみがえ》る。

――描かない。

自分の上履《うわば》きのつま先が夕焼けの影に黒く浸っている。奥歯の鈍痛に気づいて、自分が歯を食いしばっていたのを知った。拳も握りしめていたのか、掌に爪の跡がついて痛かった。

「……ねえ先生」

「ん？」

「俺、本気で先生のこと好きだよ」

ふいに、肩にさげている鞄のなかで携帯電話が震動しだして、音に焦って確認したらクラスメイトの板橋《いたばし》から届いたメールだった。身を翻《ひるがえ》して美術室を離れ、足早に逃げながら読む。

『真白帰るのはやいよ（笑）　放課後も部活いってるのか？　さっき誘おうと思ったんだけど、修学旅行の自由行動、一緒にしよう。俺スケジュール組むからいきたいとこあったら教えて』

板橋は生徒会長も務《つと》める学級委員長で、宿題の回収や雑務の手伝いなど、なにかと接しているうちに親しくなった。親友ではないが、ただの顔見知りほど冷めた仲でもない。

三階から一階へ階段をおりて下駄箱へむかい、靴を履きかえて裏庭のベンチへ腰かける。

『ありがとう。あとでしおり見て確認してから連絡するよ』

送信して夕空を仰ぎ、欅《けやき》の葉ずれの音に癒《い》やされてほっと息をつくと、また返事がきた。

『了解。美術準備室で死ぬなよー（笑）　じゃあな』

……自由行動か。ひとりで時間をつぶすつもりでいたが、板橋に誘ってもらえたのは素直に嬉しくて、そして不可解だった。

板橋とは携帯番号もメアドも交換している。板橋が予備校へかよっている曜日や、家族構成も知っている。しかし休日まで会ってでかけたこともなければ、高岡先生への片想いについて相談したこともない。

携帯電話の待ち受け画面がぱっと暗くなって思う。板橋と自分は友だちなんだろうか。

おたがいのあいだにたしかな隔たりがあるこんなうわっ面《つら》なつきあいを、板橋はなぜ続けてくれているんだろう。

他人を信用するのは相変わらず難しい。

本音をすべて正直にぶつけて敵をつくるのは単細胞。発言せずにとじ籠《こも》るのは社交性のない根暗。八方美人になるのはゴメンなのに、それを正当化するしか手立てがない。自ら心をひらいて内面をさらせと言われても、相手を間違えたら失敗する。だからいま俺には高岡先生しかいない。

——描かない。

忘れようとしていた先生の声がまた脳裏を掠《かす》めた。

俺は先生の苦悩を教えてもらえなかった。訊けなかった。

手塚先輩みたいに強引に、執拗に迫ればよかったんだろうか。でも首をつっこんだとしても、画家の辛さを知りもしない俺が先生の救いになれるとは思えなかった。

——あいつこっち関係なんにもわかってねえじゃん。

——俺は真剣に勉強してるし、絵で食ってくつもりでいるんだよ。先生のことだってあいつよりちゃんと理解できてるはずだ。

さらさらと葉がさざめいて、上空をカラスが鳴きながらとおりすぎていく。左の掌には木彫りのコースターづくりに失敗したときつけた彫刻刀の傷が残っていて、その横にさっきの爪の跡がかすかにならんでいる。俺は先生を信頼しているけど、先生を支えておなじ信頼を得られるような才能や技術や感性はなにひとつ持っていない。

は、と息をついて立ちあがり、自販機へいってパックのコーヒー牛乳を買ってきた。はやく帰らないと母さんが心配するな、と考えながら飲んで、美術室へ戻るか否か思案しつつぼうっとしていると、我に返ったころには日が暮れて周囲が薄暗くなっていた。日没がはやくなってきている。いっそこのまま学校をでて、矢浪さんの実家があった場所を探しにいくか、とコーヒー牛乳を飲み干したときだった。

「先生、せめて駅まで一緒に帰ろうよ」

「いや、ここでお別れだ。気をつけて帰れよ。風邪ひかないように勉強頑張れな」

ふりむくと、つつじの葉越しにまた高岡先生と手塚先輩が見えた。渡り廊下にいるふたりも下校するらしく、先輩はローファーに履きかえていて、先生は手にビジネスバッグをさげて、首に山吹色《やまぶきいろ》のストールを巻いている。

「……冷たいんだな」

手塚先輩がうつむいて足をとめた。

「おまえも自分がおかしいって自覚してるんじゃないのか。まわりに推薦決まっていく生徒が増えて不安なのもわかるけど、自分を見失わないようにしなさい。情緒不安定すぎるぞ」

先生も手塚先輩にむきあって厳しく諭した。

まわりに推薦決まっていく生徒が増えて不安――昼間手塚先輩に言われた『進学組のガリ勉君』『大事なオベンキョウ』『落書き』という暴言を反芻《はんすう》していると、先輩が肩を震わせて「……わかった」とこたえた。

「……さよなら先生」

先輩が先生の横をすり抜けて去っていく。

足音が遠のいて先輩の気配が消えても先生は渡り廊下の中央で立ち尽くし、薄闇のなかでしばしなにかを黙考していたのちに、物憂《ものう》げな表情でため息をこぼした。

そのため息の意味もわからないまま、俺は正門へむかって踏みだした先生にひき寄せられるようについていった。

校庭から正門をとおって、先生はすれ違う生徒に「さようなら～」と声をかけられるたびに「はい、さよなら」と会釈《えしゃく》して歩道へでる。

先生のスーツのうしろ姿と数メートルの間隔を保ち、繁華街をすすみながら、先生が学校以外の場所にいるのを不思議な気分で眺めた。毎日学校でしか会えない先生が、見知った通学路に溶けこんでいる違和感と、先生も街を歩いたりするんだというあたりまえの実感を、しごく新鮮な気持ちで味わう。

駅について、先生が前髪を搔きあげた手でバッグから定期入れをとりだし、スムーズに改札をとおっていくのを正面に捉え、自分も続いた。タイミングよく到着した電車にのる先生とともに隣の車両へのりこみ、つり革に手をかけて扉がしまると、ようやく〝なんでこんなことしてるんだろう〟と当惑する冷静な感覚が戻ってきた。

ただ、先生の辛そうな顔が脳裏にはりついて離れなかった。失恋したのは先輩だったのに、先生も一緒に傷ついているみたいで落ちつかなかった。傷が恋をした人間だけじゃなく、恋された人間にも降りかかるものなのなら、自分も先生を傷つけているのかもしれない。そうだ、それが嫌で、たしかめたくていてもたってもいられなくなった。

車両を繋ぐ扉に隠れて先生を見守り、みっつ目の駅でおりる背中を再び追いかけた。

さっさと声をかけないとストーカーになる、でも黙ってついていけば先生の家を知られる、と薄気味悪い欲求にまで翻弄される。

駅をでると、先生が目の前にあるコンビニへ入店したので、俺は斜むかいの花屋の片隅に物影を見つけて、人ごみにまぎれて先生の買い物が終わるのを待った。

店内の雑誌コーナーをいきすぎて、冷蔵ショーケースから飲み物をとり、奥の弁当売り場へむかう黒髪の頭。レジで財布をだしてお会計をしている姿には普段の教師の威厳はなく、どこにでもいるありふれた社会人の男の雰囲気だけがあり、それが無性に嬉しい。

おつりを財布にしまいながら店をでてくるようすにも、名状しがたい感動を覚える。外の世界では俺たちも対等になれる、そんな錯覚が湧《わ》いてきて胸が熱い。

帰路へつく先生は外灯のみが煌々《こうこう》と照る暗い裏路地へ入っていった。駅前にあふれていた人も徐々に減っていき、先生と距離はあるものの、身を隠す場所がなくなっていく。

寒々しい夜道に先生と自分の足音が響き渡る。はやくストーカー行為をやめなければ、と危機感に苛《さいな》まれ始めたところで、先生が突然身を翻した。

「ばればれだぞ」

思わず立ち竦《すく》んだ。逃げたい。けど逃げるぐらいなら叱られたほうがいい……のに、覚悟を決めても恐ろしくて身体が硬直する。

「尾行したいなら羽をどうにかしないとな」

……そうだった。

先生がゆっくりした歩調で戻ってきて俺の前に立ち、目を眇《すが》めた。

「なにかしてほしいことがあるなら口で言いなさい。ちゃんと検討する。こういうこざかしい真似をする人間が俺は一番好きじゃない」

蔑視ともとれるかたく厳しい眼ざしに責められて口が重くなる。誤解を解きたくても、自分の行動は非難されて当然のものだった。

「……先生が傷ついていないか、心配だったんです」

「俺が傷つく……？　どうして」

手塚先輩をふるところを見ていたなんて言えない。

うつむいた視線の先に、先生の持っているコンビニ袋がある。

闇夜に浮かぶ四角くでっぱった弁当のシルエット、ペットボトル、先生の包帯を巻いた手と、長い指の綺麗なかたち。

「……吉沢がなにを考えてるのか俺にはよくわからない。とにかく帰りなさい。ほら、駅までおくっていくから」

左腕をひかれて、いまきた道へ誘導された。

「あとな、こっちに俺の家ないから。おまえをおびき寄せるためにきただけだからな」

観念して歩き始めると先生の手が離れていった。盗み見た横顔には怒りと忌《い》まわしさが混在していて、後悔と罪悪感が胃にのしかかる。それなのに、先生とならんで街を歩いている平素にない状況に、わずかばかり高揚している自分の底のない欲深さが恥ずかしかった。
冷気をはらんだ風が、無言の先生と自分の髪や服を煽《あお》っていく。駅前に戻って人が増えてくると、繁華街にながれる曲が耳をついた。

「誰でもいいから傍にいて」なんて言うからひとりになる
「自分が嫌い」という呪文を唱えれば、みんなが愛してくれるんだって勘違い
不幸は、他人に過剰な期待を抱くことから始まる
信じたいという欲から、不信感は生まれる

〝ばれるような嘘〟は〝気づいてほしい嘘〟

そして
「死ぬのが一番楽だ」とかほざきながらまた、
ごはんをもりもり食べるわけ

靴をかたっぽ失くした裸足をひきずったまま、

明日も手を繋いで、ふたり、
もたもた歩いていたい

本当はそれだけでいい
ふたり
それだけでいい

「もうひとりでいけるだろ」

改札口の前まできて先生が足をとめた。声はまだ冷たい。

「二度とこんなばかなことするなよ。また明日な」

見あげると、表情にも怒気が燻《くすぶ》っている。

——前に教えてくれたじゃないかよ。いろいろ悩んで、大学卒業して絵はやめたんだって。先生、本当は哀しいんだろ？　描きたいんだよな？

——俺、先生にもまた〝絵を描きたい〟って思わせてやるからさ。俺といたらもう一回夢を追いたくなるような、そんな恋愛させてやる。

——俺諦めないからな。五年後絶対戻ってくる。

「先生、俺、」

なにか言いたいのに、自分はどんな言葉を言うのが許されているのかわからなかった。

「俺……——先生が名字で呼んでくれるの、嬉しいです」

クソ野郎、と胸のうちで自分自身に毒づいて改札へむかった。

先生に届かない。ほかの誰よりも俺は先生にふさわしくない。傷ついた先生を癒やすはずが気持ち悪いストーカーに成り下がってへらへら喜んで浮かれて嫌われて、ばかじゃないのか。相手を不快にさせたらそれはもう好意じゃなくて、エゴなのに。

芸術面の知識が欲しい、才能が欲しい、信念が欲しい、でもそれもすべて先生を欲して求める不純なものなら意味がない。どうしようもない。なにもない。先生を想う資格がない。

手塚先輩にとっての五年後は、俺より一年もはやくやってくる。

「まーしろ。なに読んでるんだ」

昼休み、教室の自分の席で読書に耽《ふけ》っていたら板橋がやってきた。前の席に腰かけて覗《のぞ》きこんでくるから、それとなく本をとじて表紙をむける。

「画集……?」

「そう。ちょっと興味があって」

表紙に大きくしるされている海外の美術館の名前を見て、板橋が「ああ」とうなずく。

「俺もたまにテレビで観るよ。作者の生いたちとか時代背景を知って観ると面白いよな」

さすがに成績トップクラスの学級委員長は言うことも違う。

「うん」

うなずいて同意しながらも、湧きあがる劣等感はどうにもできなかった。ひねくれ者の俺は解説を読んでいても、絵にこめられた人間の想いは生いたちや時代背景で判断できるものなんだろうか、と胡散臭《うさんくさ》さしか感じないからだ。

もし俺がいま描いている部室の絵に対して〝この時代の不況の影がある〟とか〝水彩画への思い入れがうかがえる〟とか解釈をつけられたら、適当なこと言うなとげんなりしてしまう。だいたい、画家本人の解説さえ疑わしい。容易に言葉にできないから絵にするんじゃないのか。口で説明し始めたら真実からかけ離れていく気しかしない。

「真白が美術部に入ってるのも絵が好きだからか」

板橋が表紙のモナリザを指先でとんと叩いて笑顔で問うてくる。

「そうだね、勉強したいと思ってるよ」

嘘でも真実でもない返事をしつつ、内心自分にうんざりした。

板橋にあわせて頭のよさげな会話をしていれば、高岡先生に近づけるわけでもないのにな。

「そういや今日は部活いかないのか？　昼休みも文化祭の準備してなかったっけ」

「やめたんだ。放課後はいく」

「そうか。偉いよな、真白は。——ていうか、美術準備室って結局なにがあるの？　俺、一度もいったことないから余計怖いんだけど」

大げさに怯《おび》える板橋に妙な愛嬌《あいきょう》があって、心が和む。

「とくになにもないよ。三十分以上いたことがないせいかな、どうだろう」

「あー長い時間いたらヤバイって話だったか。変な噂だよな。学校の七不思議にしても定番の音楽室のピアノとか花子さんなんかと違って珍しいし」

「そうだな」

やっぱり噂は浸透している。

昨日は落ちこんで早々に寝てしまったけど、今夜は矢浪さんの捜索をしないとな、と思う。

芸術面で情緒に欠けていようとも手塚先輩には先輩なりの、俺には俺なりの想いかたがある。

「あとさ真白、修学旅行の件も考えておけよ」

「あ、うん、自由行動のコースな」

板橋がにやっと唇の端をひいて、声をひそめる。

「……女子とも遊べたらいいよな。あっちで他校の子と出会いあるかな」

こういう下世話な話を板橋もするんだな、とちょっと意外。

「板橋が女子と遊びたいなら、俺遠慮しようか」

親切心のつもりだったが、「ばか」と右腕を叩かれた。

「ダブルデートしようって言ってるんだろ？　おまえ追いだしてどうするんだ」

「ふたりでまわったほうが楽しいんじゃない？」

「積極的だな、おまえ……でも俺は友情と恋愛を天秤にかけたいわけじゃないんだよ」

友情……。唇を尖《とが》らせてそっぽをむく板橋の頰《ほほ》が赤らんでいる。普段はきさくで冷静沈着な優等生の、うぶな面を初めて見た。

「板橋は予備校で出会いあるだろ。モテるんじゃないの」

「いや……片想いの人ならいる」

「誰」

「……柳田《やなぎだ》」

ぼそ、と板橋がこぼしたのは現国の女教師の名前だった。羊属で、細い耳と、内側にカーブしたまるい角と、頭の羊毛ショートカットが特徴的な、小柄で可愛らしい人。

前に一度だけ獣人仲間として会話をしたことがある。

――わたし、ニュージーランドメリノって種類の羊らしいの。先祖が外国人なんだよ。

へえ格好いいですね、と感心したら、柳田先生は童顔の眉根を寄せて苦笑いした。

――嫌だよ、よりによって女でも角がある種類なんだよ。髪もくるくるで扱いづらいしね。

俺も羽の面倒くささを教えて、意気投合して軽く盛りあがった。男子校にいる女性だからモテているのは知っているが、教師としてもいい人なので板橋が惚れるのも納得がいく。

「想い出つくるぐらい罰はあたらないだろ。旭山《あさひやま》動物園なら一緒にまわれるんじゃない。当日、声かけにいけよ。必要だったら俺も協力するし」

俺が背中を押してやると、板橋は「……わかった」と神妙な面持ちでこたえた。

はからずも板橋の恋愛事情を知ってリア充っぽい修学旅行になりそうだったが、悪い気はしなかった。


放課後、教室掃除の当番で外のゴミ捨て場へいったら雨に濡れた。降りだしたばかりの雨は想像以上に大粒で、校舎からゴミ捨て場まで短距離だったにもかかわらず制服が湿って寒い。

教室にごみ箱を戻して鞄を肩にかけ、ロッカーに常備してあるタオルを持って美術室へ移動すると、高岡先生がいて驚かれた。

「なんだその格好」

教卓の前に立っている先生が目をまたたく。ほかの部員はいない。

「ゴミ捨てで外にでたんです。みんなはまだきてないんですか」

机に鞄をおいてブレザーを脱ぎながら訊ねたら、先生は「休みだよ」とため息をついた。

「吉沢以外は全員外で描いてるだろ。で、雨が降ったから帰るってさ」

「……いい口実ですね」

「文化祭に間にあわせてくれれば俺も文句はないけどな。——おい、ストーブつけてやるからこっちで乾かせ」

顎《あご》をしゃくって俺を呼び、先生が窓辺にあるストーブのスイッチを押す。

「すみません」と礼を言って、俺もタオルと濡れたブレザーを抱えて近づいた。先生は生徒用の椅子をストーブの前に運んできて俺のブレザーをかけてくれる。

「ばらばらだな」

ふたつのチャックがはずれたそれを眺める先生が子どもみたいに邪気のない感想を洩らすから、俺は笑ってしまった。

「俺、面白いこと言ったか？」

目をまるめる表情もあどけない。

「はい……ほんと面倒なんですよ、この服。体育とかプールの時間は最悪です」

「ああ、そうだろうなあ。俺だったら毎回手首ひねってそうだよ」

愚痴を洩らしても気負わずに受け容れてもらえて、嬉しくてもっと笑えた。

「やっぱりおまえの身になってみないとわからないことも多いな」

昨日の夕方のことはもう、先生も忘れてくれているようだった。ありがたい反面これも自分が生徒だからだろうと察すると虚しい。怒り続けて無視するような痴話喧嘩じみた駆けひきはせず、先生は感情を調整して、俺に対してきちんと教師の〝仕事〟をする。

「羽、水切ってもいいですか」

「ここではだめ。窓辺でやりなさい」

可愛く叱られた。「はい」とうなずいて奥の窓辺へ移動し、外へむけて羽をひろげてばさばさふる。数回くり返して戻ると、ストーブの前に膝《ひざ》を抱えて座った。

正面のガラス窓越しに薄曇りの空が望める。タオルで髪を拭きながらストーブの熱風を浴びてシャツを乾かす俺の背後に、先生もまだ立ったままでいる。

ふりむいたら、先生ははっと息を吞《の》んだ。

「どうしたんですか」

「いや……。吉沢の羽は、なんの鳥の羽なんだろうなと思って」

母は鳩《はと》の羽だと言う。白い鳩は幸せの象徴なの、と誇らしげに。

──真白の羽は神さまがくれた幸せな子の証なのよ。だから邪魔に思ったりしちゃ駄目。

しかし実際はなんの鳥のものなのか、両親も祖父母も誰も知らない。

「アヒルですかね。アヒルは飛べないらしいし」

「あー、成長したら白鳥になる的な？」

自嘲したのに、先生がしれっと希望めいた返答をくれたから面食らった。

「俺がなれると思いますか、白鳥に」

「それは今後のおまえ次第でしょ」

ストーブの風に、シャツに染みこんだ雨と、床の木の匂いがまざって髪を煽る。背後にある先生の気配を想って、俺は自分の弱音がどこまで受け容れてもらえるんだろうかと無意識に斟《しん》酌《しゃく》し、緊張していることに気づく。

「……俺は、」と口をひらいた。

「俺はずっとうわっ面な人づきあいを続けて、孤独死するのかもって思ったりしますよ」

自分の将来に、輝かしい期待など抱いていなかった。

「おまえはほんとに老成しててさびしんぼだな」

先生の呆れた声が頭上からおりてくる。

去年美術部へ入部してすぐのころに、先生とかわした会話を思い出した。

――〝素直に生きろ、そうすれば人生楽しくなる〟って言う人がいるけど、俺は先生以外の人にそれができません。

――吉沢は百人の他人がいたら、その百人全員に好かれたいと思うのか。

――否定したいけど、そんな態度をとっている気もします。

――世界の全員に好かれる人間なんてそもそもいないよ。価値観のあわない他人に嫌われて初めて、好きな人間にも好かれるようになるんじゃないのか。

――はい……。でももし百人の他人にも好かれたい人にも、どっちにも嫌われても、正直でいるのは正しいことなんでしょうか。

——正直でいるっていうのが〝他人を傷つける言葉を言う〟って意味だと思ってるなら、おまえに問題があるかもよ。そういう口撃しかできない配慮も思慮もない奴は嫌われて当然だろ。人は誰だっておまえみたいに〝他人を気づかおう、傷つけないようにしよう〟って慮《おもんぱか》って本音を言えなくなるから、まずはその代弁をするように心がけてみたら。

——代弁……。

——そう。近頃毒舌《どくぜつ》芸人っているけど、あの人たちも悪口を言ってるんじゃない、世間が禁句として黙ってることを素直に言ってるだけなんだよ。だから観てるこっちもスカッとするし、好感を持つ。礼儀を忘れず、相手の身になって言葉を選ぶこと、悪い面を叱ってあげること、自分自身も弱さや脆《もろ》さを見せること、それは優しさなんだと俺は思うな。

——……俺は、優しさを勉強する必要がありますね。

——吉沢はまわりの人間に興味を持ってないのが問題なんだろ。他人A、B、Cみたいな見方はやめて、個々の人間性を知ろうとしてみなさい。友だちをゲームの世界のモブみたいに、悪者に殺されても痛くも痒《かゆ》くもない存在にしないように。

もらったアドバイスは掌の彫刻刀の傷と同様に心に残っているのに、俺は変われていない。

「このままじゃいけないってわかってるんですけど、クラスメイトと親しくしてる自分がやっぱりただの八方美人に思えてくるんですよね」

「大丈夫。吉沢が思う〝ずっと〟なんてどこにもないから。おまえらの歳のころは〝未来を見とおす力〟があるよな。なにもかもわかった気になって、勝手に絶望して失望して悲観する。実際は狭い世界しか知らないのに」

「狭い……――ですね」

「もうちょっと生きてみ。少なくとももっと自由になってるよ」

そう言われて想像する未来も、膨大なブラックホールの先みたいに未知で禍々《まがまが》しい。

「先生はどうして教師になったんですか」

髪を拭いていたタオルをたたみながら訊ねたら、しばらく間《ま》があった。

「おまえたちに会……」

「〝おまえたちに会うため〟とかいう建前はいいんで、本音でお願いします」

つっこむと、小声で「……手厳しいな」というぼやきが聞こえてきて笑ってしまった。雨はとおり雨だったのか、あえかな橙色の夕日が制服のズボンを照らしている。

「こっち方面の仕事にしがみついていたかったからだよ」

……こっち方面。

「それって教師ってことですか。それとも芸術系の仕事ってこと」

「さあな」

初めて先生の内面に触れられて心臓が高鳴る。またふりむいて先生の表情を見たかったが、すこしでも欲をだしたらこの僥倖《ぎょうこう》が壊れそうでできなかった。

きっと後者に違いない。心を許してもらえたんだろうか。自分はいまちょっとぐらい先生のなかで存在感の大きな生徒になれているんだろうか、とせこい期待が湧いてくる。

「なあ吉沢」

突然、先生が俺の左横にしゃがんで顔を覗きこんできた。

「昨日言ってた、俺が傷ついてないか心配ってどういう意味だったんだ」

先生の黒い目も、睫毛《まつげ》も、鼻も口も、至近距離にあってひどく動揺する。

「……それは、……言えません」

「言いなさい」

ワイシャツの首もとで隆起している喉仏、ずれた襟《えり》と藍色《あいいろ》のネクタイ、鼻腔に満ちる先生の匂い、まだ包帯が巻いてある左手。

自分の左肩のすぐ近くに先生がいるせいで、温かいのはストーブの風なのか先生の身体から発せられる体温なのかわからなくなった。……口と口が、近い。

「キス……してくれたら、言います」

「ばあか」

左手の人さし指で額《ひたい》をつかれた。触られた一点が火で炙《あぶ》られたみたいに熱くなる。

「吉沢は他人から暗い事情をうち明けられるの重たいだろ」

「重いんですか。先生の抱えている事情は、先生にとって重たいんですか」

先生の無言の瞳は鋭利で真剣だった。

「先生が押しつぶされそうになってるなら、それをわけてもらえる人間になりたいと思います。先生以外の他人なら、関わりたくない人もいるんで、個々に判断します」

とたんに、ふっと困ったような表情で笑われた。俺が迫るこういうとき、先生は返答しなくなる。口を噤《つぐ》んで、たぶん生徒に言うべきじゃない言葉を抑えて、教師でいようとする。

立ちあがろうとした先生の腕を摑《つか》んでとめた。

「先生は、手塚先輩が五年後に戻ってくると思ってますか」

「誰も戻ってこないと思ってるよ」

「戻ってきてほしくないんですか」

「そうだな」と視線をさげた先生が、右手で俺の左手の薬指を触って遠い目をした。

「ここに指輪つけて、携帯電話に奥さんと子どもの写真何枚も入れて、それ見せびらかしながら『幸せですよ』って、話しにきてほしいかな」

ブラックホールじみた未来のむこうに、自分が女性と結婚して子どもを抱いている姿など見えやしない。そんなことよりいまここにある先生の手の感触がたまらなくて、摑み返したくて、離れてしまうのが怖くて、身体が硬直する。

まばたきすら忘れて先生を見つめ続け、いま、と意を決したのに、その瞬間先生の指が離れてしまい、捕まえようとした自分の手も届かずすり抜けていった。

わずかに触れた先生の指先こそ、飛びたっていく鳥の羽みたいだった。

「先生は大人で、俺に見えない未来も見えてるのかもしれないけど、俺には、いまはいまなんです」

訴える自分の声が思いがけず必死で、子どもっぽい。

「俺は教師として吉沢を正しい道へ導く義務があるんだよ」

「教師でいることが大事ですか」

「当然だろ」

それは正直に生きていないってことじゃないんですか、と言ってやりたくて、言えない。

目の前にいるのに想いも願いも届かない。生徒の俺は教師の先生に太刀打ちできない、言葉も手もはね除けられてしまう、先生が築いている鉄壁をぶち破ることができない。

「――残念。禁断のラブシーンを期待してたのにな」

背後からふいに茶々が入った。ふり返ると、諏訪先生がいる。

「なに言ってるんですか」と、俺と高岡先生がそろってつっこんだら、諏訪先生が吹きだした。

「お似合いカップルですね」

「諏訪先生……ご用はなんですか」

「昼間お話ししてた文化祭関連の書類と資料、催促にきたんですよ」

「ああ……ちょっと待っててくださいね」

高岡先生が準備室へいってしまうと、今度は諏訪先生が俺の横にしゃがんでにやけた。

「ふうん……〝守りたい人〟ねえ……」

厄介な人にばれた。

「先生。訊こうと思ってたんですけど準備室で人が亡くなったっていうのは本当なんですか」

「またうまく話をそらす」

「繋がってます」

「ああそうか、高岡先生を守りたいんだもんな?」

「……。そうですよ」

くくく、と心底楽しそうに笑われて苛つくが、諏訪先生も教師なので、この片想いがばれた以上油断はできない。警戒して睨み据えていると、「まあまあ」と頭を叩いてなだめられた。

「探偵ごっこははかどってるのか?」

「俺の質問にこたえてくれたら話しますよ」

「そのようすじゃ進展なしか。ま、昨日の今日だしな」

苛立ちが増して、頭の手をのけてやった。

「知りませんでした。諏訪先生は結構いい性格してたんですね」

「心外だな、昨日からおまえの恋愛相談に真面目にこたえてるし、相手が教師だって知っても温かく見守ってやろうとしてるのに?」

完全にばかにしてる。一番信用ならないタイプの人間じゃないか。

「ていうか、高岡先生もうすこしでおまえにキスしそうだったな」

「……え。本当ですか」

「あと一押しかもよ」

「本当に?」

「嘘に決まってるだろ」

怒りが沸騰して左手で胸ぐらを摑んだら爆笑された。

「先生はもっと淡泊な教師だと思ってましたよ、とんだ二重人格だな」

「おまえとおなじだろ?」

諏訪先生の笑みを前に、脳天から雷が落ちたような衝撃をくらった。

「……なんのことですか」

「高岡先生だけには可愛い天使ちゃんか」

「そんなつもりない」

「図星つかれて怒りむきだしにしてくれる程度には甘えてくれてるのかな。担任として嬉しい限りだ」

こいつ……。

——安心しろ。吉沢をわかってくれる奴ならこれからも何人だって現れるから。

怒鳴りたい衝動を高岡先生の言葉が抑えていた。嬉しくない相手だけどたしかに現れた。

「吉沢、諏訪先生から手を離しなさい」

高岡先生が戻ってきて我に返り、渋々諏訪先生の首もとから束縛を解く。それでもにやけている諏訪先生の顔が癪《しゃく》に障《さわ》って、つい舌うちした。

「諏訪先生も、はいこれ。生徒からかってないで仕事に戻ってください」

うながされた諏訪先生は乱れたシャツをなおしながら「はい」とプリントを受けとって、もう一度俺に顔を寄せてくる。

「高岡先生を辞職に追いこむような真似だけはするなよ。じゃあな」

笑顔を繕って去っていく、その余裕たっぷりの歩きかたまで腹立たしい。ドアのむこうに背中が消えて足音もなくなると、また高岡先生とふたりになってしずけさが戻ってきた。

「担任と仲よくなるのはいいけど、手をだすのはよしなさい」

「は？　どこが仲よく見えたんですか」

「そういうところ。いつものおまえなら笑ってながしてただろ」

反論したかったが、逆効果なのは明らかなので歯を食いしばって我慢した。

「ほら、おまえにも日誌な」

俺の私物のある机へ移動していった先生が、鞄のそばに日誌をおく。

「……なんだこれ」

チャックをあけっぱなしにしていたせいか、なかに入れていた絵画集に気づかれたらしい。

「図書室で借りたんです。勉強したくて」

先生の口に苦笑いが浮かんだ。顔半分だけこちらへむけて俺を一瞥した表情には、にわかな厭《いと》わしさがある。

「先生……？」

なにか不快感を与えてしまったんだろうか。呼びかけにも、返事はくれなかった。


夕方四時半。部活動を終えて、高岡先生に「なんだ、今日はやけに急いでるな。気をつけて帰れよ」と不思議がられながら学校をあとにすると、俺は矢浪さんの家の跡地へむかった。

携帯電話の地図を頼りに電車をのりついで四十分ほどでついた町は、民家が密集する閑静な住宅地で、買い物を終えた主婦らしきおばさんや、子どもたちが歩いている。

すこしうろついて矢浪さんの住所の場所を定められたものの、そこは駐車場になっていた。

しかし昨日電話がつうじなかった時点で、ここまでは想定ずみだ。家自体がなかったら不動産屋をつきとめて追跡を続けるつもりでいた。

そばに立っている〝月極《つきぎめ》駐車場・空あり〟の看板に不動産屋名と連絡先がしるされていたので、携帯電話で店の場所を検索する。どうやら徒歩で五分とかからない近所にあるらしい。

まっすぐいって右折、だけのナビに従ってすすんでいくと、簡単に見つけられた。二階建ての古びたビルで、一階が不動産屋になっている。ガラス張りの壁に貼られている物件情報のチラシ越しに店内をうかがっていたら、ちょうど奥から腰の曲がったおばあさんがでてきて椅子に座った。あの人が店長だろうか。

我ながら大胆なことしてるよな……と、足もとの靴と地面を見おろして改めて顧みる。でも、いくか、いかないいか、と自分に二択をつきつければこたえはひとつしかない。嘘を証明して、自分が卒業したあとも先生が元気に教師を続けていけるように。

高岡先生、と強く想いながらドアを押した。

「こんばんは。すみません、ちょっとお訊ねしたいことがあるのですが」

「はい？」

視線だけ上《うわ》むけたおばあさんに、俺は胸ポケットからだした生徒手帳をひらいて見せた。

「ぼくは新徳《しんとく》高校二年の吉沢と申します。いま学校の歴史について調べていて卒業生にも協力を仰いでいるんですけど、そこの角を曲がった先の、三丁目の駐車場がある場所に以前住んでいた矢浪功貴さんご存じでしょうか」

眉根にしわを寄せたおばあさんが眼鏡の端を摑んで生徒手帳を凝視する。右から左へ眼球をすべらせて顔写真や生徒証明の文言をたしかめても、表情は訝しげにゆがむだけだった。

「……おっしゃるとおり、あそこには昔矢浪さん一家が住んでたよ。あなたは誰に矢浪さんのことを聞いたの。学校の歴史に矢浪さんがどう関係してるの？」

うん、ひとまず矢浪さんを知る人に出会えた。

「矢浪さんを紹介してくれたのはぼくの担任の諏訪敏公《としひろ》先生です。諏訪先生は新徳の卒業生で、矢浪さんは先輩だったそうで」

「じゃあその諏訪先生が連絡先を知ってるんじゃない？」

「残念ながら卒業後は疎遠になってしまったそうなんです。現在の矢浪さんの行方を追うのは調査の一環としてぼくに一任されています。迷惑をかけるつもりもありません、お話を聞きたいだけなので、なにかご存じでしたらぜひ教えてください」

「変な詐欺《さぎ》かなんかじゃないでしょうね。いまはわけのわからない犯罪が増えてるからねえ」

「学校に連絡して、諏訪先生に確認していただいてもかまいません。矢浪さんの個人情報がわかっても、悪用するつもりはありません」

下手に動揺したら余計不審に思われるので真摯《しんし》な口調で肯定した。人を欺《あざむ》くときは事実を巧みにまぜるのが重要だ。

じっと注意深く睨めつけられて、俺もまっすぐ見返す。

高岡翔《しょう》、高岡翔……胸の奥で先生の名前をくり返して意思をかたく保っていると、おばあさんの目線がそれて俺の背中を見た。

「……あなたも獣人なのね」

え。

「いまここで、あたしが矢浪さんに電話してあげるよ。事情説明してあなたにかわってあげるから話しなさい」

「あ、はい。ありがとうございます」

よし、また一歩前進した。

転居した家主と不動産屋が電話をできる状況にある、というのがひっかかったが、ひとまず信じることにしてカウンターの椅子に腰かける。……さあ次の難関だ。

おばあさんはデスクの棚から電話帳らしきノートをだしてきて電話に番号を入力する。

これが個人情報を開示しないための手段なのは理解できるものの、第三者がいる場で矢浪さんを信用させ、ばかげた噂について追及するのは難しい。

学校の歴史を調べている、と予防線ははっているから自分の話術にかけるしかないけれど、どうだ。できるか、俺に。

「──あ、ごぶさたしてます、八田部《やたべ》です。ええ、どうも。奥さんもお元気ですか？　そうね、ようやくすずしくなってきて。ええ」

矢浪さんのお母さんが応答してくれたらしい。八田部、と名のったおばあさんは急ににこやかに世間話を始める。歳とると身体も弱って困るわね、そうそう、今年も年賀状ありがとう。

ふたりはどうやらいまだに親交があるっぽい。数分後、楽しそうに話していた八田部さんがちらと俺を認めて、機を見たように「それでね、」と切りだした。

「いま新徳高校の生徒さんが功貴君に会いたいって言ってうちにきてるのよ。学校の調べものしてるとかなんとかで。うん、そう。担任の先生が功貴君の後輩らしいよ。その担任っていうのがあやしいけど、訪ねてきた子は獣人で背中に羽があってね……ええ、悪い子じゃなさそう。功貴君ももう大人だし、どうかね」

俺より諏訪先生のほうが不審がられてるのか。まあ、それもそうか。

〝功貴君ももう大人だし〟のひと言に違和感を覚えつつ、八田部さんの「うん、うん」という相づちを聞いて結果を待っていると、やがてずいっと電話の受話器をつきつけられた。

「矢浪さんのお母さんが話してくれるって。でなさい」

きた。受話器を目の前にしていまさら唐突に、なにしてるんだろう、と正気に返った。

高岡先生が好きで、先生に部を退く前の恩返しがしたくて、初めておりたった町の不動産屋で嘘をならべ、はるか昔の卒業生の親まで巻きこんで緊張に押しつぶされそうになっている。

なんだこれ。ばかじゃないか、と頭の裏側では呆れ返っているのに、やっぱり逃げたいとかどうでもいいとか思えない。

高岡先生、高岡先生——ひとつの想いだけをよすがにして、受話器を摑む。

『こんにちは、新徳の生徒さんなの？』

耳朶《じだ》をついたのは、思いのほか優しくてやわらかい声だった。

「はい、突然申しわけございません、新徳高校二年の吉沢真白と申します」

この人は警戒していない、俺を受け容れようとしてくれている。

「いま説明していただいたとおり、学校のことを調べておりまして、担任から功貴さんを紹介してもらいました。よろしければご本人とお話ししたいのですが……」

『学校の歴史に、うちの息子が役立てるのかしら？』

「そう、うかがっています」

『でも生徒会長とか学級委員長とかやってたわけでもないのよ？　どっちかっていうと真逆っていうか……』

言葉をにごすお母さんの声を聞いていて、矢浪さんの不良みたいな外見が脳裏を過《よぎ》った。

ここはフォローをしなければ……――いや、どうだろう、もしかしたらお母さんにはもう嘘をつく必要もないんじゃないか……？

「その……功貴さんは、学園七不思議みたいな、ある噂について詳しくご存じのようなんです。子どもっぽい相談で本当に申しわけないのですが、それだけ聞かせていただきたくて」

あはは、と電話のむこうでお母さんが笑いだした。八田部さんも正面で「七不思議ぃ？」と、ぎょっとする。

『そうなのね。功貴は実家をでていまうちにいないの。携帯番号でも教えたらいいかしら？』

効果覿面《てきめん》か。

「はい、ぜひお願いします」

『じゃあちょっと待ってね』

ケータイ、ケータイ……、とひとり言が聞こえてくる。俺も生徒手帳をひらいてシャープペンを用意すると、ちょうどお母さんが戻ってきて番号を教えてくれた。復唱して、確認も無事完了する。

礼を告げてから「何時ごろにお電話したらよろしいでしょうか。功貴さんは現在どのようなお仕事をなさっていますか」と探りを入れたら、『文具メーカーで企画開発をしてるの。だから……七時以降かな？』と興味をそそるこたえが返ってきた。

「文具ぼくも好きです。羨《うらや》ましいですね、いろいろお話を聞かせてほしくなりました。本当にありがとうございます」

お母さんとふたりで笑いあい、すこし空気が和む。温かい雰囲気が満ちたタイミングで「では」と電話を切ろうとしたら、『待って』ととめられた。

『ごめんね……功貴と連絡がついたら、わたしにもたまには電話してって伝えてくれるかな。あ、実家じゃなくていいの。わたし、母親にね。ケータイでいいからって』

哀愁がにじむ声色の、切羽詰まったような懇願《こんがん》だった。

「はい、わかりました。伝えさせていただきます」

……忙しい人なんだろうか。矢浪さんと家族の事情に触れてしまった、と、そう感じた。

そして再度八田部さんにかわって、八田部さんも最後の挨拶をかわしたあと電話を切る。

なんとかうまくいった。

「なによ、七不思議って。あたしにゃものすごく重大な資料づくりをしてるって感じで話してたのに」

八田部さんの表情は厳しかったが、声音は先ほどとうって変わって和らいでいる。

「……すみません、じつは、まあ、そんな感じです」

「ったく……でもなんていうか、そのほうが信じられるね。変に疑って損した」

ふふ、と笑われて、俺も気が抜ける。

そうか。探偵活動で必要とする信頼関係も、人づきあいのそれと大差なかったのかな。心をひらくタイミングが遅くなって若干つまずいたけど、成功してよかった。

「矢浪さん、最後きみになんか言ってたね」

「あ、はい。功貴さんに、自分にもたまには連絡するように伝えてって頼まれました」

「そう……」

八田部さんが瞼を伏せてしんみり二度うなずく。それから椅子を立って奥のウォーターサーバーの前へいき、紙コップをふたつ手にした。

「矢浪さんのところはね、息子さんが獣人なんだよ」

水をそそぎながら言う。

「それで近所の人に長いことやっかまれてて、夜逃げ同然ででていっちゃったの」

「夜逃げって……」

「蛇《へび》なんだよ。毒蛇。口に毒牙《どくが》があるの。うちは解約通知書をもらわないと困るから、住民票とらせてもらって会いにいったのが、えーと……何年前だったかな」

コップをふたつ持って戻ってきた八田部さんが、ひとつを俺のそばにおく。その左手と右手をカウンターの上にならべて、唇の端をにいっとひきあげた。

「わたしもこれ、狼《おおかみ》の手だったんだよ。しかも左手だけね。生まれたときはもっと大きくて、とんがった爪がついてて毛もぼうぼう生えてた。でも手術したの。あんたとおなじ歳のころは恥ずかしかったし、いじめられて辛かったねえ……」

言われてみれば、両手の大きさが若干違う。でももう爪も毛も人間と変わりない、綺麗な老人の手だ。

獣化が中途半端だと、未熟な生物だと蔑まれたりもするらしいが、実際整形手術をした人に会うのは初めてだった。

「……苦労なさったんですね」

「ンン、ま、忘れちゃったけどね。矢浪さんとなんだかんだ続いちゃったのもこのおかげ」

八田部さんが俺の目を覗きこむ。

「おなじ獣人として信じるからね」

もうここに嘘は必要ない。

「はい。功貴さんと連絡がとれたら、八田部さんにもご報告します」

見つめたまま深くうなずき返して、俺は約束した。

帰宅して夕飯を食べていると、テレビから獣人の集団自殺のニュースがながれてきた。

『山中で発見された自動車の車内には男女六名の遺体があり、ひとりは獣人自殺サイト「ホワイト」の管理人馬場《ばば》勝《まさる》さんだとわかっていますが、ほか五名に関しては現在身元確認中です。なお車内から練炭が発見されており――』

父さんが「管理人も結局死んじまったか」と嘆息を洩らしてエビフライを頬張った。

「死ぬ以外の方法はなかったのかね」

『ホワイト』は数年前から世間に注目されていた自殺サイトだった。いままでニュースではサイト名や管理人名を伏せて慎重に報道していたが無論隠しおおせるはずもなく、余程無関心な人でない限り周知の事実だったし、サイト利用者と思われる獣人の集団自殺も絶えなかった。

「困ってる獣人は大勢いるのよ。真白も辛ければ言いなさいね。手術したっていいんだから」

「身体にメス入れるのはどうかと思うけど、まあ自殺されるよりはいいよなあ」

勝手に話をすすめる両親の声色は、他人の子に言い聞かせるような軽率な響きをしている。

よくも悪くも、俺が自殺をするなんて本気で考えてはいないんだろう。

「べつにどっちも望んでないよ」

たしかに死ぬ気などない。ただ、解せないのは母さんの態度だった。

白い羽は、幸せの象徴だと言い続けてきたくせに。

「ごちそうさま。テスト勉強したいからいくね。——父さん、風呂あいたら教えて」

「んー」

——矢浪さんのところはね、息子さんが獣人なんだよ。それで近所の人に長いことやっかまれてて、夜逃げ同然ででていっちゃったの。

部屋へ戻ってラジオをつけ、デスクの椅子に腰かけて携帯電話を持った。

……矢浪さんもいまごろなにか思っているだろうか。何年も世間をにぎわせていた『ホワイト』管理人の最期《さいご》が報《しら》された今夜は、俺の胸にも悶々《もんもん》とわだかまるものがある。

矢浪さんは現在実家をでているらしいけど、そこでは近所とうまくやっているのか。お母さんにもあまり連絡せず、どんな日々を送っているのか。すこし考えてしまう。

ぼんやり物思いに耽っていると昔観た映画のワンシーンが蘇ってきて、思考が飛んだ。

「誰でもいいから傍にいて」なんて言うからひとりになる
「自分が嫌い」という呪文を唱えれば、みんなが愛してくれるんだって勘違い

不幸は、他人に過剰な期待を抱くことから始まる

信じたいという欲から、不信感は生まれる

〝ばれるような嘘〟は〝気づいてほしい嘘〟

そして

「死ぬのが一番楽だ」とかほざきながらまた、

ごはんをもりもり食べるわけ

ラジオから歌がながれてきて我に返った。高岡先生を尾行して叱られた夕方にも聴いたヒット曲『17』だ。ｅｎ《エン》というこの歌手は猫耳が生えている獣人で、『俺は耳がいいんで歌手になれたのもこのおかげです』と照れ笑いしている。獣人でも、愛されて生きている人はいる。

『ホワイト』——なにが〝白〟だ。死んだら汚れのない純白な存在になれるとでも思っていたのか。大事なのは内面だろ。死ぬんじゃなくて、白い心でどう美しく生きられるかどうかだ。真白、と名づけられたって、綺麗になるには努力しなくちゃならないんだから。

ラジオの音量を最小限までさげた勢いのまま、矢浪さんへ電話をかけた。見知らぬ電話番号でもでてくれますように、と祈ってコール音を聴く。

『——……はい？』

繋がった。警戒心むきだしの怪訝そうな声ではあったがでてくれた。

「初めましてこんばんは。矢浪功貴さんですか？」

『……。そうだけどおまえ誰だ』

「ぼくは新徳高校二年の吉沢真白と言います。担任の諏訪敏公先生の紹介で、矢浪さんを探していました」

『は？　諏訪？　担任って……え、あいつ教師になったの？』

「はい」

仰天している矢浪さんに、電話番号を知っている理由から説明した。ドスのきいた低い声でくれる『ああ』『はあ』という相づちを聞いていると、卒業アルバムの姿がちらつく。

〝学校の歴史を調べている〟なんて下手なごまかしはもうやめて、「生徒のあいだでながれている噂の真相を追っている」と最初に正直に伝えた。

不動産屋までいったあたりでは『なにしてるんだよ』と怒りさえにじんでいたけれど、いよいよ「美術準備室」のひと言をはっきりだしたら、思いがけず『なっ』とあからさまな動揺を見せた。

「その反応……やっぱりなにかご存じなんですね？」

『おまえそれ……——俺のことは諏訪に聞いたって言ったよな』

「はい。諏訪先生が矢浪さんの名前を教えてくれました」

『あいつ……なにをどこまで知ってるんだ』と舌うちが聞こえてくる。

「諏訪先生も美術準備室の窒息死事件に関わってる可能性があるんですか」

『ねえよ』

「言い切るってことは、矢浪さんが本当に事件の全容を把握してる……？」

実際に亡くなった人がいる、と聞いている。矢浪さんが毒牙を持っていることや、近所から疎《うと》まれていたこと、事件と深い関わりを持っていそうなこと――散らばっていたピースがここへきて一気に押し寄せてきて、俺のなかで勝手にかたちづいていく。

「教えてください、守りたい人がいるんです。その人に、死んでほしくないんです」

もしかしたらこの人は殺人犯なのかもしれない。

牙で人を殺して裁かれた？　だから親とともに夜逃げして、いまも母親に連絡しづらいのか。

俺はそんな男の暗い過去に、立ち入ろうとしているのか……？

『――……会って話そう』

どき、と心臓が波うった。

「電話じゃなくて……会って、ですか」

俺まで殺される？

『電話でもかまわないっちゃかまわないけど、おまえが信頼できる奴かどうか知りたい』

信頼……初対面でまた難しいことを。

「わかり、ました」

『高校の最寄り駅までいく。いまもまだ駅前のファストフード店ってあるか？』

「あります」

『じゃあそこで明日の五時に待ってるよ。おまえの携帯番号も登録しとく。ついたら連絡な』

「はい」と電話を切って掌の携帯電話を見おろし、生唾を呑みこんだ。人目のある場所なら殺されることもないだろう、と大げさながらも自分を納得させてみる。

獣人がその身体能力を武器にして犯罪を行うことはままある。牙《きば》や爪はとくに警戒されて、八田部さんのように整形手術をする人もたくさんいる。他人を傷つける気がなくとも怯えさせて嫌われるし、日常生活にも支障をきたすし、本当にいいことがない。

——おなじ獣人として信じるからね。

八田部さんも言っていたとおり、俺も獣人で、矢浪さん側の存在だ。

——礼儀を忘れず、相手の身になって言葉を選ぶこと、悪い面を叱ってあげること、自分自身も弱さや脆さを見せること、それは優しさなんだと俺は思うな。

高岡先生のアドバイスどおり、まずは俺も信じなければ。矢浪さんのお母さんも八田部さんもいい人だったじゃないか。矢浪さんに近づくな、と忠告してきた人はひとりもいない。大丈夫。疑わず、心をひらく。明日五時に、駅前のファストフード店で。

翌日の夕方、部活動を終えて学校をでる前に八田部さんへ電話をした。

矢浪さんと無事連絡がとれていまから会うことになったのだと報告すると、『よかったね、学校の調べもん頑張んな』と無関心そうな返事があった。自分はもう関わらないからあんたらで好きにやんな、という感じだ。

約束の十分前に到着して紅茶を頼み、二階のテーブル席について矢浪さんに電話をした。すぐにでた矢浪さんも『俺もついた、いまいくよ』と数分後コーヒー片手にやってきて、顔を知っているこっちが手をあげて誘導し、席を立って頭をさげる。……いよいよ決戦だ。

「わざわざご足労いただいてすみません、吉沢真白です」

矢浪さんの視線が一瞬俺の羽を捉えた。

「いや、こちらこそ。懐かしいな、町並みも結構変わってるのにここは昔とおんなじだ」

矢浪さんは仕事帰りらしく、スーツ姿だった。強面ではあるものの、卒業アルバムの印象とは百八十度異なる人懐っこい笑顔を浮かべるから驚いた。ただし、笑う口に牙はいまもある。

「おまえも獣人だったんだな」

おたがい椅子に落ちついて、目をあわせたあとの矢浪さんの第一声がそれだった。

「はい、そうなんです」

「羽って綺麗でいいよな。手入れが大変そうだけど」

「……いえ、悪目立ちするだけですよ」

「ああ、アイドルみたいなもんだろ？　綺麗、素敵ってちやほやされて、〝ありがとう〟って言っても〝やめて〟って言っても角が立つ。羽がある獣人でそんなふうに悩んでる奴は多いらしいよな」

また驚いて、瞠目《どうもく》した。

「矢浪さんは、知りあいに羽の生えた獣人がいるんですか……？」

「いろんな獣人の情報が入ってくるだけだよ。おまえもその反応見てる限り困ってそうだ」

言いあてられた。高岡先生、諏訪先生に続いて、三人目だ。

「で？　わざわざ俺を探したりするんだから〝死んでほしくない人〟ってそうとう好きなんだよな。恋愛がらみ？」

周囲には、俺とおなじ制服を着ている学生もちらほらいて、楽しそうな話し声が響いている。無駄な世間話がしたかったわけじゃないが、こんなにとんとん会話がすすむとも思っておらず、戸惑いと羞恥《しゅうち》で当惑した。

「……準備室の噂に、俺の事情はそこまで関係ありますか」

「大あり」

「どうして」

「こっちも恋愛がらみだからだよ」

恋愛がらみ？　美術準備室で死ぬっていう噂が……？

「もしかして矢浪さんは、好きな人を……窒息死させてしまったんですか」

思いきって小声で訊ねたら、矢浪さんが咳《せき》払いしてテーブルの上で両腕を組んだ。

「先に言っておく。俺は誰も殺してないし、相手も生きてていまもつきあいがあるよ」

「恋愛がらみで、つきあってるってことは……ご結婚なさってる？」

「それこそ関係ないだろ」

「……すみません。そうですね。たしかに、いまのは好奇心でした」

ははは、と笑われた。

「謝らなくていいよ。じゃあ探りあいはやめよう。かわりに、あそこで人が死ぬことはないって断言する。それで解決にしてくれないか」

「俺を信頼できそうもないから、真相は話さないってことですか」

「そうじゃないけど、親しかろうとほいほい言える内容じゃなくてだな」

「でも諏訪先生は知ってますよね」

「それよ。そこは俺も追及したいところだよ」

矢浪さんが右手で顎をこすりながら唸《うな》るが、俺はもっと混乱してくる。

「……いまいちよくわかりません」

矢浪さんと諏訪先生の関係も、窒息死なんて噂ができた理由も。

「だから、その……解釈の違いで妙な噂だけひろまっちまってるらしいって感じ」

「解釈ですか」

「そう。これでこの件はおしまい。おまえも大事な人をいまのまんま想ってて大丈夫。だいたい噂になってるってこと自体、おまえから連絡もらって初めて知ったわ。誰がひろめたんだ、諏訪か？」

「ったく、ふざけんなよ」とぼやいて、矢浪さんはコーヒーを飲んだ。俺も彼に倣《なら》って紅茶を飲み、これ以上は教えてくれなそうだな……と歯噛みする。しかし美術準備室にまつわる噂は人命に関わる深刻な事件じゃなく、高岡先生の教師生活が脅かされることもないとわかった。恩返しとまではいかないまでも、一応解決なんだろうか……。

「あの……もうひとつだけ訊いていいですか」

「ん？」

「うちの高校は創立当初から男子校なので、恋愛がらみなら矢浪さんは女教師とつきあっていて、いまも一緒にいるってことになりますよね」

板橋とおなじ。男子校の女教師は本当にモテる。

「だったら？」

「……俺も相手は教師ですけど、男の教師に片想いしてます。だから教師相手の恋愛ってどんなだったか、聞きたくて」

矢浪さんは嗤わなかった。揶揄《やゆ》もせず、俺を見据えてしばし黙考したのちに口をひらいた。

「俺、高校のころ毒牙のせいで不良扱いされてたんだよ。それこそ他校の生徒をボコって入院させたとか、女妊娠させまくってるとか、わけわからない噂の的《まと》にされてうざかったのなんの。でもその相手だけは俺を信じくれた。獣人じゃなくて人間なんだけどね」

俺は無言でうなずく。

「うちが夜逃げしたこと、不動産屋で聞いたろ？　でもそいつはそのあとも遠距離でつきあい続けてくれて、いまは同棲してるよ。それで獣人相手のカウンセラーしてる」

「カウンセラー……」

「毒牙が嫌でしかたなかったけど、この歳になってみると自分に必要なものだったのかなって思えるんだから現金だよな。おまえもいつか羽を誇りに思えるようになったらいいな」

集団自殺を望む獣人がいる一方で、獣人だったからこその幸せを得た人もいる。

――大丈夫。吉沢が思う〝ずっと〟なんてどこにもないから。おまえらの歳のころは〝未来を見とおす力〟があるよな。なにもかもわかった気になって、勝手に絶望して失望して悲観する。実際は狭い世界しか知らないのに。

――もうちょっと生きてみ。少なくとももっと自由になってるよ。

俺も成長すれば自分を誇れるようになるだろうか。

「……矢浪さんみたいに幸せになるには、俺はやっぱり、人づきあいの下手さをなおさなくちゃいけない気がします」

それにできることなら高岡先生がいい。先生から誇りをもらいたい。先生との出会いが糧にならなかったら、それは、とても淋しい。

「そろそろ場所かえるか」

「え」

目を上げたら、微笑《ほほえ》む矢浪さんが俺の肩を叩いてきた。

「こんな場所で話して解散ってこともないだろ。可愛い後輩と知りあえたことだし、メシおごってやるつもりだったから。しけた面してないでいっぱい食って元気だせ」

……あ、この人はいま幸せなんだ、とわかった。やわらかくなった表情や、温かい余裕をまとった身体から、まばゆい幸福のオーラのようなものを感じる。

「ほら、いくぞ」

「……はい」

その後、矢浪さんはホテルでディナービュッフェをごちそうしてくれた。

「高校生だからいっぱい食うよな」と言って、デザートまで腹ぱんぱんになるまで食べさせられてかなりしんどかった。

でも食事しながら高校の思い出話や、矢浪さんの仕事の話や、諏訪先生の愚痴をかわしているうちに、彼が人を殺せる男じゃないことも実感していった。

駅のホームでの別れ際には「またなんでも相談してこい。うちのカウンセラーに会いにきてもいいぞ」と誘ってくれて、その物言いにも社交辞令や嘘の響きがなかったから、あまりの無防備さに驚嘆すらした。

「矢浪さんは俺を疑ったりしないんですか」

「疑う?」

「初対面なのにそんなに手放しに信じて、怖くないのかなって」

ははは、と矢浪さんが笑う。

「おまえのどこを怖がれって言うんだよ」

「どこって……十何年も前の卒業生を追いかけてきた気味悪さとか」

「好きなセンセイのためにだろ?」

ははは、と矢浪さんは笑い続けている。俺は釈然としない。

矢浪さんがのる電車がくると、俺は「お母さんが連絡してほしいって言ってましたよ」と忘れずに伝えた。

ふいに目を伏せた彼は「……わかった、ありがとうな」と微苦笑する。

「俺たちのつきあいを許してくれてるの、母親だけなんだよ」

「え……そうなんですか」

そういえば同棲と言っていた。それこそ十数年つきあい続けているのにいまだ結婚していないのも、反対されているのが原因だったのか。……元教師っていうのは、親にとっては嬉しくないことなんだな。

「また連絡します。そのときは、カウンセリングお願いしていいですか」

電車の扉がひらいて、矢浪さんが笑顔を残してのりこむ。

「待ってるよ」

出発のメロディが鳴って、俺が手をふると、彼もふりかえしてくれた。扉がしまり、寒風を巻きこんで電車が走り去っていく。

……待ってるよ、という矢浪さんの言葉と笑顔は、本物だっただろうか。そう信じたい。間をおかずに自分がのる電車もきて、乗車すると無人のシートに腰かけた。走りだす電車とともに、窓の外にひろがる群青色《ぐんじょういろ》の夜空がながれていく。

ふと、鞄のなかに入っている、提出し忘れたままの日誌を思い出した。

——何年経っても先生を忘れることはありません。ずっと好きです。

あの告白に返事はなかった。また書いても無視されてしまうんだろう。

それでもいま、なぜか無性に先生に会いたかった。


休み明け、放課後に美術室へいくと廊下に高岡先生と諏訪先生の話し声が聞こえてきた。

「——……そうなんですか。諏訪先生がいまこの学校で教鞭《きょうべん》をとっていることといい、不思議な縁ですね」

「ええ。まさかＯＢの不幸をこんなかたちで知ることになるとは思いませんでした」

なにか暗い話題だろうか。

「……こんにちは」

声をかけながら入室したら、教卓の椅子に座っている高岡先生とそのむかいに立つ諏訪先生がふたりそろってふりむいた。

「お、きたな」

諏訪先生が教師用の笑顔になり、高岡先生も会釈してうすく微笑む。

目配せしたふたりは「じゃあ」「ええ」と適当に言葉をかわして会話をやめ、高岡先生だけ教材を持って準備室へ入っていった。話の邪魔をしてしまったうしろめたさを感じつつイーゼルやキャンバスを持ってきて絵の準備を始めると、諏訪先生がこっちへきた。

「お疲れ、探偵君」

パレットと絵の具をならべながら、ちょっとかちんときた。

「人が死んだなんて嘘じゃないですか」

「お」

「ていうか先生なんなんですか。矢浪さんも〝諏訪はなにを知ってるんだ〟って不審がってましたよ」

「へえ、矢浪さんと話せたのか。偉い偉い。愛の力だな」

ばかにされている気しかしない。

「矢浪さん、吉沢に噂の真相話してくれた？」

「いえ。でも噂は嘘で、誰も死んだりしないって断言してくれましたよ」

「ほう……」

「この件はこれ以上追及の余地もなさそうですけど、また今度会いにいこうと思ってます」

「どうして？」

「どうしてって……つきあいを続けたいから、ですかね」

ああ、後輩だった諏訪先生は、矢浪さんが学校で煙たがられていた姿を見ているんだっけか。俺が矢浪さんに懐くのも不思議に感じるのかもしれない。

「……面白いもんだ」

腕を組んで、諏訪先生がしみじみする。

「学生時代のことも卒業して終わりなんじゃなくて、こうして続いて、繋がっていくんだな」

諏訪先生と、先生の先輩だった矢浪さんと、現在生徒である俺——たしかに面白い関係ではある。諏訪先生には自分の過去も含めていろいろ感慨深いものがあるんだろうか。

筆に絵の具をなじませてキャンバスにつけたら、そのとき携帯電話が鳴りだした。着信音はあのヒット曲で、携帯電話を慌《あわ》ててとめたのは諏訪先生だ。

「……ミーハー」

小声で揶揄したら、諏訪先生に笑顔で頬をつねられた。

「いたたっ、ほんとに痛いっ。教師が携帯電話持ち歩いてるのもおかしいでしょう！」

もがいていると、準備室から戻ってきた高岡先生が「なにしてるんですかっ」と駆け寄ってきて諏訪先生をひきはがしてくれた。鈍痛でひりひりする。

「……まさかいまの曲のせいですか。大人げないですよ、諏訪先生」

高岡先生に咎《とが》められても諏訪先生は無視して携帯電話をスーツの胸ポケットへしまう。

瞼を細めて諏訪先生を睨めつけていた高岡先生は、ため息をついて俺に耳うちしてきた。

「……あれうたってるの、諏訪先生の恋人なんだよ」

「えっ」

間髪入れずに、「急用が入ったので失礼します。お邪魔しました」と諏訪先生がでていってしまう。

「……en って男ですよね」

俺は至近距離にいる高岡先生と目をあわせる。

「高校の同級生なんだってさ」

「え……ってことは、高校のころからずっと？　つきあってるんですか？　男同士で？」

あの諏訪が？

「じつは一途な人なんだよ」

「詐欺ですね」

「好感度あげとけ、そこは」

えー、と不満を洩らしたら先生が笑いだして、俺もつられて笑った。このあいだみたいにキスできそうなほど顔が近くて胸が痛い。

「――で、俺あとでクラスの準備にも顔ださないといけなくてさあ」

「まじか。あーだりぃな文化祭」

廊下から話し声が聞こえてきて、やがて一年の部員ふたりが入ってくると、高岡先生が身体を離して「おまえら年中だりーだりー言ってるな」と呆れ顔でむかえた。「まじでだりぃんだよ～」とこたえるふたりのところへいき、軽い雑談を始める。

美術科の生徒が先生にタメ口をきくのは、無礼だと思う反面、羨ましくて嫉妬してしまう。ひとまず俺も部長として、「ちは」と愛想苦笑いの会釈だけ輪のなかにさしこんでおいた。孤立して、絵の続きを描く。普段はこうして部活中も先生を独占できる時間が少ない。矢浪さんには教師の、諏訪先生には男の落としかたを教えてもらおうか、と思いめぐらして絵を描き続けていると、そのうちだんだんと日が傾いて美術室内の彩りも変わっていった。

今日の部活動は一時間半。もうすぐ完成する絵の仕上げに色鉛筆をつかおうと決めたころ、下校のチャイムが鳴った。

部長なので、部員全員が戻ってきて談笑しながら画材をしまい、帰宅していくのを見おくりつつ、自分も片づけをする。「部長さよなら〜」と挨拶をもらえるのはやっぱり嬉しい。

文化祭まで約半月。板橋やほかのクラスメイトはすでに大学入試を視野に入れて、中間試験の勉強もすすめている。普通科の俺が先生の傍で気兼ねなく過ごせる時間も残りわずかだ。卒業式に携帯番号やメールアドレスを訊くのは反則なんだろうか。

五年間のあいだに先生は結婚したりしないだろうか。

人けのなくなった水場で爪のなかまで入りこんだ赤色の絵の具をながしていたら、「吉沢、ちょっとこい」と呼ばれた。準備室の扉をあけ加減にして立っている先生が手招きしている。

「はい？」と水道の水をとめて、手をタオルで拭きながら移動する。

「おまえまた水で手洗ったのか、真っ赤だぞ」

「あ、はい。手の感覚がなくなって他人の手みたいです」

「ばかだなあ……」

室内が夕日色に染まっていて、先生のスーツの黒色が濃く浮きあがって見える。微笑を浮かべる優しい表情やシャツやネクタイも、緋色《ひいろ》の淡い光に照らされて綺麗だった。

狭い準備室は相変わらず本や絵の具の匂いが充満していて、一歩立ち入っただけで独特な静《せい》謐感《ひっかん》に包まれる。

俺がふりむくと、先生は扉をしめて鍵をかけた。

「おまえ、俺のためにここの噂を調べてたんだって？」

「……。諏訪先生に聞いたんですか」

「そうだよ。あんなの嘘に決まってるのに」

先生は微苦笑して俺の正面へくる。

「嘘なら、嘘だって知りたかったんです」

「どうして」

「……どうしても」

「俺を守るために、どうしても？」

諏訪の野郎……。

「俺は教師だよ」

「……はい」

「教師だし、男だ」

「……。はい」

「でもそれを理由におまえを拒絶し続けるのは不誠実だな」

これは叱責じゃない、と理解したとたん、手塚先輩が渡り廊下でふられていた姿が蘇ってきて背筋が凍った。

「ちゃんとふってほしいか？」

涙は、とめようと思ったときにはもう視界にあふれていた。

「……はい。でも、」

これ以上迷惑をかけて嫌われたくないから、涙を指で懸命にはらって喉の痛みをたえ、息を吸いこんで言葉をつぐ。

「でも、いまふられても、五年後にも約束どおり絶対戻ってくるから、そのときは……また、ふってください」

「二回ふるのか」

眉をさげて苦笑する先生が優しくて、淋しい。

断りの言葉を聞く前に、いっそいま誰かに殺されたい。ふられたくない。好かれてないってわかりたくない。五年後にも望みはないって知りたくない。……嫌だ。

「本当は……本当は一度でもいいから、一日でも、嘘でもいいから、先生の恋人になりたい」

途中で先生に抱きしめられて、言葉の最後が喉の奥につぶれた。

先生の腕の力や、胸の厚みを感じる。右耳にある先生の唇からは、洩れてくる吐息の熱さも伝わってくる。

今日この数分で俺は一生ぶん泣くんじゃないかと思う。噂どおり、本当に死ねたらよかったのにな。

「先生、好きです……これから生きているうちになにがあっても、俺にとって生涯で、一番の恋でした」

上擦ってひっくり返った声が恥ずかしくて、笑ってしまいたいのに笑えない。

終わりだ、と痛感したら、とめどなく涙があふれてきて、我慢しきれずにしゃくりあげた。

先生の髪が頬をくすぐる。スーツから絵の具まじりの先生の匂いがする。温かい。

この人に好かれたかった。この身体に愛されたかった。この人だけがまだいまでも欲しい。

「好きです……」

ふいに先生の身体が離れて、咄嗟にスーツの裾《すそ》を摑んでひきとめたら、顔を覗きこんで笑われた。俺の両頰の涙を両手で拭ってくれて、「泣きすぎだろ」と茶化す。

「でも、先生が好きなんです」

「何回言うんだよ」

「……すみません」

うつむいたら手で両頰を包んだまま上むけられて、目をまっすぐ見つめられた。

「俺は吉沢が想うような完璧な大人じゃないんだよ。全部話したいけど、立場的にまだ言えないことが多いし、思春期の子どもに傾倒する気もない。教師として良識のある態度は貫くよ」

「はい……?」

「応えてはやれないけど、泣く必要もないって言ってるの」

「五年経っても好きだったら、考えてくれるって意味ですよね」

「いや、ンー……」と、先生が唸って考える。

こんな言われかたしたら期待してしまう。

「吉沢のことは、俺は特べ――」

先生の発言を遮って、そのとき『高岡先生、至急職員室へお戻りください。くり返します、高岡先生……』と校内放送がながれだした。息を呑んで、俺たちは目をまるめる。

「漫画みたいなタイミングのよさだな……まあ、ちょっといってくる」

「はは。……はい」

一気に気が抜けた。

「笑ったな」

よかった、と微笑んだ先生にもう一度抱き竦められてつま先立ちになる。強くひかれる腰から先生の身体に埋もれていきそうで、顔が熱くなる。そうして数秒間沈黙していたのち、先生は準備室をでていった。……いまの、すごく愛されてる感じがしたのは勘違いだろうか。

戻ってきたら訊いてみたい。今日ならすこしはこたえてくれる予感がする。

身体に残る先生の腕の余韻を持てあまして、そのまま長いあいだ茫然《ぼうぜん》とつっ立っていた。

しかしその日、日が落ちて準備室が真っ暗になっても先生は戻ってこなかった。


高岡先生が美術部にこない。かわりに美術科の加藤《かとう》先生が代理顧問になって三日経ったころ、三年の先輩が自殺した、という噂がながれ始めた。

『未遂だったっぽいけど、意識不明で生死さまよってるって話だよ』と板橋が言っていたから、もしかしたら高岡先生が部活を休み続けていることと関係してるんじゃないかと心配になる。加藤先生に問いただしても『そのうち戻ってくるよ』の一点張りなのも、やきもきさせられていた。

今日はその噂の内容をつきつけて加藤先生を追及してみようかと思案しつつ絵を描いていたら、夕方部活動が終わるころ加藤先生のほうから「吉沢、ちょっと」と声をかけてきた。

「準備室にきてくれるかな」

「……はい」

これは高岡先生のことだよな。ようやく教えてくれる気になったのか……？　と訝りながら片づけをやめてすぐにいくと、デスクの椅子に腰かけていた先生が俺にむかいあっていきなり大きなため息をついた。

「……吉沢。部長のきみには報告しておくけど、手塚が自殺をはかっていま入院してます」

「は……？」

「大学入試のことでそうとう悩んでたみたいでね……最近テレビでもやってたでしょ、自宅にあったバーベキュー用の練炭をつかったらしいんだ。すぐ発見されたけどまだ危険な状態で、担任の阿部先生と、部の顧問だった高岡先生が毎日見舞いにいってる」

嘘だろ。

――部の展示はあくまで活動報告みたいなもんだ。進学組のガリ勉君が、大事なオベンキョウの時間割いて描いた落書きを展示する場じゃないんだよ。

――俺、先生にもまた〝絵を描きたい〟って思わせてやるからさ。俺といたらもう一回夢を追いたくなるような、そんな恋愛させてやる。

――俺、本気で先生のこと好きだよ。

――……さよなら先生。

最後に会った日の手塚先輩の姿と、傲慢《ごうまん》さと、涙を憶えている。

「加藤先生。手塚先輩の自殺の理由は大学入試だけなんですか」

「うん、遺書にもそう書いてあったって聞いてるよ。……美大目指してたからね。自分の才能直視して、他人を羨んで嫉妬したり絶望したりっていう葛藤《かっとう》は、どうしても絶えないのかもしれないね。うちのクラスにも悩んでる生徒がいるし、わからなくもない」

遺書……〝書いてあったって聞いてる〟ってことは、加藤先生は直接見ていない。

加藤先生の言うように才能で闘う苦悩の重さははかり知れないが、自分を傷つけた高岡先生へのあてつけもあるんじゃないか、だとしたら一ミリも同情できない、と憤った。

先輩に失望した。高岡先生をめぐってライバルになる価値もない。……ふざけんな、自殺ってなんだよばか野郎。

「手塚先輩の様態がわかったらまた教えてください」

「吉沢も心配？　なにか言伝《ことづて》でもしておこうか？」

「なら『なにしてんだよクソ野郎』って」

「それはちょっと、よくないなあ……」

弱ってる気持ちもわかってやってね、と加藤先生が苦笑して鼻の頭を掻く。

「あと、美術部って部長が書いてる日誌あったよね。それ提出してくれる？　高岡先生も部員がどんな活動してるか知りたいだろうから渡しておくよ」

「日誌……ですか」

あれには、高岡先生への告白が全ページに書かれている。

「……加藤先生も見るんですよね」

「ん？　恥ずかしいの？」

「はい」

「はは、高岡先生に渡して、コメントもらってくるだけならいいでしょ？」

加藤先生は美術科の教師で、普段一切接点がないからどこまで信用できるかわからない。とはいえ、ばれるのは俺が片想いしていることであって高岡先生とのあいだになにかがあるわけじゃないから、せいぜい『完璧に無視されてるじゃないか』と嗤われて終わりだろうか。

「……わかりました。あとで今日のぶんも書いて提出します」

「うん、頼んだよ」

一礼して、準備室をあとにした。

部員全員が帰宅したあとの美術室はがらんとしていて、橙色の夕日に濃く彩られている。

高岡先生の連絡先を教わっておきたかった、と休日のあいだ何度も悔やんだ。

先生が手塚先輩をふったあとのこんな事態だ、先生の精神状態が気がかりで落ちつかない。

部外者の自分が職員室までいって高岡先生に『大丈夫ですか』とでしゃばって訊いていいものなのか、それとも先生が戻るまでじっと待つべきなのかさえ判断できずもどかしいばかりだ。

真っ暗闇のトンネルを目を凝らしてすすむような不安に駆られ続けて、結局高岡先生不在の美術部を守ることしかできずにいた火曜の夜、板橋からメールがきた。

『真白、なにかあった？　今日の放課後、諏訪におまえのこと訊かれたよ』

諏訪先生に……？

『なんて？』

『最近の真白はどうか、部活は楽しくやってそうか、とか。一応あたり障りないこと言っておいたけどマズかったかな』

諏訪先生も高岡先生の状態から、俺の心情を察してくれたんだろうか。

『マズくないよ、ありがとう。部活の顧問が忙しくて、いま代理でべつの先生がきてたりするから気にしてくれたのかもしれない』

『そうなのか。顧問って高岡？　だっけ？　文化祭ももう来週だから大変だな。なにかあったら俺も相談にのるよ』

『うん、悪い。ありがとう』

携帯電話をおいて両手で目をこする。……俺が人に心配かけてどうする、しっかりしろ。

文化祭の成功にむけて努力しながら先生を待とう。

先生がちゃんと食事をとって元気に過ごして、自分を責めていませんように、と強く祈る。

部活中に諏訪先生がきて、「吉沢きなさい」と呼びだされたのは二日後の木曜日だった。

「なんですか」と訊いても「とりあえずきてほしい」としか言わない。俺を誘導して廊下をすすむ諏訪先生はいつになく真剣な表情をしている。形容しがたい緊迫感を覚えてわけもわからないままついていくと、職員室をとおりすぎて隣の応接室へ近づいた。

「吉沢。俺が守れるのはおまえだけだからな」

「え……」

諏訪先生がドアをノックして「失礼します」と声をかけ、ノブをまわしてひらいていく。

室内では見知らぬ大人数名が神妙な面持ちで中央の長テーブルをかこんでおり、その真んなかに美術部の日誌があって戦慄した。

「彼が吉沢真白です。――吉沢、校長と副校長と教頭、三年のクラス担任の阿部先生と生徒指導担当の尾賀《おが》先生、それから手塚君のご両親と弁護士の田中《たなか》さんだ」

諏訪先生の紹介を聞いてさらに気後《きおく》れする。先輩の両親と、弁護士……？

「……初めまして、吉沢真白です」

ものものしい雰囲気に圧倒されながら頭をさげて、全員が会釈を返してきたタイミングで、諏訪先生に端の席へ座るよううながされて落ちついた。左横に諏訪先生も腰かける。

……なんだこれ。どういう状況なんだ。

「吉沢君。三年生の手塚君が入院中なのは、加藤先生から聞いて知ってるね」

話しだしたのは副校長だった。弁護士がレコーダーのスイッチをさりげなく入れる。

「遺書も残っていたんだけど、そこには受験に対する苦悩が書かれていました。意識がはっきりしたら本人の口から詳しく聞くつもりでいますが、手塚君がほかにもなにか学校で悩みを抱えていたんじゃないかとご両親が心配なさっているので、すこし話を聞かせてください」

「……。はい」

「吉沢君と手塚君は美術部の部長と後輩として一緒に過ごしていましたね。手塚君はどんな先輩でしたか」

斜むかいにいる、手塚先輩の父親と母親の視線が痛い。

「先輩は絵に対して貪欲で知識もあって、快活な人でした」

「うん。部員にはどんな存在でしたか。部内で指導や人づきあいに悩んでいるようすは？」

「いえ、とくには。先輩はリーダーシップがあってみんなに好かれていたと思います」

手塚先輩は部をまとめるムードメーカーでもあった。むしろ普通科の俺が部長をついだ現在のほうが、先輩がかたちづくった絆《きずな》を壊れる寸前でぎりぎり保っているような危うい状態だ。部員が、美術科の先輩こそ部長にふさわしかったと思っているのはひしひしと感じている。

「では手塚君と高岡先生は、吉沢君から見てどんな関係でしたか」

先輩と、先生の関係。

「部の顧問と、前部長です」

「それ以外には？　たとえば、恋愛関係のようなこととか」

……これはなんのための事情聴取なんだろう。

手塚先輩の両親が息子を自殺に追いこんだ学校に対して訴訟を検討している、だから学校内で先輩がどんな立場だったのか、なにに苦悩していたのかを弁護士と一緒に調査している、と考えると合点がいくけど、目の前にある日誌が思考を乱す。

先輩のことを知りたいならおなじ三年の友だちやクラスメイトに訊くはずなのに、後輩で、美術部でもすでに先輩と接点を失っているうえ、高岡先生に片想いしている俺が呼びだされた理由は……？

俺はどこで嘘をついてなにを正直に話せば高岡先生の名誉を守れるんだ。

「こたえてもらえないかな」

弁護士が急かしてきた。

「高岡先生が手塚君を追いつめて、思い悩ませているような素ぶりはありませんでしたか？これはたとえばの話だから気分を害さないでほしいんだけど、高岡先生が厳しく叱って体罰をしたり、あるいは生徒を淫行目的で誘惑していたりとか、なにかなかったかな」

先生を暴君の変態呼ばわりされて、はらわたがまぜっ返される。こんなわかりやすい誘導尋問もない。

「ぼくは手塚先輩の友だちじゃありません。美術部の部長だった手塚先輩しか知らないぼくに、先輩の想いを話すのは責任が重すぎます。ひかえさせてください」

「〝先輩の想い〟か……」

これで察しろ。

「じゃあ質問を変えます。吉沢君にとって、高岡先生はどういう先生ですか」

日誌に、視線をむけられない。

先生を救う正解の返答を考えろ。考えろ俺。

「……先生はいつもぼくに的確な指導をしてくれています。さまざまな相談に真摯にのって、無理を言えば叱ってもくれます。尊敬できる教師です」

「さまざまな相談っていうのは、具体的にどんな？」

「絵のことや、対人関係の難しさについてです」

「対人関係」と弁護士が復唱したあと、沈黙がながれる。

「吉沢君は高岡先生と特別な関係にありましたか？」

ストレートな質問は逆に思考を冷静にさせた。

「いいえ。お話ししたとおりです。先生はぼくに対して常に教師として接していました。その一線を越えるようなことは一切ありませんでした」

先生との関係については嘘をつくまでもない。先生は終始、実直な教師だ。

「先日の放課後、学校の渡り廊下で手塚君が涙ぐみながら高岡先生と話していたのを目撃した生徒もいるんだけど、心あたりはありませんか」

どき、と心臓が跳ねた。そんなことまで調べあげていたのか。

「ぼくが言えるのは、高岡先生が真面目で、誠実な教師だっていうことだけです」

「高岡先生が生徒と恋愛関係になるような教師じゃないと思いますか」

「はい。思います」

真むかいで横一列にずらりとならぶ大人たちの威圧感と、テーブルにおかれた日誌とレコーダーの存在が息苦しい。自分の返答は不自然じゃなかったか、どう思われているのか、と身がまえてかたく強張ったまま数秒沈黙が続いた。

「あなたとうちの息子が、先生と三角関係になっていたんじゃないかしら」

静寂を切ったのは先輩の母親で、声が痛々しく震えていた。

「大学入試はそりゃ大変だと思うの。でも家でも明るく前むきに一生懸命努力していたし、自殺なんて、あんなことするようには見えなかったのね？　正直に話してくれないかしら」

正直に話して、というひと言が胸につき刺さる。

母親の目は赤く腫《は》れていて、後頭部で括《くく》った長髪のほつれ具合からも疲労感がうかがえた。この人は心底から息子を愛して自殺に傷ついており、なんとしても救いたいと切望している。羨ましかった。自分の母親ならどうするだろうか、と想像してしまった。

そういえば加藤先生は先輩が自宅にあったバーベキュー用の練炭をつかったと話していた。先輩はバーベキューを楽しめるほど仲のいい家族にかこまれて育ってきたのだ。この人たちにこうして愛されて守られて、趣味に没頭して、美術科で学ぶことも許されて、生きてきた。

「……先輩なんて、」と言いかけてから、我に返って改めた。

「ぼくたちなんて、教師にとってただの生徒で、三角関係にもなり得ませんし、教師に憧れたとしても迷惑でしかないのは自覚しておくべきです。同性相手ならなおさらそう思います」

「うちの息子がばかだって言うの……？」

「もし本当に恋愛沙汰が原因なら先輩はぼくが知るより繊細な人で、ぼくには未知の面なので、ぼくに語れることはますますなにもないって言いたいだけです」

そこで「いいですか」と諏訪先生が割って入った。

「手塚君は今年から美術部を退いて自主登校に入っています。彼が部長だったころならともかく、いま現在は吉沢との関係もほぼ断たれているわけですから、吉沢を含めた痴情のもつれを疑っても無意味じゃないでしょうか。なにかあったとすれば高岡先生と手塚君ふたりのあいだでと考えるのが妥当でしょう。――今回の件以降再三お話ししていますが、吉沢は成績も優秀で生活態度にも問題のない生徒です。美術部への入部後は絵画についても熱心に勉強していて、休み時間に画集を読んでいるほどだと学級委員長からも聞きました。すこし柔軟性に欠ける発言があっても真面目さゆえのことなので、どうかご寛恕《かんじょ》ください」

弁護士が俺たちに視線をめぐらせながら、ノートになにか書きしるしている。

担任の阿部先生はずっとうつむき加減で押し黙っているが、校長たちや尾賀先生は渋い顔でため息を何度もこぼしていた。学校を巻きこんでの生徒の自殺未遂と、教師と生徒の同性愛と、埒《らち》のあかない会話――とっとと解決してくれ、と辟易しているのが見てとれる。

「美術部の日誌、これ見ましたよ」

弁護士が再び口をひらいて俺を見据えた。

「高岡先生は生徒に好かれる先生みたいですね。吉沢君はどこに魅力を感じたんですか」

とうとう切りこんできた。

「ぼくの個人的な想いは、手塚先輩の件には直接関係ないと思います」

「高岡先生の人柄を生徒の立場から教えてほしいんです」

「それも関係ありませんよね。手塚先輩が先生をどう想っていたかが重要なはずなので、先輩の口から訊くべきだと思います。他人には先輩の気持ちはわからないし、高岡先生の評価も接する人間によって十人十色だから、無駄な情報を集めても混乱するだけですよ」

ここにいる人たちは高岡先生にすべて押しつけて片づけたいんじゃないか、と思えてきたら声が荒くなった。それを察したように諏訪先生が「わたしも吉沢への聴取はこれが限界だと思います」と助け船をだしてくれる。

納得いってなさそうな顔をしているのは母親と弁護士だ。

「なるほど、高岡先生はこんなに庇《かば》ってもらえるぐらい生徒をうまくコントロールして教育に従事なさってきたわけだ」

若干挑戦的な態度でシャープペンをまわして、わざとらしく唸りながら顎をこする。挑発にのったら思うつぼなのに、苛立ちはふつふつ湧きあがってくる。

「吉沢君は、手塚君の自殺の理由が高岡先生だとしたらどう思いますか」

弁護士の思惑ありげな問いかけに、いい加減爆発しそうだった。

「失恋でそういうことをするのは、先生への愛情じゃなくて自己愛だと思います」

言葉を慎重に選んでこたえたが、しかしその瞬間弁護士が「あれ」と首を傾げて苦笑した。

「手塚君は失恋したのかな？　初耳ですね」

しまった、口をすべらせた。

「や、いまのはぼくの勝手な憶測で、」

「憶測でも大変参考になりました。そうですね、失恋の線も加えて今後調査を続けてみます。高岡先生のふりかた次第では、十代の手塚君が深く傷ついて人生への希望を失ってしまってもおかしくありません。先ほど教えてもらった〝リーダーシップがある〟という点も、責任感の強さが予想できる。ともすると、なんでも抱えてしまう心優しい息子さんだったんでしょう。その感受性の強さと脆さに、高岡先生はなぜ気づかなかったのかな」

弁護士の望むシナリオどおりに自分の発言を利用された、と悟って愕然とした。

「大人の軽率な判断ひとつで、傷ついてしまう歳頃ですからね……高岡先生以外の教師にも指導を改めます」と、副校長も弁護士の言葉にのっかって高岡先生を陥れる。

こいつら全員、両親の前で高岡先生を罪人にしたてるつもりだ。

「高岡先生に重々言って聞かせましょう」「生徒第一ですからな」と副校長と教頭がうなずきあっている。待ってくれ、ととめたいのに、高岡先生に片想いしている俺が庇い続けても嗤ってあしらわれるだけだとわかった以上、なにもできない。権力や策略を前にして文句を言うのも許されず、全身雁字搦《がんじがら》めに束縛されているみたいだ。腹が立つ。

「吉沢君ご苦労さまでした。部活中に時間をとらせてすみません、帰っていいですよ」

しっし、と手でふりはらうような副校長の物言いと笑顔で、応接室を追いだされた。

一緒に退室した諏訪先生とともに、また廊下を歩いて美術室へ戻る。応接室を離れたら文句をぶちまけてやろうと思っていたのに、先に口をひらいたのは諏訪先生だった。

「いま高岡先生の処分を検討してるんだよ。自殺の理由は学校側にあるんじゃないかってご両親が疑いだしたとたん、手塚の友だちの垂れこみで高岡先生に好意を持ってたことが明るみにでたから、上が厄介がっててな」

「わかります、あの人たちは高岡先生の首切って終わらせるつもりなんですね。でも先生はなにも悪くないですよ、手塚先輩への対応も間違ってない」

「それを判断するのは高岡先生や俺たちじゃないんだよ」

「あの弁護士に言いくるめられたら終わりってことですか」

諏訪先生が俺の肩を叩く。

「大人の世界知っちゃったな」

冗談じゃない。諏訪先生の腕を摑んで、階段の踊り場で立ちどまった。

「どうにかならないんですか。高岡先生はこのまま学校を辞めさせられるんですか？」

諏訪先生が「しー」と人さし指を立てて周囲をうかがってから嘆息を洩らす。

「もし辞めさせられたとしても運が悪かったとしか言いようがないんだよ。大人は大人で、しがらみに折りあいつけていかなくちゃならないんだ」

もっともらしい返答をしながらも、諏訪先生の表情にもしずかな憤怒が見てとれた。

「高岡先生に会いたいです。会って話したい」

「我慢しなさい。とくにおまえはな。今回の件で教師は全員おまえの気持ちも聞かされてるから、高岡先生と陰で会ってるのを目撃されたら先生の立場が余計悪くなる」

「じゃあ文化祭は？　先生は文化祭にもこないんですか？」

「わからない」

両手で拳を握って、沸騰しそうになる鬱積を必死に押さえこんだ。

「……手塚先輩の体調はどうなんですか」

「ああ。意識は戻ったらしいけど、ご両親もまだ自殺に関しては訊けないみたいだな」

一応安心したが、それが先輩の無事についてなのか、高岡先生の受ける精神的なダメージが軽くなったことに対してなのかは、いまの自分にはうまく判別がつかなかった。

「吉沢、焦らないで待ってなさい。時間が経てば状況も変わってくる。それまでおまえも部活と勉学に励んで、高岡先生をがっかりさせない生徒になること、いいな?」

諏訪先生のいかにも教師然とした激励も、右から左へすり抜けていく。

「……大人になっても全然自由じゃないんですね」

「当然だろ」

高岡先生……──。


文化祭の二日間、俺は美術部の展示の案内係をした。

美術科の生徒も一年から三年の全クラスが作品展示をしていて、毎年規模も注目度も高く、文化祭のメインになっているから、うちの部の展示にきてくれる人は少ない。たまにふらっと迷いこんでくる来客者と会話するのみで、楽しげな喧噪も遠くののんびりしたものだ。

加藤先生によると、高岡先生はクラスの焼きそば屋や見まわりに徹して、美術部にはこないとのことだった。

近頃部員のあいだでは、このまま高岡先生は顧問を辞めて加藤先生がひきつぐんじゃないかと噂されている。俺は、それが自分のせいに思えてならない。俺が部長じゃなければ、あんな日誌を書かなければ、高岡先生は美術部に戻れたのではないか。

日誌を校長たちにながした加藤先生とは、必要最低限の会話しかしなくなった。日誌を返してくださいと頼んでも、目を泳がせて『もう、無理じゃないかな……』とおどおど怯えていた加藤先生を思い出すと腹が立ってしかたない。

しかし顧問がどうなろうと、部長になったことを後悔しようと、この文化祭以降、二年生の自分が引退することも決定事項で変わらないのだ。

「吉沢、休憩してきていいよ」

最終日の午後、一緒に案内係をしている加藤先生にうながされて、展示場である美術室をでた。休憩は一時間。初日の昨日は板橋がクラスメイトをつれてきてくれて遊んでしまったから自由に行動できなかったけど、今日は高岡先生のクラスへいこうと決めていた。

学年がおなじでも美術科と普通科は生活している棟が違うので、こんな日じゃなければ訪れる機会もない。見慣れた制服を着た生徒と、私服姿の年齢も性別もさまざまな来客者の入りまじる人ごみを掻きわけて、にぎやかな出店や展示を尻目に廊下を急ぐ。話はできなくてもいい。ひと目会って、体調や機嫌や、いまの状態を些細なことでもなにか、知りたい。

——高岡先生は、文化祭でなにをするんですか。

——ああ、今年もクラスの出店手伝うよ。焼きそばだったかな。あとは見まわりと。

——去年はたこ焼き、先生が作らされてましたね。

——生徒がさぼるからな。

——またいきますね。

約束を、先生は憶えているだろうか。

羽を極力小さくすぼめて、人が大勢いる階段を駆けあがった。美術科のある棟へ入って二階につくと「焼きそばいかがすかー」という客ひきの声と、手製の妙に凝《こ》った看板がある。なじみのない棟とクラスでも、先生が普段往来している姿を想うとなぜか気配を感じた。手塚先輩の件を知っている生徒はいないか、俺が先生に会いにきていることを校長たちにチクる教師はいないか、と疑心暗鬼《ぎしんあんき》になって緊張しつつ、いよいよ客ひきに「いらっしゃっせー！」と歓迎されて入ったが、そこに先生の姿はなかった。

教卓の前に焼きそばを作る鉄板がみっつつらなっておかれていて、壁沿いに椅子が乱雑に配置されているだけの焼きそば屋。生徒の全員が談笑しており、焼きそばも作りおきのパックが大量にあるだけだった。

「ひとつください」と声をかけたら、「ありがとうございまーす」と耳に無数のピアスをつけたお洒落《しゃれ》な生徒が対応してくれた。

「あの、高岡先生はいないんですか」

「高岡はいま見まわりにいってるよー。なにか用あった？」

「いや……じゃあ、いいや」

「ごめんね、さっきでたばっかなんだ。当分帰ってこないかも。この焼きそば作ったの高岡だからそれで勘弁して～」

「ありがとう」

お金を渡して、袋に入れてもらった焼きそばを受けとる。

「てか、おまえの羽めっちゃ綺麗だね。羨まし～」

マズイ、と直感したら、隣にいた奴も「俺も思った、ねえ今度描かせて描かせて」と一緒にはしゃぎ始めた。うまい返答が見つからず、相変わらず当惑する。

「恥ずかしいからごめん」

愛想笑いだけ返して、そそくさ逃げ去った。

去年の文化祭もこんな感じだったな、とため息が洩れる。美術科の生徒に〝おまえ綺麗だね〟〝今度描かせてよ〟と迫られてたじろいだのだ。

――おまえ心の底から笑ったことある？

目的を失った。めぼしい出店は昨日板橋たちとまわっていたからほかに寄りたい場所もなく、まっすぐ美術室へ戻った。

「……あ、吉沢はやかったね」

加藤先生に声をかけられて会釈だけ返す。焼きそばを食べようと思ってそのまま準備室へむかったら、「吉沢」ともう一度呼びとめられた。

「さっきね、その……高岡先生がきてたよ」

え……――咄嗟に身を翻して追いかけようとした刹那、腕を摑んでとめられた。

「もういない、いまはやめておきなさい」

「すこし話すだけです」

「気持ちはわかるけど諦めて」

「気持ちはわかる？　は？　加藤先生になにがわかるっていうんですか」

「ええと、まあ、だから……、」

「文化祭なら教師と生徒が話してても変じゃないでしょう、チャンスなんですよ！」

「駄目だよ！」と加藤先生も声を荒げた。

「手塚の件の直後の行事で、教師みんなぴりぴりしてるんだから……自分のせいで高岡先生の心証を悪化させたくないでしょう？」

　俺のせいで……。

　加藤先生の手をふりはらってうな垂れると、先生も疲弊したように息を吐き捨てた。

「……吉沢の絵だけ、なんだか熱心に眺めてたよ」

　呆れなのか観念なのか、判然としない声色で加藤先生が話す。

「『普通科の生徒だから心配だったんです』って言ってた。なにか伝えておきたいことはありますかって訊いたら『なにもない』ってさ。『吉沢ならもう大丈夫でしょう』って」

「大丈夫……？」

「信頼してるってことだよ。だからきみも高岡先生の期待を裏切らないようにね」

　心臓が冷えるのを感じた。

「……わかりました。俺まだ休憩中なんで、失礼します」

「う、うん」

　加藤先生の横をすり抜けて準備室へ入った。

　いつも高岡先生の背中を見ていた中央テーブルの角の席へ腰をおろして焼きそばをひらき、割り箸《わばし》を割ってから食べ始める。

　――普通科の生徒だから心配だったんです。

――なにもない。

――吉沢ならもう大丈夫でしょう。

信頼という感情のなかに、こんなに身勝手で淋しいものがあるなんて知らなかった。

手塚先輩が失恋した、と口をすべらせたせいで、先生が責められていたらどうしようかと俺は毎日気が気じゃない。

手塚先輩の様態が急変したら先生がもっと責められて傷つくんじゃないか、辞職させられたあとの仕事はどうするのか、先生の親や友人は先生をどう思うのか。先生が世間から爪弾《つまはじ》きにされたらそれは、俺の責任でもあるんじゃないか。俺が先生を好きになったりしたばかりに。あんな日誌を書いて、気持ちを押しつけ続けたばっかりに。

「……先生、」

大丈夫になりたい。先生が望むようなひとりで大丈夫な強い人間になりたいけど、そんなの無理だ。涙がこぼれてきて、抑えようとしても嗚咽《おえつ》が狭い準備室内ににぶく響き渡る。

俺が描いた美術室の絵は部員のなかで一番下手で、壁のイタズラ書きみたいなできだった。

水彩独特の綺麗なにじみや濃淡を上手につけられないせいで、陰影を色鉛筆で加えているものの、筆圧をコントロールする技術すらないから、落書きに毛が生えた程度の才能やセンスの欠片《かけら》もない絵。

展示するときほかの部員も嗤ってた。先生や先輩に習った一年の成果があんな駄作だ。全然駄目だった。もらったことを、糧にも身にもできなかった。部長らしささえないままだった。

先生もがっかりしたに違いない。

「先生っ……」

喉が痛む口のなかで、冷めた焼きそばを噛みしめる。

先生に会いたい。先生にここにいてほしい。また話がしたい。元気だっていう確信を得たい。落ちこんでいるなら聞かせてほしい。なにも言わずに辞めないでほしい。

「ごめん先生……っ」

先生が作った焼きそばは、薄味でキャベツが多くて、ただひたすらに先生を恋しくさせる、苦しくて寂しい味がした。


十月初旬の文化祭が終わると中間試験まで二週間を切り、進学クラスであるうちのクラスメイトも殺気だってきた。

普通科はテストごとに必ず全員の順位が貼りだされるし、ほとんどの生徒が予備校の模試などでも、自分の学力を具体的に把握して闘い始めているから緊張感が並じゃない。

家の事情で医大を目指していて平均睡眠時間二時間の奴が、アルバイトをしているのにテスト順位上位にいる奴に敵意むきだしの厭味を吐き、喧嘩になりかけたりと、些末《さまつ》なトラブルも増えて日を追うごとに空気が重くなっていく。穏やかに会話している連中の腹の底にも闘争心や敵対心や嫉妬が燻っているのがありありとわかって気が滅入る。

「吉沢、指導室にきてくれ」

諏訪先生に呼びだされたのはテスト準備期間に入って十日ほど経ったころだった。

指導室ってことは成績や進路の相談だろうか、なんで俺だけ指名なんだ、と鬱々《うつうつ》してむかったら、待っていた諏訪先生の指示で机ひとつ挟んでむきあって座らされた。

「なんだその顔。怒られると思ってるのか？　おまえが望むなら怒ってやってもいいぞ」

早速笑われて胃が痛い。

「……俺の成績に、怒る要素があるってことですか」

「べつにないよ。吉沢は平均よりすこし上をずっとキープして安定してるし、今後の努力次第で今年初めに希望してた志望校より上の大学も狙《ねら》えるんじゃないかと思ってる。クラスの雰囲気に感化されて、下手にプレッシャー背負って失敗しないようにな」

一瞬で光明を見いだせた。はい、とこたえた声が明るく弾んだのを自覚すると、諏訪先生にもまた苦笑された。先生が両手の指を机の上で組んで、しずかな眼ざしで俺を見据える。

「うん……いまはテスト勉強で手いっぱいかな」

含みのあるひと言に、意識が波立つ。

「報告したい話があったけど勉強に集中できてるなら時期をずらしてもいいか」

高岡先生のことだと直感した。

「もちろん聞きたいです」

「俺としては勉強を頑張ってほしいから試験後でもいいんだよ」

「焦《じ》らさないでくださいよ、なにか進展があったんですか？」

諏訪先生が右唇の端をひいて、苦々しく笑む。

「手塚が件《くだん》の動機について話し始めてるらしい。そのせいかどうかは定かじゃないけど、高岡先生の処分云々は保留になって、担任の阿部先生の調査を中心に動きだしてるよ」

「阿部先生の……。高岡先生は学校にきてるんですよね？　先生はどんな状態なんですか」

「詳しくはまた話せる段階になったら報告する」

「俺のせいでほかの先生に蔑まれたり、疎まれて肩身の狭い思いをしてたりしませんか。あの校長たちから先生を庇ってくれる人っているんですか。みんな、先生がいなくなればいいって感じなんですか？」

「落ちつけ。そうやっておまえが心配してることは高岡先生もちゃんと知ってるよ。修学旅行への参加が危ぶまれてはいるけど、先生もいまはクラスの生徒を面倒見て忙しくしてるから、自分のことでへこんでる暇もなさそうだ」

「……そう、ですか」

諏訪先生の返答からして、手放しで喜べる進展ではないようだが、自分の気持ちが先生に届いているというのはほのかな安堵を覚えた。

「高岡先生がなにかしらの処罰を受ける可能性もまだあるんですよね」

諏訪先生の視線がそれて、「……どうだろうな」とにごされる。

「教師の処罰って、停職か免職かしか想像できないんですけど、諏訪先生はどんな予想してますか。犯罪にはなりませんよね？　淫行したわけじゃないんだから」

「調査保留中にあれこれ考えてもしかたないだろ」

「覚悟しておきたいんです」

「それはおまえがいまするることじゃない。学校生活や勉強がおろそかになるようなら、報告事項や時期も見なおすぞ」

口を噤んで、両手で拳を握りしめた。諏訪先生が俺のためを思って咎めてくれているのもわかるからやるせない。

「……高岡先生は昼ご飯とか、きちんと食べてるんですか」

「ああ」

「寝不足だったりしてませんか」

「隈《くま》はないけどたまにあくびはしてる」

「あくび……笑ったり、できてそうですか」

「……。どうだろう。あの人俺といるときあんまり笑わないからな」

つい吹いてしまった。

「そうですね……諏訪先生と話してるとだいたい嫌そうな顔してますよね」

ああ、と認める諏訪先生の表情はしれっとしている。こういう素直な反応を見ていると、この人は嘘をつかないと信じられた。

「ありがとうございました。すこし、安心しました。またなにかあったら俺が介入できる範囲でいいんで教えてください」

頭をさげると、諏訪先生が右手で口を押さえて軽く咳払いした。

「なにか、高岡先生に言いたいことはあるか」

伏せた視線の先に、先生の手もとの、机の木目がある。

「……たくさんあります」

「伝えておくよ」

　川の流線みたいな木目を見つめて、先生を想った。

　美術準備室で告白してから二週間あまり。あのとき会話を断たれて以降、話したい事柄は一分一秒増える一方だ。先生を前にしたらその瞬間、心の底にわだかまってうねる感情がきっと言葉ともつかない叫びであふれだす。まとまらない。斟酌して選択する余裕もない。

「自分の気持ちがどこまで高岡先生に伝えていいものなのかわからないので、諏訪先生に判断して伝えてもらってもいいですか。いまから言うんで」

「わかった」

　目をとじて深呼吸したあと口をひらいた。声をだすには、若干勇気を要した。

「――高岡先生に会いたいです。先生が心配でたまらなくて、もし落ちこんでるとしても傍で励ましたりできれば安心できるのに、それも自分の書いた日誌が原因で、無理で、悔しいです。先生が辛い思いをしてるんじゃないかって想像すると怖い。……怖いです。俺結局大事なものなんて先生以外なにもない。手塚先輩に対する軽蔑心も拭えなくて、無事でいてほしいと思うのも先生の負担を軽くしたいからだし、校長たちには、おまえらこそ全員死ねばいいのにって思ってる。もし先生に一生癒えない罪悪感を植えつける奴がいたら、俺は自分の一生かけてそいつを恨《うら》みます。人づきあいのことであんなにアドバイスもらったのに、腐った性根が直らなくてすみません。愛想尽かされてもそれでも、健康で、元気でいてほしいって祈り続けてます。ちゃんと食事してください。寝てください。自分を責めないでください。好きです、先生」

――なにか伝えておきたいことはありますかって訊いたら『なにもない』ってさ。『吉沢ならもう大丈夫でしょう』って。

言いたいことはなにもない、とつきはなされている相手に、一方的な想いを投げ続けるのは傲慢すぎるだろ、と胸中で自分を貶《けな》した。しかしそうして思うさま身勝手に吐露《とろ》したところで、気は重いまま晴れはしなかった。

「高岡先生に伝えられる言葉はほとんどないな」

諏訪先生がそう言って、俺も、ですよね、と唇を噛んでうなずいた。


「なあ、真白が最近諏訪に呼びだされてるのって手塚って先輩のこと？」

板橋の口から手塚先輩の名前がでてきて驚愕《きょうがく》したのは、その数日後の昼休みだった。

「おまえなに知ってる」と返すと、板橋は口角をあげて微笑み、「あたりっぽいな」と言う。

「自殺未遂の件詳しく聞いたら美術部の元部長だっていうから、真白も関わってるのかと思ったんだよ」

「関わるってほどでもないけど、ちょっとね」

「先輩、担任の阿部を辞職させろって言ってるんだろ？」

「え、いや、それ初耳」

驚き続ける俺の反応に、板橋が「あれ」と首を傾げて苦笑する。

「阿部が普段から厳しくて、大学の推薦枠のことでもだいぶもめてたらしいよ。うち進学校で、美術科も学力求められるだろ。でも実際は成績が追いつかなくて、二進《にっち》も三進《さっち》もいかなくなって思いつめたのを阿部のせいにしてるみたいだね」

学力、受験、推薦――そのうえ画力。手塚先輩の抱えていたプレッシャーや重圧が具体性をおびて迫ってくると、にわかな胸苦しさを味わった。

板橋が身を寄せてきて声をひそめる。

「手塚先輩って父親が画家で、母親が医者なんだろ？　かなり裕福で、子どものころから海外にも頻繁に旅行して芸術に触れてたそうじゃないか。うちの学校に入学できたのも父親のコネだって聞いた」

「……俺は全部いま知ったよ」

「そうか。でも獣人でもないのに『ホワイト』の真似して未遂っていうのもどうかと思うよ。自分に与えられた健康や家族や運を自己愛で無下にするような奴に俺は同情しないな。自殺は死んだら憐《あわ》れんでもらえるかもしれないけど、未遂で生き長らえたら敬遠され続けるだけだ」

板橋の言葉が、懐かしい映画のセリフを思い出させた。折に触れて蘇るその映画のシーンと、聞いたばかりの手塚先輩の事情が、脳内で重くめぐっていく。

「学級委員長は手厳しいな」

昼休みでも教室内にはテスト勉強をしている生徒が大勢いて、暗澹《あんたん》とした雰囲気が板橋との会話を余計陰鬱にさせた。壁時計を見ると授業開始までまだ十分近くある。俺も勉強して時間をつぶそうかと机を探り始めたら、突然板橋に腕を摑まれて「ちょっと」と、人けのない廊下の隅までひっぱりだされた。

「先輩と二年の部員が顧問の高岡をとりあって、三角関係になってトラブったとも聞いたよ。それ真白じゃないのか」

鋭い指摘に緊張して身がまえた。

「……おまえどこからそんな情報得てくるんだよ」

「事実じゃなければ情報が豊富でも無意味だよ」

「悪いけど、なにも言いたくない」

「うん、まあ普通そうだよな」

陰で囁《ささや》かれる俗言に自分が疎いのは自覚している。だがさすがに恐ろしくなった。学校内の全員がもしここまで知っているのだとしたら、高岡先生の処分も重くなりかねない。

「安心しろよ。俺が柳田から無理言って聞きだしただけで、校内中の噂ってわけじゃない」

俺の懸念を察知したように、板橋がフォローを入れた。

「柳田……？」

「そう。俺は俺で教師を落とすのに努力してるんだよ。手塚先輩の話題は柳田と話すための単なる口実だったのに、おまえに繋がって俺も驚いた」

「なにしてるんだよおまえ……」

「健気《けなげ》だろ」

「柳田先生も教師なのに口軽すぎないか」

「俺がしつこく迫ったせいで、柳田は悪くない」

どうだか、という苛立ちは呑みこんだ。睨み返していると、俺の顔色をうかがっていた板橋がふいに喉の奥で笑いだして、子どもみたいな幼げな表情になった。

「俺、柳田を好きになったのって獣人だからなんだよ」

「は？」

「一年のころ柳田が裏庭にいるの見つけて声かけたら、生徒に角をばかにされて辛いって泣きだしたんだ。単なるからかいで、悪気がないのもわかるけど、たまに我慢ができなくなるんだって。それで落ちた。その一分前まで自分以外の人間全員死ねばいいと思ってたんだけどね」

死、と口にした板橋の目は冷淡で、唇だけ笑っている。

「真白が前に柳田と獣人トークしてたとき、俺嫉妬したんだよ。おまえに気持ちうち明けたのもカマかけたかったからだし、おたがい柳田が好きだったときのための牽制《けんせい》目的でもあった」

「おまえ……友情と恋愛は天秤にかけないとか言ったくせに」

「真白との友情なんてほとんどなかっただろ」

ひと言がひどい衝撃をともなって心臓を貫いた直後、「いままでは」と板橋がつけ足した。怯《ひる》む俺の前に、右手をさしだしてくる。

「愛想笑いも下手でいつもなに考えてるかわからなかったけど、おまえも教師好きって知って親近感湧いた。俺のなかで〝生徒その1〟じゃなくなったってことだよ。意味わかるか？」

生徒その1——こいつ、高岡先生とおなじこと言ってる。

「……わかる」

「なら改めてよろしく。ちゃんと友だちになろう。俺もおまえの力になるよ」

こいつがこんな腹黒い策士だと思わなかった。一気に暴露されて思考が追いつかず呆然として板橋の手を見おろしていると、授業開始のチャイムが鳴った。

信じるには怖い相手だが、いま目の前にいる板橋が嘘偽りのない真実の板橋なんだというのはひしひし感じる。拒絶しても、弱味を知った俺をこいつは野放しにしておかないだろうし、俺もいますぐここで縁を切りたいとは、とりあえず、思わない。

――吉沢はまわりの人間に興味を持ってないのが問題なんだろ。他人A、B、Cみたいな見方はやめて、個々の人間性を知ろうとしてみなさい。友だちをゲームの世界のモブみたいに、悪者に殺されても痛くも痒くもない存在にしないように。

高岡先生。

「……一応、よろしく」

板橋の手を、自分の手でぱんと叩いた。

「握手しろよ」

「それはまたいつか」

「警戒心強いなあ。ま、だから信用できるんだけど」

「教室入れー」と教師がやってきて、俺は不満げに苦笑する板橋と急いで教室へ戻った。


――で、なんで男の教師なの。もとからそっち系？

と板橋にあれこれ追及されて困っている、とうち明けたら、矢浪さんは『はは』と笑った。

『可愛いな。ビビってないで、話して頼ってやればいいんじゃない？　その柳田先生のことだって、弱音吐いて泣かれたから好きになったんだろ？』

「話してはいるんですけど、そこからまわりに洩れていかないか心配なんです。俺だけが嗤われるんならまだしも高岡先生は違いますから」

『たしかにな。でも板橋君はなにも考えないで言いふらすほどばかじゃなさそうだし、真白を陥れる理由もないじゃないか。真白もいろいろ訊いてやれよ。なんで教師が好きなのかとか、どこが魅力なのかとか』

「……俺ももっと弱味を握っておけばいいってことですか？」

『ばか。下手な駆けひきはやめて、友だちになんなってことだよ』

はあ、とうなずいて、携帯電話を持ちなおす。時刻は夜十時半。

ひさびさに電話をもらって話していたら、思いがけず長話になった。まだ一度しか会っていないのに、矢浪さんに感じる話しやすさはいったいなんだろう。獣人同士だからかと思ったが関係なさそうだ。むしろ自分と真逆で、明るくほがらかで自信にあふれ、輝く希望のような魅力を放っているから近づきたくなる。

「手探り状態ですけど、一応はなんだかんだ仲よくやれてる気もします」

『うん。学生のうちにしかできないこともあるんだから、いっぱい遊んで思い出つくりな』

「……。これから中間テストだし、来年は受験生だけど、努力します」

『真面目か。へこむなへこむな』

ふたりで笑った。

矢浪さんが『そういや新徳って俺の在学中より偏差値あがってるから、いま卒業生だって言うと自慢になるんだよ』と得意げに話す。『エリートっぽいイメージに変えたかったんだろうなあ……』という呟《つぶや》きには校長たちの顔が過って、いささか苛立ちながらも納得させられた。

『外聞を重んじるあの人たちがやりそうなことだ。

『高岡先生とは会えないのか？』

「……会えませんね」

テスト期間に入ってから日常生活が戻りつつある。水面下で手塚先輩の話しあいがすすんでいるのだとしても表面上は穏やかだ。波の凪《な》いだ時期だからこそ自分も無理して会いにいくような下手な行動は慎むべきだと思う反面、それがだんだんと言いわけにもなってきている。

「……俺、高岡先生に憶えててもらえてるんでしょうか」

『どういう意味？』

「このまま、なにもなかったように卒業するんじゃないかと思えて」

先生が校内放送で呼びだされたときに言った『ちょっといってくる』という言葉を、俺は〝すぐ戻るから待ってろ〟と解釈して宙ぶらりんの感覚を持てあましていたが、時が経つにつれ疑念が増していた。あのときの先生の感情はとっくに消失しているんじゃないか。

嫌われて、二度と関わりたくないと思われていてもおかしくない。告白を書き続けていた日誌にしろ、人づきあいの相談にしろ、そもそも美術部に入部したことにしろ、好意全般をもっと拒絶して中途半端な態度をとらなければよかったと、後悔させているかもしれない。

そう思うと、会うのが怖い。

『真白、好きな相手は無条件で信じろよ。騙《だま》されたとしても〝勉強になったな〟でいいじゃないか』

「……その思想、結婚詐欺とかに遭いませんか」

『誰もおまえからなにか盗れると思わないだろ』

「ああ、それもそうですね」

ふたりでまたすこし笑った。

先生を信じられないというより、俺は自分に自信がない。愛を誓った同士がその愛情を信じるならまだしも、俺と先生は昔もいまも教師と生徒で、先生がくれたのは『いってくる』の言葉のみだ。

信じることは無謀に、一方的にできる。でも信じあうには自分に価値があると認める自信を要する。先生が大勢の大事な生徒とともに、自分のことも心にとどめてくれている、と自惚《うぬぼ》れられるほど、俺は自分を愛せていない。

『そういえばテスト終わったら修学旅行なんだろ?』

「はい」

『先生もちゃんと参加できたらそこで話す機会うかがってみたら?』

修学旅行か……。

普通科も美術科も三クラスある。全六クラスが同時に行動しているあいだに群れの中心から教師だけひっぱりだして〝すこし時間をくれ〟と頼むのは至難の業だろう。

とはいえ、親身になってくれる矢浪さんの気持ちを無下にしたくなかった。

「努力してみます」

『ン、あんまりへこむなよ』

「はい」

おやすみなさいと挨拶をかわして電話を終えた。

携帯電話をおいて勉強を再開しても、頭の隅では矢浪さんや先生の言葉が揺らいでいた。

——礼儀を忘れず、相手の身になって言葉を選ぶこと、悪い面を叱ってあげること、自分自身も弱さや脆さを見せること、それは優しさなんだと俺は思うな。

いま先生の傍には、弱音を吐いて縋れる誰かがいるんだろうか。

これまで先生に苦悩を吐露して頼って、先生だけを拠《よ》りどころにして幸せを得てきた自分は、どうしてこんなところで指をくわえてテスト勉強に縛られているのか。

このまま進級して受験生になり、疎遠になってなにもかもうやむやな状態で自然消滅していく前に、修学旅行で動いてみるべきなんだろうか。


十一月になった。

中間試験は中の上キープで、よくも悪くもない結果に落ちついた。

嘆いたり焦ったりする暇もなく修学旅行準備に入った日々のなかで変化したことといえば、板橋が生徒会長を退任したことと、阿部先生の免職、高岡先生の減給処分が決定したことだ。

諏訪先生によると、阿部先生は担任クラスの生徒たちを来年の卒業式におくりだすまで待ってほしいと申しでて受け容れられたそうだが、その処分が妥当だったのかどうかはわからない。高岡先生については憤りしか湧かない。処分の理由に自分の好意も含まれているのかと思うと自身に対する憤懣《ふんまん》も増した。

しかし事件が収束をむかえたことで、先生も修学旅行への参加が無事決定したのだった。

「真白、おまえシートに座りづらそうだな」

「うん、すげえ座りづらい」

飛行機の窓辺の席で、アナウンスに従ってベルトをした俺を見ながら板橋が爆笑している。かたちに個体差のある羽を考慮できるシートなど存在せず、どうしたってごわついて邪魔だ。

「バスとか電車も立ってるもんな、気の毒だわ」と板橋が笑い涙を拭って同情してくるから、

「慣れてるけどね」と返した。

「それより真守《まもる》、携帯電話の電源切ったのかよ」

真守、は板橋の名前だ。修学旅行の買い物がてら遊んでいるうちにそう呼ぶようになった。

「電源？　さっき切ったよ」

「もっかい確認しろ」

「搭乗前に切ったって」

「おまえ点呼とかしてばたばたしてたろ、確認しろって」

「……まさか真白、飛行機怖いの」

板橋の探るような視線から逃れて前方をむき、姿勢を正す。板橋がまた吹きだして「じゃあ

なんで窓際の席選んだんだよっ……」と腹を抱えるから、俺は「外を見るのは好きなんだよ」と不機嫌にこたえた。

「つか、羽があるのに飛行機怖いって面白すぎ」

「これは飛べないから」

「羽と身体の大きさ考えりゃそれはわかるけどさ」

わかると言われたのは初めてでちょっと驚いた。やっぱり頭いいなと妙なところで感心する。笑いが落ちついてきた板橋が「安心しな」となだめてきた。

「飛ぶのは一瞬で、一時間半我慢したら到着だよ。もし万が一落ちそうになっても俺が高岡ひっぱってきてこの席ゆずってあげる。一緒に死ぬんだと思えば怖くないだろ」

「……気づかいはありがたいけど名前だすな」

「はいはい」

高岡先生のことはここへくるまで二度ほど見かけた。真剣な面持ちでほかの先生と搭乗手配をしたり、騒ぐ生徒を叱りながら引率したりする教師らしい姿。二ヶ月近く会っていなかった先生がすこし痩《や》せて感じられたのは気のせいだろうか。

「真白、そろそろ飛ぶぞ」

うん、とこたえて羽をすぼめ、シートに身をちぢめてベルトを摑む。

機体が地上を離れて青い空へ浮きあがっていくのを、小さな窓からじっと眺めた。
一、二日目は富良野《ふらの》地区、三、四日目は旭川動物園と札幌《さっぽろ》市内をまわる予定になっている。

初日はアイヌ文化博物館の見学がメインで、空港につくとバスにのりかえて移動した。さして興味はなかったが、手づくりの工芸品を観ているうちに惹《ひ》きこまれた。美術科が体験学習で木彫りや刺繍《ししゅう》をする傍らで、普通科の俺たちは講話や演奏を聴く。ムックリの音色に耳を傾けつつも、高岡先生が生徒に手を怪我するなと注意しているようすを想像した。

数時間滞在して日が暮れ始めたころ、またバスにのってホテルへ移動した。

今回の修学旅行で宿泊するのはホテルと旅館の二軒。トマムで二泊、札幌で一泊だ。

学級委員長で班長の板橋がふたり部屋をあてがわれたので、誘ってもらえた俺も大部屋ではなく自分用のベッドまである贅沢《ぜいたく》で快適な環境を得られた。

大部屋で騒ぎたがる生徒がいる一方で、しずかにのんびりしたがる生徒もいる。夕食をすませたあとは、枕投げが始まった大部屋から逃れてこっちに避難してきたクラスメイト三人と、お菓子を食べて携帯ゲームやトランプで遊んだ。

獣人の風呂はほとんどの宿泊施設で専用の浴場か部屋の風呂をつかうよう決まっているからいつでも入れたが、クラス順に大浴場へいくみんなとあわせて部屋ですませ、遊び続けた。

なぜか部屋に長居しない板橋を廊下で呼びとめて「大部屋の監視でもしてるの」と訊ねると、「班長会議と入浴時間の合間ぬって柳田に会いにいってるんだよ」と言う。「行動力あるな」と戦《おのの》いたら「風呂あがりの色っぽい濡れ髪見られる機会逃すわけないだろ」と呆れられた。

「柳田は真白が思うより人気があるんだよ。朝から晩まで三泊も一緒にいられるのにぼんやりしてたらただのばかだ。この修学旅行中にキスぐらいしとかないと」

「キスって……相手教師だぞ」

「その前にひとりの女だろ」

口端をひいて微笑む板橋に、不覚にもどきりとした。教師の皮をはいで、か弱い獣人の女性の身も心も奪おうとする男らしさが格好よすぎる。

「恐ろしい奴……」

「真白はいいのか、なんにもしなくて」

よくはないが、如何《いかん》せんまだほかの教師の目が厳しくて堂々と追いかけまわすのは憚《はばか》られる。話しかけるなら自由行動ができる旭川動物園か、札幌市内でのみだと思っていた。

「言っておくけど、俺が班長にまでなってふたり部屋確保したのは柳田を落とすのに動きやすくするためだよ。なんならこの一年間生徒会長と学級委員長なんてしち面倒くさい仕事続けてたのも、内申書と、好きな女の株あげるためだ」

「ほんと策士だな……」

「ああ。頭の足りない負け犬は地べたに涙と鼻水なすりつけて一生這《は》いずりまわってればいい。俺はそうならない。柳田が満足する男になるためならなんでもする」

ごく、と唾を呑みこんだ。時間や労力をかけた板橋の執念と恋欲に畏怖すら覚える。

「まあ、狼のなかの羊捕まえなくちゃいけない俺と違って、真白がいま動きづらいのは当然だし、焦ったほうがばか見るだろうけどな」

「うまくやれば、俺も夜に会う隙つくれるかな」

「教師の部屋は階が違う。入浴時間なら調べてやれるよ。大浴場は一階だから、眠れないとかなんとか言ってロビーで待ち伏せすれば」

「大勢の人間にまぎれて会うならまだしも、ロビーでふたりきりで会うのは大胆すぎないか」

「高岡がべつの教師といたらそいつにあやしまれて修学旅行中マークされる可能性もあるね」

「おい、無理ってわかってて言うなよっ」

「そうだなー……いますこしでも欲だしたら今度こそ高岡が免職処分になるか」

俺だから駄目なのだ。ほかの生徒なら〝生徒〟と受けとられるが、俺は〝高岡先生に害を及ぼす片想い中の生徒〟として警戒される。先生本人も絶対にいい顔はしない。こざかしい真似をする人間が一番嫌いだって教えただろ、ときっとまた怒らせてしまう。

「とりあえず俺らが高校時代満喫できる行事はこれで終わりだからな。来年は夏休みもなくて、大学受かって卒業するまで勉強漬けだ。美術科の教師なんて絶対会えないだろ。後悔しないようにしろよ。俺のこと利用してもいいから」

板橋が俺の腕をぽんと叩く。

「利用？」

「俺の人望と人脈舐《な》めんなってこと。味方にしておいて損はさせないよ」

「俺は損得で友だちを選んだりしない」

過去のトラウマが過って不愉快な気分で断言したら、板橋はにっこり笑った。

「真白のそういうところが好きなんだよ」

じゃあいくな、と板橋が廊下を足早に去っていく。

翌日は道東《どうとう》地区の幸福《こうふく》駅、十勝《とかち》牧場、阿寒湖《あかんこ》をまわって白樺《しらかば》並木やまりもを見学した。

美術科は富良野地区へいって美瑛《びえい》の丘や麓郷《ろくごう》の森で一日過ごしており、完全に別行動。修学旅行でさえ先生といられる時間がない。

板橋が言っていた、風呂あがりの色っぽい濡れ髪、ぼんやりしてたらただのばか、という言葉が頭にこびりついて離れない。初日はスーツ姿だったけど夜や自然散策をする日はもっとラフな格好をしているんだろうか。タートルネックかネルシャツか、セーターやカーディガンか。コートはロングかショートか。

俺らが高校時代満喫できる行事はこれで終わり、と言われたのも焦燥感に拍車をかける。綺麗な景色を板橋たちと眺めてはしゃぎながら写真を撮り、時間が刻一刻と経過していくにつれ、高岡先生と学校外で過ごせる唯一で最後の修学旅行を後悔で終わらせたくない、と思う気持ちも強くなっていく。

それでホテルへ帰って夕食の蟹《かに》鍋を満腹食べたあと、俺は諏訪先生に隅で声をかけた。

「お願いがあるんです」

瞼を細めて「……なんだ」と返してくる先生もすでに俺の願いを察している気配がある。

「高岡先生と話す時間をください」

おなじ生徒で教師受けもよく未来の明るい板橋を危険に巻きこむより、諏訪先生を共犯にしたほうがいいと思った。失敗への危機感が強いぶん成功率も高い。

「俺まで減給処分にしたいのか」

案の定、思惑を見透かされている。

「無理は言いません。もともと明日、明後日の自由行動を狙うつもりでいたから、必ず会えるように高岡先生に話をとおして時間と場所を指定してもらえるだけでもいいんです」

「町中で密会する手助けをしろって？」

「断られる覚悟もしてます。一回頼んでもらえるだけで充分です」

うな垂れた諏訪先生が眼鏡のずれをなおしてため息をこぼす。

「……明日の夜まで待ちなさい。動物園でいちゃつく時間はつくれない、明日は諦めろ」

「いいんですか」

「確実じゃないから期待はするなよ」

光が見えた。

「ありがとうございます、お願いします」

部屋に戻ると、また遊びにきたクラスメイトと写真データを見たり、怖い話をしたりして過ごした。みんな文化祭のときも板橋と遊びにきてくれたメンツで、板橋を中心に集まっている仲間だけど、昨日から距離がちぢまって一段と仲よくなれた気がする。

当の板橋本人は就寝時間直前に戻ってきて、班長らしくみんなを大部屋へ追い返したあと、部屋の灯りを落として冷蔵庫からビールをだしてきやがった。

「なにしてるんだよ」

「今日おみやげで買ったんだ、サッポロビール」

「おみやげ冷やしてんのおかしいだろ、いつの間にいれてたんだおまえ」

「祝杯だから一缶だけ許してよ」

「祝杯……？」

ベッドの縁に腰かけた板橋が足を組んで缶をあける。ぷしゅっといい音がした。

呑み慣れたようすで「あーうまいな」と感想を洩らすから、「ひと口ちょうだい」と頼んで呑んだら苦かった。「酒の味がする」と返すと、「酒だからな」とこたえてお菓子をつまみがわりに本格的に呑み始める。

「それでなんの祝いなんだよ」

訊いたけど、さっきからかたちの崩れない上機嫌な笑顔を見ていれば答えはわかった。

「柳田、俺がファーストキスじゃないって知ったら拗《す》ねて可愛かったよ」

「……。おまえ初めてじゃないの」

「ないよ？」

「なんだそれ。応援して損した」

「初めていつだよ」と板橋の脚を蹴ってやる。「なんで言わなきゃいけないんだよ」と板橋も笑って蹴り返してくる。「うるせえ言え」「だからなんでだって」「どうせ幼稚園のときとかなんだろ」「ちげえ、中一のときの初めての彼女だ」「は？」と、そこまで押し問答して枕を投げてやった。

「ばか、ビールこぼれただろっ。ほんとに、童貞はこれだから……」

「！　まさかおまえ童貞でもないのか」

「俺みたいな最良物件が童貞なわけないだろうが」

……これが殺意ってやつかもしれない。

「真白は童貞そうだよな」

「もう寝る……」

布団にくるまって板橋に背をむけたら、爆笑が返ってきた。

「真白は真面目だよね、恋愛も性欲も。俺ほとんどの人間信じてないし、自分以外は低能だと思ってるけど、二年でいまのクラスになってからずっと真白だけはいいなと思ってたんだよ。信じられるかもって」

板橋がお菓子を囓《かじ》る音が室内にこだましている。

「まわりにあわせるの下手で、諂《へつら》わないし媚《こ》びないし笑うの下手だし。かと思えば情熱的で。おまえが嘘をつかない一途な人間だって見抜けた奴だけ〝真白真白〟って寄っていくんだよ」

うつぶせたまま顔を板橋のほうへむけると、ビールをすすって微笑んだ。

「真白と違って俺はまわりにあわせながら見下してる性悪だから、一緒にいると癒やされる。真白に受け容れられてるってことは俺もまだ腐りきってないのかもって思えるよ。その中一のときの彼女も俺を好きだったわけじゃないんだよ。〝成績と外見がいい〜〟って言ってたあほで、頭きたから童貞と一緒に捨てた。そのあと好きになれたのが柳田だった」

板橋の背後では窓の外に降る雪が風に舞っている。

おまえ淋しかったんだな、と言いかけて口を噤んだ。そと見で判断されてきた板橋の悔しさや孤独に自分も覚えがあるからこそ、板橋が求めているのは同情や共感じゃないと思った。

「真守とずっと友だちでいる。……ていうか、いてほしいと思ってるよ」

にぃ、と板橋が笑んで俺のベッドを蹴ってくる。

「よせって」と俺もにやけるとまた蹴ってきたから、「やめろって」とくり返して、そのままふたりしてにやにや笑い続けた。

ざらら、と雪が木枝から落ちる音がする。

「真守、先生とのことおめでとう」

「……うん、ありがとうな」


キスってどんな感じだった、童貞喪失ってどういうふうにしたんだよ、と話しこんで寝不足になった三日目は、旭山動物園で半日遊んだ。

動物園は以前いった記憶がないぐらい無縁な場所だったから、思いのほか高揚した。うちの学生がいたせいもあるけれど、入園してすぐの場所にあるあざらし館やほっきょくぐま館がすでに長蛇の列でこんでいて、雪がぱらつくなか板橋たちとはしゃいで待ちながらまわった。

こういう施設には〝獣人のかたは檻《おり》のなかの動物を興奮させないでください〟と注意書きがあるが、フラミンゴ舎やクジャク舎へいくとみんなが「羽ばさばさしてみ」と小学生みたいにつついてきて、その都度「やんねーよ」とじゃれあった。

教師はそれぞれの動物のそばに待機監視しており、猛獣館にいた諏訪先生が生徒に「ぽい」「諏訪ちゃんは猛獣って感じだわ〜」とからかわれてむっとしているのがまたおかしかった。

高岡先生はレッサーパンダの吊り橋付近にいた。話しかけたかったけど、美術科の生徒にちょっかいだされていたし、レッサーパンダも人気でこんでいるしで長居できなかった。

ただ、一瞬だけ目があった。

灰色のタートルネックにセーターをあわせて黒のロングコートを着ている姿。マフラーは薄茶で、その上半身に見入っていたから足もとは憶えていない。教師じゃなくてどこかのモデルみたいに格好よくて、先生が眉をさげて笑いかけてくれた瞬間、気絶するかと思った。

「芸術系の奴ってお洒落かダサいか両極端だよな」と耳うちしてきた板橋もにやりと笑った。

とはいえ、さりげなく傍でレッサーパンダを見ていたあいだ、女みたいな美術科の生徒が「センセー、マフラー巻くの下手～」と粘ついた猫撫で声をだして、先生の首に腕をまわすようにくっついて結んでやっていたのが苛ついたからプラマイゼロだ。本当最悪。美術科だからって馴れ馴れしくしやがって、昨日も富良野でべたべたしてたんじゃないかと思うと腹が立つ。つ。先生もあんなうざいスキンシップ許すなよムカつく。

いい思い出も苦い思い出もできた午後には、バスで札幌へ移動して新しい旅館についた。

荷物をおいたあと札幌市内を自由に散策できる時間がもうけられていたが、寒かったし時間も一時間半程度しかなかったから近場でおみやげと夜食を買って帰った。

ちょっとした問題が起きたのは夕食時。食堂の中央に立った教師から「獣人用の浴場が現在使用不可になっています。なので、それぞれ担任の部屋で借りてください。時間も担任の指示に従って臨機応変にな」と報された。旅館だからか、たしかに部屋にも浴室がなかった。

石狩鍋《いしかりなべ》をつつきながら板橋やほかのみんなに「諏訪の部屋で風呂とか拷問だな」「ないわー」と同情されて、俺も面倒だなとげんなりしたけどしかたない。

それで食後諏訪先生に「吉沢は九時にこい」と言われて、そんなに遅くか、と思いながら部屋へ戻った。うちのクラスには俺以外獣人がいないし、就寝時間は九時半だ。板橋も「諏訪の奴適当にやってんな」と呆れたから、「だよな」とのっかって不満を垂れた。三十分で風呂に入れるわけがない。

「まあ、就寝後の見まわり時間は教師それぞれ違うから、そのせいかもしれないけど」

板橋がそう続けて俺も渋々納得する。

結局みんなが風呂のあいだはひとりで待機しつつ、九時までまたトランプをして過ごした。最後の夜にみんなと就寝時間ぎりぎりまで遊べないのは残念だなと落胆して「じゃあみんなおやすみな」と告げ、見おくられながら、布袋の入浴セット片手に階段で一階下にある諏訪先生の部屋へむかう。しんとした廊下の片隅で「吉沢です」とノックしたら、先生がでてきた。

「きたな。きっちり一時間後に戻ってくるからそのつもりでいろ。ふざけた真似はするなよ」

「！　なんですかそれ」

かちんときて睨むと、先生は俺の頭を撫でてガキ扱いしたあとどこかへいってしまった。

生徒ひとり放置かよ、こっちも気楽でいいけど無責任だな、と不快感を持てあまして入室し、スリッパを脱いで障子《しょうじ》をあける。そして絶句した。

「お邪魔してるよ」

……高岡先生がいる。苦笑いしてる。

「先生」

声はでたものの身体は動かなくて、先生を見つめて茫然とした。テーブルの前で座椅子に座ってお茶を飲んでいる、そのすべてが幻みたいに思えた。

「おいで。つっ立ってないで先に風呂すませてきたら」

諏訪先生の部屋でふたりきりで会うなんて言語道断だ。会うな、と言われ続けていたせいか本能的な危機感が働いて居間へ踏みだすことができない。俺といるのが知られたら、先生がきてくれたことがばれたら、先生がまた重い処罰を受けるんじゃないか。

畳の縁の線が絶望的なラインに感じられた。それでも先生の表情はやわらかい。微苦笑して、自分を受け容れてくれているのがわかる。

考えすぎなんだろうか、と逡巡《しゅんじゅん》して、懊悩《おうのう》して、一歩だけラインを越えたら、その刹那先生のほうが立ちあがって俺の目の前へきた。

「大丈夫。俺と諏訪先生、昨日も一昨日もおたがいの部屋に入り浸ってたから。おまえもここにいていい理由があるだろ。それでたまたま会っただけってことにしよう」

たまたま会った——違う、俺が昨日諏訪先生に懇願したからこうなった。

「すみません、俺、」

「俺が前から〝吉沢と話せたらいいんですけどね〟って諏訪先生に頼んでたんだよ」

「え……本当ですか。俺も昨日諏訪先生に頼んだんですよ」

「あれ、そうなのか。それは知らなかったな」

先生が俺の頭に手をおいて微笑んだ。

「きっかけはどうあれ、なにかあれば責任は俺がとる。安心しなさい、おまえは悪くないよ」

ぐっ、と心臓が絞られるように痛んで、泣きたくなるほど先生が恋しくて苦しくなった。

「会いたかった、すごく心配でした、俺のせいで先生が、俺、」

「わかってる。想像がついたし、諏訪先生にも聞かされてた。でもおまえのせいだなんて思ってない。俺は吉沢がそうやって自分を責めてたら嫌だなって考えてたから」

「俺は先生が自分のせいにしてたらどうしようって思ってました。俺らが好きになっただけで先生は悪くないじゃないですか。それなのに、校長たちはあんな、」

「わかってるよ」

先生が俺の両肩を押さえて、うん、わかってる、と囁きながらさする。肩から腕に先生の手が移動して、摩擦で自分の肌が温かくなってくると、緊張して声がでなくなった。

「吉沢は理解しがたいかもしれないけど、教師が責任とるのは当然のことなんだよ。ただもう全部終わった。俺は人間が人間を裁くときにあるのは正しさじゃなくて納得だと思ってるよ。俺や阿部先生に対する処分がおまえの望む結果じゃなかったとしてもべつの誰かが納得してる。そして俺は手塚が生きることを選択してくれたから安心してる。それでいい」

「先生……」

なにもかもが思いどおりにいくことなんかなくて、多くを諦めるかわりに先生は手塚先輩がまた自害したりせず生きる道を選ぶことだけを願った、っていうのか。

「あとは吉沢が笑ってくれたら充分」

優しくうながされても、急に笑うのは難しかった。

「中間テストも学力キープしたんだろ？　赤点なくてほっとした。ぼろぼろだったら罪悪感で眠れなくなってたよ」

はい、とこたえてみたが、笑顔はいびつにゆがむ。

毎日辛かったんじゃないのか。以前見たみたいに、コンビニへ寄って弁当を買って帰宅してひとりで食べながら、校長たちを恨んだり手塚先輩への対応を後悔したりする苦渋の日々を生きていたんじゃないのか、と想像してしまうけど、忘れろと先生に言われているのを悟った。もうなにも考えないでほしい、と拒まれている。

「……先生、」

「うん」

こうして微笑みかけてくれる先生は立派な教師然としている。苦しみや哀しみが見えない。先生が周囲にどう扱われて、どんな二ヶ月を過ごしていたのか俺は知らないままで。隠して抱えたまま先生は俺を励ましてくれて、俺は守られているだけの生徒でしかなくて。

「先生、ありがとうございます」

頭をさげて、先生の視線から逃げた。

「俺、ちょっと忘れ物したんで、とりにいってきます」

「忘れ物？」

——おまえ心の底から笑ったことある？

笑顔を繕ったところで見抜かれてしまうのはわかっていたけど、へらへら笑いながら身を翻して部屋をでた。廊下を大股で歩いて階段へむかう。一歩一歩のぼって上階へついたらとたんに涙が堰《せき》を切ってあふれだしてきてとめられなくなった。

「先生っ……」

いつも頼るばかりでごめんなさい。

教師を守ることもできないただの生徒のくせに、気持ちだけ押しつけてごめんなさい。

美術部まで追いかけていってごめんなさい。

芸術面の知識なんにもないのに部長になってごめんなさい。

日誌に好き勝手書いてごめんなさい。

文化祭の絵、下手でごめんなさい。

なにもかもひとりで我慢させてごめんなさい。

好きになって本当にごめんなさい。

……うっ、ぅっ、と洩れる嗚咽を必死にこらえて喉を押さえる。時間がないし目が腫れるのも困るから、急いで泣いて、泣ききってタオルで顔を拭いた。それから部屋に戻ってみんなと「おーどしたー」「忘れ物した」と笑いあって気持ちを立てなおしながら、バッグに入れていた小袋を持ってひき返した。

先生はまだ居間の入り口で待っていて、「大丈夫か」と訝しげにむかえてくれた。

「大丈夫です。あの、じゃあ先に風呂入ります。俺、風呂時間かかるから」

きっちり一時間で帰ってくる、と諏訪先生に言われたのにすでに十分経っている。もたもたしていられない、もっと話したい。

「やっぱり羽があると風呂も大変なのか」

「大変っていうか、最後に水切って雫《しずく》が飛び散るから浴室を軽く掃除しなくちゃいけなくて」

「教師の部屋は露天風呂つきなんだよ。掃除の必要はないんじゃないかな」

「え、そんな豪華なんですか」

おいで、とうながされてついていくと、居間の隣の部屋に庭へ面した小さな露天風呂があった。落ちついた夕日色のライトに照らされた、雪のちらつく風呂と洗い場とデッキチェア。

「ＶＩＰ待遇すぎる」

「獣人用の浴場は故障だったみたいで、その対応がこれだよ。普段から教師がＶＩＰ待遇受けてるわけじゃないからな、勘違いしないように」

念を押すように言うのがあやしい。

「先生たちって夜は宴会とかしてそうですよね」

「どうせおまえらも隠れて酒呑んだりしてるんだろ」

「し、てませんよ。そうやって疑うのは先生が学生のころしてたからじゃないんですか」

「俺はしたよ」

「わ、あっさり吐いた」

「おまえにだけな」

先生が俺の耳に顔を寄せてきて、どきりと息を呑んだ瞬間に「……ほかの生徒には言うなよ」といたずらっぽく囁きながら笑ったから、骨の芯から溶けていきそうになった。

「……今日もこのあとすすきのとか遊びにいくんだろうな〜」

心臓の鼓動を軽口叩いてごまかすと、「いかねえよ」ともっと笑われた。

俺も一緒に笑いつつ視線をさげて、自分が着ている紺色のジャージを見る。

心が浮ついて、辛くて胸が痛いのに幸せでたまらなくて、身体も地上から数センチ離れてただよっているみたいだ。

――天国だろうと地獄だろうと、吉沢とはいかないよ。

――もし万が一、卒業して五年経ってもいまとおなじ気持ちでいたならもう一回おいで。

あのころの先生と今夜の先生は違う。

「ばか言ってないでさっさと風呂に入りな」

戻ろうとする先生の腕を掴んでとめた。無意識だった。

「あ、その……やっぱりここにいてください。居間で待っててもらうと話す時間が減るから」

先生が眉をひそめる。

「ここでって言ってもな……」

露天風呂を見やる先生につられて俺も視線をむけた。一応屋根があって雪が入ってくることはなく、風呂場の傍らにデッキチェアがふたつならぶリラクゼーションスペースもあるが、眺めていると風が吹いて雪がらせん状にくるくる舞っていった。

「いや、絶対寒いだろ」

渋る声に危機感を覚えて、腕を掴んだまま、いてくださいと祈る。いかないでください。

裸足のつま先が冬風で冷えるのをたえて願っていたら、はあ、と先生がため息をこぼした。

「ちょっと待ってな」

部屋に入っていった数秒後、コートとマフラーを持って戻ってくる。……諏訪のだ。

「諏訪先生に借りるわ、これでいいだろ」

「……はい」

「なんで不満そうなんだよ」

彼シャツならぬ彼コートみたいで羨ましい。俺はどうあっても先生と洋服を共有することができないから。

「おまえの傍にいるためだろ。ほら、いこう」

腰を押して露天風呂へ誘導された。甘いひと言にほだされると、一歩すすむごとに嫉妬心がはがれ落ちていく。先生はデッキチェアへいって横むきに座り、俺は脱衣場へ。「さむっ」と身体を抱えた先生と笑いあって俺もジャージを脱ぎ、急いで身体に湯をかけてまるい浴槽に浸かった。

「気持ちいい？」と先生が訊いてくる。五歩ぶんぐらい距離があるけど、四隅にあるライトが明るいから微笑する先生の顔もきちんと見えて恥ずかしい。すこし遅れて「はい」とこたえた。

……先生と一緒に入りたかったな。

「先生は風俗いった経験ありますか」

「は？」

思いきり変な顔をされた。

「さっきのすすきの繋がりで訊いてみたんです」

「ああ……俺は金払うと思うと萎《な》えるタイプだよ」

萎える……好きな人としかしないってことか。

「先生のファーストキスと、童貞喪失っていつですか」

「おまえそれ本当に知りたいの」

俺の片想いを意識するような真剣な目で訊かれて狼狽《ろうばい》した。

「昨日、まも……友だちがどっちもすませてるって言いだして朝方まで話しこんだから、気になったんです」

「なんだ、吉沢もちゃんと修学旅行らしいことしてるんじゃないか。そういや今日も動物園で楽しそうにしてたっけ。友だちできたんだなって思ってたよ」

先生も俺のこと考えながら見てくれてた。

板橋の輪に加えてもらっているだけなので自分の友だちだと言うのは気がひけたけど、水をさしたくないから「……ありがとうございます」と礼のみでこたえた。今後もっと信頼関係を深めて、先生にも喜んでもらえる友だちになれたらいい。

「先生は美術科の奴といちゃついてましたね」

「おまえがすごい怖い顔してたのは憶えてるよ」

「してませんよ」

「してた。いまもしてる」

指摘されてうっとつまる。うつむいて、湯のなかに肩まで浸かったら苦笑された。

「キスは中学、それ以上は高校のときだったよ」

さっきの質問にこたえたくれた。中学と、高校。ちゃんと教えてもらえたのに、先生の学生時代を想像すると複雑な違和感が湧いた。

「……先生も人を好きになるんですね」

性行為が未経験じゃない確信はあったけど、そこに恋愛感情があったと思うと奇妙だった。〝教師〟が恋い焦《こ》がれる姿を想像できない。

「どうかな。ドラマなんかで観る、全身で溺《おぼ》れるような恋愛はしたことないよ。つきあった相手はどの人も友だち関係が一番幸せだと思えたな」

「友だち、ですか」

「親密になると衝突が増えておたがいだんだんと気持ちが離れていく。恋人として最良の関係を築けない俺も、未熟な人間なんだよ」

　先生は未熟じゃありません、と反論したかったけどできなかった。

　俺は〝高岡翔〟を知らない。自分には顔もわからない女性とすれ違ったり、喧嘩したり、別れて泣いたりするひとりの男としての先生を思い描くと、その相手が羨ましかった。俺も先生と恋情をぶつけて傷つけあえるような人間になりたかった。

「……結婚を考えたことありますか」

「あるよ。でももしその人としてたら間違いなく離婚してただろうな」

　いままでプライベートをなにも教えてくれなかった先生が誠実にこたえ続けてくれている。だからこれは最後の優しさなんだと解釈した。今夜限りで諦めてくれ、いままでありがとうな、と、そんなふうに俺に温かくむきあってくれている。生徒の俺を、先生は傷つけない。

「身体洗います」と、声をかけて浴槽からでた。

　羽に石けんがあまりつかないよう、空へむけてひろげながら髪と身体を洗う。肌寒かったけど、雪の降る露天風呂は幻想的で美しくて、心まで清潔になる気がした。

「吉沢」

　シャワーの水音が邪魔でとまっていた会話を再開したのは先生だった。

「おまえは、死にたいと思ったことはあるか」

手塚先輩の姿が脳裏を過った。

身体の泡をシャワーで落としながら回想する。先輩の自殺の報せをうけたときのこと、応接室に呼びだされた日のこと、文化祭、諏訪先生との会話、高岡先生と会えなかった二ヶ月間。

「俺、昔観た映画のシーンをたまに思い出すんです。……死刑執行された死刑囚の遺体を前にしてひとりの看守が暴言吐いて嘲笑ったとき、べつの看守が制止して、こう言う場面です。『罪は償われた、彼はもう罪人じゃない』って」

「……罪人じゃない、か」

シャワーをおいてもう一度浴槽に浸かり、先生とむかいあった。

「獣人には『ホワイト』を頼っていた人たちもいて、俺もたまに、自分が死んだら母親が楽になるんじゃないかって考えたことはありました。俺と母親は羽のせいで気をつかい続けてる変な親子なんで。でも実際に望んだことはありません」

「お母さんとうまくいってないのか」

「あ、いえ、そんな深刻じゃないですよ」

「でも羽があることを罪だって思ってたんだろ」

先生の表情に怒気をはらむ真摯さを見た。

「……思ってました。邪魔だし、俺も普通の人間に生まれたかった。けど悪いことだけじゃないって考えられるようになってきてます。俺は死にませんよ」

死んで償われる罪もどこかにはあるんだろう。解放されるのを羨ましく思ったこともある。

しかしそうしようと決意するほど絶望せずにすんだのは先生と会えたからだ。先生を好きになってひらけた世界がいま自分を支えてくれている。これまでの苦難は先生に会うためだったんだと思える。俺の人生にはもう先生がいる。

「ごめん先生……ちょっと、のぼせました」

二度目の湯浴みは暑くて、話を続けたかったけど無理だった。渋々浴槽をでて縁に座ったら、先生もとたんに「はは」と笑いだしてシリアスな空気が和らいだ。

雪が降るほうへ背中をむけて羽をふる。頭に手ぐしをとおして髪からしたたる湯と、羽の水を切った。……暑い。顔が火照《ほて》ってる。羽がおこす微風と夜気のおかげで肌が冷えていく。

「……あんまり見られると、またのぼせますよ」

先生の視線を感じてじとっと睨んだら、先生がはっとして目をまたたいた。女性好きって聞いているしこっちも意識しないようにしているのに、まっすぐ凝視してくるのはひどい。

「悪い」

脱衣場に移動してさっさとジャージを着た。先生が近づいてきて「しめてやるよ」と羽の下のチャックをしてくれる。それから居間に戻って俺がドライヤーで髪を乾かしていると、諏訪先生のコートとマフラーをおいてきた先生が俺の正面に座って「貸してみ」とドライヤーを奪い、かわりに乾かしてくれた。

心臓が跳ねあがって激しく動揺したが、正座したまま黙って身を委ねた。先生の長い指先が自分の頭を撫でるように動く感触をあまさず記憶したい。いまだけの奇跡。数秒後には終わる奇跡。忘れない。

「羽にもドライヤーかけたりするの？」

「……しません」

そっか、と笑った先生がスイッチを切って、俺の髪を梳いて整えてくれる。先生の手が離れていくのを惜しんでいると、「具合悪くないか？」と顔を覗きこまれた。

「ほっぺたがまだ赤いよ、本当にのぼせたんじゃない？」

うん。服のなかに身体の熱がこもっているうえに、室内も暖房がきいていて暑い。でも先生は寒かっただろうから我慢する。

「平気です。それより、先生にこれ」

布袋から、さっき部屋にいってとってきた小袋をだして渡した。「なんだ？」と受けとってくれた先生が袋をあける。でてきたのは切符だ。

「ああ、幸福駅の？」

「そうです。昨日買ったんです。好きな日づけを入れてくれるっていうから、先生の誕生日を頼みました」

愛国から幸福ゆき、と印字されている切符は、縁起もよくおみやげとして人気だと聞いた。こんなおまじないじみた祈りでしか先生に恩を返せないのが情けないけど、自分もささやかな幸せを贈れたら嬉しいと思った。

「ありがとう、俺は幸福駅にはいけなかったからな。でも、これ俺の誕生日じゃないよ」

「えっ」と顔を寄せたら、先生が傾けてくれたそこには三月十日とある。

「ご、ごめんなさい、間違えました。先生のと、もうひとつ買ったから」

「これは誰の誕生日なの」

至近距離で鋭く詰問されて動揺した。

「俺のです……」

恥ずかしくてちぢこまる。先生の誕生日は十一月五日で、自分もおそろいで買ったのだった。最悪だ、こんなのばれて気持ち悪すぎる。

「ならこれでいいよ。そうか……吉沢は三月が誕生日なんだな」

「え、や、明日ちゃんと先生の渡します」

「大丈夫。この切符と一緒に吉沢のこと憶えておくよ。三月十日は卒業式のあとだから、眺めてるだけでも感慨深いものがあるな」

しみじみと唇に笑みを浮かべる先生を見つめた。遠い春の日を見ているような寂寥感《せきりょうかん》のにじむ温かい表情。

「……先生。俺、手があってよかったなって思うんです」

「手？」

「猫耳とか犬耳がある獣人は人間の耳がないじゃないですか。本当なら俺も腕が羽になってるはずなんです。でも背中に生えたから、触りたいものが触れる。字を書いたり、ものをつくったりもできる」

「なら水できんきんに凍らせないで大事にしろよ」

「あ……はい。そうですね」

先生がふいに、小さく笑った。

「どうしたんですか」

「いや、吉沢が美術部の見学にきた日のこと思い出したんだよ。おまえ、俺が天使の血も赤いんだなって冗談言ったとき、顔真っ赤にして怒っただろ」

「怒ってませんよ」

「怒ったよ」

「いえ。あのときに俺は先生を好きになったんです」

時間が、もう五分しかない。

こうやって間近で先生とむかいあって会話できるのは最後だとわかっていた。五分後に先生はまた大勢の生徒のもとへ戻っていく。俺も板橋が寝ている部屋へ戻って、明日東京へ帰り、大学入試にむけて努力する日常を生きていく。

「先生は美術部の顧問、辞めるんですか」

「ほとぼりがさめたらちゃんと戻るよ」

「よかった……」

うなずいて、精一杯微笑みかけた。

「また学校で先生を見かけたら、声かけます」

「ああ」

もっと話をしようとしたけど喉が痛んで声がでなかった。うつむいて、痛みがひくのを待って口をひき結んでいると、先生が俺の腕をなだめるように二度叩いた。

「そろそろ戻らないとな」

わかっている。諏訪先生も帰ってきてしまう。

再び顔をあげたら、先生は微笑んで、帰るか、と目でも告げてきた。

さっき先生は三月が卒業式だと言ったけど、このまま疎遠になるであろう俺たちの卒業式はいまだと思った。これでおしまいだ。

「……先生。俺いつも、どこにいても、ずっと先生の味方でいます」

最後の最後まで、先生は俺に弱いところなんか見せず立派な教師であり続けた。先生の心は遠いままだった。俺は生徒のままだった。先生を守ることも幸せにすることもできない子どもの、ちっぽけな生徒のままだった。

自責の念に駆られて、あふれそうになる涙を懸命にこらえて微笑み続けていると、後頭部を先生の右手にひき寄せられて、顔を肩につっ伏すようにして抱擁された。

「俺はおまえに救われたよ」

明るい声で言いながら、先生が俺の頭を撫でてくれる。

「心配しなくて平気だから、吉沢も自分のことを大事にしなさい」

先生の返事は、たしかに別れの言葉だった。

「……はい」

先生好きです、と口をとじて喉の奥で叫んだ。これが最後だと思いたくない。また会いたい。だから大人になったらもう一度、きっと会ってください。そのとき先生が俺を対等に扱ってくれるぐらい、すこしでも弱音を吐かせてあげられるぐらい、頑張って成長します。

先生好きです。死ぬまで好きです。先生だけが俺の希望です。

「おやすみなさい先生。ありがとうございました」

身体を離すと、笑って羞恥心をにごしながら、先生に見おくられて退室した。一歩遠ざかるごとに夢がさめて、現実へ戻っていく。階段をのぼれば板橋が待つ部屋がある。

好きだと想う気持ちや言葉は、必ずしも相手を幸せにするわけじゃない。俺は初めて好きになった先生に、最後まで迷惑しかかけられなかったんだと思った。


修学旅行から帰ると、十二月の期末試験まで勉強漬けの日々が続いた。

諏訪先生との面談もあって、志望大学に関して相談していると受験生になる自覚も深まり、いよいよ精神的に追いつめられていった。

東京は北海道より暖かい。『雪もあんなに降らないよな』と板橋が物悲しげに洩らしていたけど、その寒さがだんだん北の大地で味わった感覚に近づいていって、初雪が降ったころには試験も終わり年が明け、新年の浮ついた気持ちをひきずりつつ短い三学期を過ごしていた。

手塚先輩の今後について、諏訪先生が教えてくれた。

退院した先輩はご両親のすすめもあって、浪人して自分探しをするそうだ。お母さんは無理して美大にいかなくてもいい、と説得しているという。

高岡先生はいつ美術部に戻るんですか、と訊くと、未定だと言われた。戻れるだろうけど、時期は俺の卒業後だと。しかもそれは修学旅行前から確定していた、とも。

——ほとぼりがさめたらちゃんと戻るよ。

あの夜、先生はわざと俺に希望を抱かせる言いかたをしてくれたのだと悟った。

先生は本当に淋しいほど厳格な教師だ。

そして受験生になる直前まで、最後の悪あがきをするように板橋たちと遊びまくった。カラオケにいって「下手だな」と笑われた。板橋の家に集まって朝までゲームして、やっぱり「おまえ才能ないよ」とからかわれたりもした。漫画本もいっぱい読んだ。バイクの免許をとった奴のうしろにのって遠出もした。酒の味も覚えた。ゲームセンターのＵＦＯキャッチャーだけは「めちゃくちゃうめえ！」と褒められた。先生がすこしずつ遠くなっていった。

そうして三年生に進級した。

春が曖昧なまま夏になり、毎日自転車こいで塾へいって夏期講習をうけていたら秋がきた。

俺は生物学の勉強をするつもりでいる。獣人の生態を研究している教授に尊敬している人がいるから、その人のもとで勉強してみたかった。それで、自分の羽がどの動物のものなのか、いずれ知られたらいいと思っていたのだった。

努力のかいあって、塾の合否判定模試でも志望大学は合格圏内の結果がでていたので自信を持って試験に臨《のぞ》めた。

合格した日、二年のとき担任だった諏訪先生にも報告しにいった。

「おめでとう。きっと高岡先生も喜ぶよ」と先生は俺の肩を叩いた。

いまも憶えている。高岡先生に告白したのは十一月五日で、偶然にも先生の誕生日だった。美術部に入部して一ヶ月経過したころでもあり、連日のように母の過保護に応えるのが億劫《おっくう》になってきていた俺は、下校途中に部室へひき返して準備室にいた先生に気持ちを告げた。

——やめなさい。

驚きも呆れもせず、先生はまっすぐに拒絶した。

——男ばっかりの環境で、吉沢は勘違いしてるんだよ。卒業してここを離れればたくさんの出会いがあるから、ちゃんと女の人とつきあって幸せになりなさい。

——俺は先生が男だから好きになったんじゃありません。

——じゃあ女性も好きになれるだろ。

——ならない。

あのころは、先生以外誰も好きになれないと信じていた。

先生を好きになったとき〝自分はこの人に生涯かき乱される〟と直感していたからだ。平凡で平坦で夢も持たない毎日は終わったと思った。自分の軸に先生が住みついてしまった。心も将来も、先生を中心にまわっていく。叶わなくても、二度と会わなくても、べつの誰かと添い遂げることになったとしても、自分の唯一は死ぬまで先生ひとりだと確信していた。

——いまの吉沢の気持ちはわかった。でも俺はおまえに間違った生きかたをしてほしくない。ゆっくりでもいいから俺のことは忘れなさい。忘れて、いっぱい恋愛しなさい。おまえは綺麗だから、大学でも会社でもきっと素敵な女の人に好かれるよ。

——間違ってないし、忘れません。……絶対忘れない。

——大丈夫、思い出になるから。

——思い出になっても先生だけ好きです。

先生の頑とした拒否の意志が哀しくて、悔しくて、自分の想いが届かなすぎて辛かった。

——それに俺は、綺麗って言われるのが嫌いです。

あれ以来先生は俺を気づかって綺麗という言葉を言わなくなったように思う。届いた訴えはそれだけだった。


卒業式の三月一日は、肌寒いながらも晴天の一日になった。

桜がないと卒業式は殺風景だ、とクラスメイトが文句をこぼしたら、担任がおまえらの胸に後輩がつくってくれた桜がついてるだろ、と得意げに返して、ちげえうぜーと笑われていた。

卒業証書授与式が終わり、最後に校庭でブラスバンド部の演奏におくられながら花のアーチをくぐったとき、傍に高岡先生を見つけた。

じゃあな、というふうに先生は微笑んでうなずいた。

さようなら、と応えるように俺も微笑み返して頭をさげた。

一年経っても好きなままでした、と。

思い出になっても好きって言ったのは本当だったでしょう、五年後も十年後も好きでいます、と、泣いて縋って迷惑をかけたりせず、きちんと別れられたあの十七歳の自分を、すこし褒めたいと思う。

毒蛇は涙をこぼさない

今年入学してきた後輩の松本正《まつもとせい》は、蛇の毒牙を持つ俺とキスしたいと言うばか野郎だ。

七月に入ったとたん連日三十度超えで、暑くて死にそうだってのに教室のクーラーが壊れた。掃除当番とかまじだるいな、と思っていたのが顔にでていたのは認める。

「……なあ、矢浪《やなみ》はさ、ほら、もう帰っていいよ。あとは俺たちでやっておくから」

でもべつにサボりたいとは言ってない。

「やるよ。だって当番だろ」

「や、いいよ帰れって。——おい、みんなも矢浪がいなくて大丈夫だよな?」

クラスメイトのひとりがほかの奴らに声をかけると、そいつらも「うんうん」「平気!」と冷や汗垂らしながら愛想笑いして同意する。

「サボると俺が先生に叱られんだけど」

「ちゃんとごまかしておくよ、心配すんなって!」

要するに、ただでさえ暑くて苛々してるのに俺がいると余計気分が悪くなるってことか。

「……わかったよ」

箒《ほうき》を渡して、自分の鞄を持って教室をでると、すぐに背後から「あー……清々《せいせい》した」「あの人外《じんがい》、まじ怖いよ」「下手して殺されたらたまったもんじゃねえもんなー」と嘲笑が聞こえてくる。

ちょうど今日担任に『おまえが女子校の生徒を孕ませたっていう噂がながれてるけど本当か』と呼びだしをくらったから、そのふざけたデマのせいかもしれない。

邪険にされるのは慣れている。それでも校庭を横切って帰宅している姿を担任に目撃されたら厄介だなと思い、保健室へ移動した。

「先生、ちわ」

「あら、功貴《いさき》君またきたの？」

保健の佐々木《さ さ き》先生は数少ない味方だ。ここに避難しているあいだは安心していられる。

教卓前の椅子に座ると、手を洗っていた先生が近づいてきて俺の肩を叩いた。

「どうしたの。クラスの子にまたなんか言われた？」

「なんも」

「そう？」

保健室の女教師っていうとエロいイメージがあるけど、先生は二十四歳なのに黒髪のロングヘアーをひと括りにして年中白衣を着ている、結構地味なタイプ。ただ、白衣の清潔感のある香りと一緒に、いつも香水のいい匂いをただよわせている。それに、この笑顔に癒やされる。

もともと獣人専門のカウンセラーだったらしいが、いろいろ相談を聞いてもらうようになってもこの人の口からそんな話を聞いたことはない。この奥ゆかしさも好きだと思う。〝わたしはカウンセラーだから力なれるよ、なんでも話して〟とひけらかされていたら、俺はきっと心をひらかなかった。

佐々木先生からは真実の善意が見える。

「今日うちのクラスのクーラー壊れたんだよ」

「え〜、それ辛いね。修理は頼んだの？」

「学級委員長が担任に言ったらしい。けどなおんのたぶん来週だって」

「あっちゃ〜……じゃあしばらく辛抱しなきゃだ。具合悪くなる子がいたら保健室にこいって言っておいて？　最近はみんな夜更《よふ》かしして不摂生してるから、男の子でも体力ない子多いもん」

「俺もこようかな」

「体調崩したらいいわよ〜？　まあ矢浪君は仮病で授業サボる子じゃないから安心だけど」

先生が腕を組んで笑う。

「ほーんと、なんできみは不良だって言われるんだろうね？　授業も真面目に受けてて成績もよくて、髪染めたり煙草吸ったりもしない優秀クンなのに」

「顔のせいだろ。あとこの牙」

「そうかなあ。先生はどっちも格好いいと思うけど」

「ンなこと言うの先生だけだよ」

自分のつりあがった目がどれほど他人を怯えさせているか自覚している。普通にしてても睨んでいると非難される人相など、好かれるわけがないととっくに諦めていた。牙のことも。

「自信持ちなさいよ。矢浪君、高校卒業したらきっとモテるよ。友だちだってできる。それとも友だちはハル君だけでいいってまだ思ってるの？」

「思ってるよ」

――いっちゃんはヒーローだ！　すげえ、かっけえ！

両親に捨てられて施設にいた幼少期、一番親しかったのがハルだった。小学校でクラスメイトの私物の盗みをくり返し、自分はやってないと嘘をつくハムスターのハル。

ハルは言葉がちゃんとしゃべれない。すげえ、んん、すげえ！　かかかっけえ！　すげえ！と喉につっかえるようにしてくり返すから気味悪がられていじめられる。いじめられると、また盗む。嘘をつく。

――それは吃音《きつおん》じゃなくて、周囲にきちんとした会話を聞かせてくれる家族がいなかったせいかもね。

佐々木先生がそう教えてくれた。

会話というもの自体知らない。だから足りない語彙《ご い》力《りょく》で単語を爆発させるしかなくなり、順序立てて話したり説明したりすることができず、相手と感情の応酬をするなど無論、不可能。

俺と同様、親に捨てられたハルの孤独を思うと得心がいった。

ハルが盗みをするのも淋しさのせいだと知っていたから俺はハルを庇い続けた。でもハルは親がむかえにきて家へ帰っていき、俺は幸せそうにはしゃぐハルを見おくって、数年後養父母とともに施設をでた。そしてそれきりになった。

「矢浪君がそんな淋しいこと言うと怒る子がいること、先生知ってるなあ」

「は？」

「そろそろくるよ。……本当は待ってたんでしょ？」

先生が楽しげな満面の笑みで俺の顔を覗きこんできたのと同時に、背後でドアがひらいた。

「——お待たせ！　先輩、一緒に帰りましょー」

正だ。

「ほら、おむかえがきた」

佐々木先生がおかしそうに笑って冷やかしてくる。

「先輩また佐々木先生といちゃついてるー……もう～教師とエロいことしたら犯罪ですよ！」

「うるせえ、なんにもしてねえよ」

「センセーとするぐらいだったらぼくとヤってくださいよねー」

「ばか。黙れって」

椅子から立って正のところへいき、ひっぱたいてやろうとして……睨んでやめる。『すぐに手がでるのは施設にいたころの癖？　よくないよ』と佐々木先生に叱られて以来意識している。

「じゃあ、先生さよなら」

「うん、ふたりともまた明日ね。気をつけて帰りなさい」

ドアをしめて歩きだすと、正もうしろをついてきた。

「先輩は佐々木先生とセックスしたいんですか？」

「……ばか野郎、でかい声でなに言ってるんだよ」

「ぼくは先輩が好きですからね」

「ね、じゃねえ」

正には四月の下旬に保健室で会ってから懐かれている。自己紹介して一回しゃべったあとには『ぼくはゲイで、先輩が好きです』と追いかけてくるようになった。

世間では獣人に対して〝人外〟と表現するのがタブーだ。ニュースでも獣人の人権を守ろうとする団体が『差別用語だ』と抗議してデモをおこしたりしてるようすがたまにながれる。〝そっち側〟の人間として生まれたぶん、俺も体質や性癖で他人を差別する感覚に敏感ではあるものの、正に好きだと迫られても簡単には受け容れられない。

下駄箱へむかって歩く廊下に、ガラス窓からさす太陽光が照りつけていて暑い。まだ夕方なのに、と思いつつ舌うちして隅っこの日陰の部分を踏んですすんでいると、正も俺の足跡をたどるように真うしろを一列になってくっついてくる。

「先輩、正門で待っててくださいね」

「ん」

一年の下駄箱はべつの校舎にあるから、正はいつも二年の俺の下駄箱までついてくると笑顔で手をふって廊下を走っていく。百五十九センチのちびでガリなんだから転ぶぞ、と何度叱っても『百六十センチです！』とうるさいし結局走るから最近はもう黙っている。

靴を履きかえて正門の端で待っていたら、面倒くさい奴らが近づいてきた。

「お〜、蛇ちゃんじゃん！　ひさしぶり〜、元気してた？」

「まじだ、蛇ちゃんだ。今日もこえぇ顔してんな、やっべえわ」

はっははは、と嗤っているふたりは三年の先輩だ。制服を着崩して髪染めてピアスしているわかりやすいあほな不良で、たまに会うとからかってきやがる。こいつらが受験生になって自主登校へきりかわってから、こっちは平穏だったのに。

「ねえ、毒だしてみてよ。ずっと頼んでんのに蛇ちゃんってば見せてくんねーんだもんな〜」

「俺ムカつく奴いんだよねー、そいつに盛ってやりてーわー。蛇ちゃんの毒ってほんとに死ぬんでしょ？　サイコーじゃん？」

はあ、とこたえて、どうしたもんかなと困った。さっさとどっかいってくんねえかな。

「先輩、お待たせしました、はやくいきましょ～」

正がきた。

「おっ、なにあの可愛いの。一年？　蛇ちゃんもしかして男子校でカレシできちゃった系？」

「男とかまじやばすぎだろ、つか蛇ちゃん好きになる奴とかいるわけねーし！」

「だよな、キスしたら死んじまうっつーの！」

「やべー！　──ねえきみ蛇ちゃんのなに？　こいつのこと怖くねーの？」

「毒持ってんだよ、猛毒！」

ぎゃはは、と嗤うふたりが正に近づこうとするのを制して、正の腕を摑んで背後に隠した。

「こいつは関係ないんで、かまわないでくれますか」

「あ？　蛇ちゃんなにその態度」

「俺この子タイプだわ、顔めっちゃ可愛くね？　ねーきみなにクンっていうの？　俺バイだからあそぼーよ、蛇ちゃんより優しくするよ～」

ひとりが正をひっぱりだして抱きしめやがった。

「うわっ身体ほっそ！　かっわいい～」

「やめっ、」ともがく正に巻きつくクソ野郎の腕をひねり返してつきはなす。

「いい加減にしろ、まじで殺すぞ」

正の手をひいて大股でその場を離れた。遠くうしろのほうから『調子のんな』とか『ただじゃおかねえ』とか、よくある負け犬のセリフが聞こえてきたけどどうでもいい。本当に、どれだけ年齢を重ねてもどこへいっても、俺のまわりには差別、嘲笑を投げてくる奴が絶えない。

「俺につきまとうのはやめておけよ」

赤信号で立ちどまった瞬間正に釘《くぎ》を刺したが、正はにこにこ笑っている。

「……優しいね先輩。ありがとう」

わかってねえな。

「ばかだおまえは」

「ばかでいいですよ～だ。先輩すごい格好よくて、ぼくきゅんきゅんしました」

「のんきなこと言ってんじゃねえよ」

「先輩はぼくのヒーローです」

――いっくんはヒーローだよ！

ハルの声と笑顔が、目の前にいる正とぶれて無意識に顔をしかめていた。摑んだままいた手を、正が強く握り返してくる。

「正。おまえなんで俺に執着するんだ。どうせ同情してるだけなんだろ？」

「同情なんてしてませんよ、たくさん苦労してる人なんだーって思ってます」

「上から目線で見下して楽しいか」

「見下してませんって、ひどいなあ」

「じゃあどうしてくっついてくる？」

ゲイでもなんでもかまわないが、俺はたった一度話した程度で好かれるなにかを、こいつにした憶えがない。施設にいたことは佐々木先生との会話を聞かれてばれているだろうが、詳しく教えたこともなかった。

理由も謎のまま、ハルみたいに無邪気な信頼を寄せてくる正が不可解だ。

「……おまえといると、嫌なことまで思い出す」

正はにっこり笑い続けている。

「先輩、コンビニ寄ってアイス食お。ぼく暑い～」

信号が青に変わると、正が俺の手をひっぱって歩きだした。


自宅前までくると、むかいの家のじいさんが俺を見て怒りの形相へ変貌し、「毒蛇の人外が！」と吐き捨てて自宅へひっこんでいった。……マズイ人に会った。

もともと獣人嫌いで、近所でもっとも俺を嫌厭《けんえん》しているあの園田《そのだ》というじいさんは、うちに『人外は死ね』と張り紙をしたり、石を投げつけたり、自分の家の周囲にバリケードをつくったりする過激派だ。

ガキのころからよく喧嘩はしたけど一度だって人を傷つけた経験はないのに忌み嫌われる。

家の表札を一瞥してため息をついた。

矢浪――養父母の名前も存在も、俺は汚していく。迷惑をかけてしまう。

『人外』には〝人でなし、人の道にはずれること、人並みの扱いを受けられない者〟という意味があるが、毒蛇の自分は人外で間違ってないいんじゃねえかと時折思う。

教室のクーラーが壊れてただでさえしんどいってのに、美術の授業で校庭へ写生にいけと指示された。美術室ですずしい思いができると踏んで大喜びだったクラスメイトが抗議するなか、俺がひと足先に占領したのは保健室のそばの木陰だ。保健室は校庭側にも出入り口があるから、ここだと佐々木先生にドアをあけてもらえばクーラーの風がながれてくる。

「悪知恵が働くんだからー」

「賢いって褒めてくださいよ」

ただ真横がプールで、正が授業をしているから若干うるさい。

「先輩、せんぱいっ」

さっきから柵越しにちょいちょい話しかけてきやがる。

「なんだよ、ちゃんと授業しろよ」

「してるよ、いま待ち時間なんだよ」

「待ちでもなんでも声かけんな、ほかの奴にばかにされんぞ」

「心配しすぎですよ〜もう、先輩優しいんだから」

話にならない。

正のうしろでは体育教師の笛の合図にあわせて生徒が順番にプールへ飛びこんでいく。弾ける水音と、生徒の笑い声が空に響いてにぎやかだ。正も飛びこんで二十五メートル泳いでは、俺のところにちょっかいをかけにくるのをくり返している。

「先輩、なに描いてるんですか」

「おまえなあ……」

「教えて。これ教えてくれたらもう話しかけないから！」

「……。空とか木だよ」

「見して」

「やだね」

つっぱねているのに、正は嬉しそうに笑っている。水でびしょ濡れになった顔と、健康的に灼《や》けた華奢《きゃしゃ》な身体と、すらっとのびた細長い脚。

「ね、先輩、ぼくの裸描いてもいいよ」

「ばーか」

「ふたりっきりならヌードもしますよ、サービスサービス」

「あほか。つかさっきからちんこ見えてるし」

「えっ⁉」

「隙間から片玉チラついてんだよ」

「あーなんだ、知らないうちにモロだししてたかと思った〜」

「ちらっ、ちらっ」と声にだしながら正が水着をめくって笑う。「クラスの奴に見られるだろ」と叱っても「平気ですよ〜」とへらへらしている。

「先輩、このあとお弁当どこで食べますか」

「すずしいとこ」

「じゃあもっかいここで集合ね。保健室のクーラーきいてるんでしょ？」

「ん」

あ、クーラーの返事と集合の返事がいっしょくたになっちまった、と我に返ったときには正がにっこり喜んで授業へ戻っていってしまった。

それきり正が帰ってこなかったから、授業終わりのチャイムが鳴ったあと絵の具を片づけて食堂へパンを買いにいき、しかたなく約束の保健室へ再びむかった。

正はすでに待っていて、脚を外に投げだして保健室のドアの縁に座っている。俺を見つけると笑顔で手をふってきた。濡れた髪と、肩にかけたタオルが涼やかだ。

「おまえプールの匂いするな」

右横に座ったら塩素の香りがした。

「え、くさいですか？」

「べつに」

健康的な匂いだなあと思う。

背中にクーラーの風をうけてふたりでパンを食べた。正はメロンパン、俺は焼きそばパン。正は味覚がガキで、昼間っから甘ったるいパンを選ぶ。「食べる？」と訊かれて「胸焼けしそうだからいい」と断ったら、肩をぶつけて「失礼だなっ」と怒られた。

「仲よしねえ」と茶化してくる佐々木先生に、正が「おかげさまで！」とにこにこ笑い返す。変な敵対心だすな、と今度は俺が正の肩に自分の肩をぶつけて無言で抗議する。

「先輩、なんか雨降りそうですね。夕立くるかな～」

正の視線にうながされて上空を仰ぐと、さっきまで真っ青だった空のむこうを灰色のものものしい雨雲が覆い始めていた。

「朝テレビで降るって言ってたぞ」

「ほんとですか？　先輩傘持ってきた？」

「ない」

「なんで！　知ってたなら持ってくればよかったのに～。ぼくのおき傘小さいからふたり入れるかわかんないですよ」

「俺は濡れてもいい」

「駄目ですよっ」

怒る正がパンを頬張り、ふくらんだ頬に髪の雫がつく。濡れた髪が耳にかかって、普段隠れている顎のラインがあらわになっているから、初めて見たそのシャープさを綺麗だと思った。

「なあ、雨の日にデパートの上の遊園地にいくと儲かるって噂知ってるか」

知っているわけがない。わかっていてさして意味もなく疑問形で話しかけたが、正は一瞬瞠目して、それから微苦笑した。

「――……教えてください、その噂。どういう話？」

あれ。なんだ、この違和感。

「や……いい。また今度な」

「えー、焦らしプレイですかー？」

いつもの明るい正に戻っても、抜けない棘《とげ》のようなわだかまりが残った。

変だな。都市伝説っぽい有名な話だったっけか、と自分の記憶改《かい》ざん疑念まで湧いてくる。いや、でもそんなことないはずだ。だってあれは——。

「先輩、傘のこと忘れないでくださいね。また帰りもここにむかえにくるからいてくださいよ？　ひとりで濡れて帰ったら承知しませんから」

正が俺の左肩に寄りかかってじゃれてくる。制服の肩先に正の髪の雫が落ちてきて冷たい。

「ん」

……まあ、俺が突然変なこと言ったから驚いただけかな、と思うことにする。

雨は午後の授業が始まってすぐに降りだした。

現国の教師が板書している文字をノートに書きうつすふりをしつつ、傘の絵を落書きする。正のおき傘は折りたたみなのか、普通のなのか。ビニール傘だろうか。ビニールなら、正には青があう。透明でも、ピンクや黄色や緑や黒でもない。筆洗バケツのなかのまだ汚れていない透きとおった水に、青い絵の具がついた筆を入れた瞬間みたいな、しずかにひろがる青。

一見するとなにもかも見とおせそうな透明感があるのに、本当のあいつはにごっている。

……というか、正ってどんな奴なんだ。そういえば俺はあいつの友だちも家族もよく知らない。あいつも俺のことを訊いてこないけど、俺もあいつに興味をむけたことがなかったな。

帰りも学校の最寄り駅で正反対の方向へ別れるから、どこの駅でおりているのかわからない。自宅は一軒家？　マンション、アパート？　学校に友だちは何人いて家族構成はどうなんだ。ゲイって、いつ自覚した？

落書きしていた空想の正の傘をシャーペンの先でうすく塗っていたら芯がぱちっと折れた。

あいつ、べつの男を好きになったことがあったのか。


「先輩、帰りましょ〜」

「……。ン」

正の傘は赤メインのチェック柄だった。

正門前の校舎内で、正が折りたたみ傘をひろげる。骨の数が少ない完璧ひとり用の傘は正が懸念していたとおり小さすぎて、おたがいの肩に雨がかかった。

「すみません、やっぱり駄目ですねこの傘……」

ちびの正に持たせていると濡れてしかたないから、奪いとって俺がさす。

「おまえっぽくていいいんじゃない」

傘の柄の感想を言ったつもりだったが、「先輩濡らしたかったわけじゃないですよ、ドジっ子みたいに言わないでください……」とへこませてしまった。

「ばか。傘は充分だよ。あるだけで充分。ありがとうな」

弁解したら、一応感謝はつうじたのか正がぱっと喜んで微笑んだ。

正の歩調にあわせて駅への道を歩いた。夏の雨はどこにいても木の葉の匂いが濃くて空気が緑色のような錯覚をおこす。

「正。おまえさ、初恋って誰なの。男好きだって自覚させられた野郎がいるんだろ」

「え。……どしたんですか急に」

「おまえのことあんま聞いたことないなと思ったから」

「え～、聞いたことないからって、一番初めに訊いてくれるのがそれなんですか？」

「……。じゃいいわ」

あーもう、言いますす言いますっ――と、くると予想していたのに、正は苦笑いしてから口を噤んで歩き続けた。会話を拒否られた。

苦い想い出なんだろうか。それとも俺に言いたくないから黙秘しとくってことか。

「先輩、いまからいきましょうよ、デパートの遊園地」

「は？」

「雨の日お金が儲かる噂、たしかめにいきましょう！」

唐突に陽気になってそう提案した正が、俺の制服のシャツの裾をひっぱって駅ビルのほうへ誘導しだした。

「ばか、ひっぱんなっ！　ゆっくり歩け、濡れるだろ！」

「急がないと先輩が逃げるかもしれないもん」

「逃げねーよ、ああばかっ、わかった、いくから落ちつけ！」

小走りで先をすすむ正の腕をひっぱり戻して傘に入れる。

「おまえ今日プールにも入ったんだから冷えたら風邪ひくかもしれないだろうが、身体濡らすなよ！」

濡れないように傘を傾けてやっていたのに、自分から濡れにいくなっつーんだ。

俺の腕のなかにすっぽりおさまる格好で寄り添っていた正が、顔をあげてにっこり微笑む。

「……先輩、格好よすぎだよ」

わけがわからねえ。

頭ひっぱたくのを我慢して髪を掻きまわしてやる。肩を竦めて「あああっ」とされるがままになる正は、反省するどころかからから笑う。脳天気ばかを相手にしててもしょうがないから、それきり諦めて駅にあるデパートへむかった。

数分後ビルの入り口につくと、正が持っていたプール用のタオルでおたがいの身体を拭きながら「このタオルまだ乾いてねーな」「新しいの買いますか?」「いや、べつにいいけどさ」と話してなかへ入った。

ちょうど到着したエレベーターにのって、一気に屋上へいく。

近頃デパートの屋上の遊園地は減っているらしいが、学校の最寄りにあるこのデパートに残っているのは、通学時に小さな観覧車を眺めているうちの生徒ならみんな知っていた。

実際にきてみると観覧車のほかに定番のパンダカーや豆汽車がならんでいて、その横に古くさいアーケードゲームの筐体《きょうたい》やエアホッケーやUFOキャッチャーのみのゲーセンがある。

しかし今日は誰もいなかった。

「……しずかですね」

「ああ」

晴れていれば子どもが遊んでいるんだろうが、真っ黒な雨空のもとで観覧車や豆汽車は停止して、パンダカーもびしょ濡れの哀れな姿で放置されている。ゲーセンのゲームはかろうじて動いているものの、明るい音楽が鳴り響くばかりで逆に寒々しく、虚しかった。

「全然、儲かってるように見えませんよ」

「……うん」とこたえて、俺は屋根があるゲーセンのほうへ入った。正もついてきて、店内を見まわす。

――いっちゃんきーてよ！　あのな、あのな、学校の奴らがな、雨の日な、デパートの屋上、金落ちてるって言ってたんよ！

――なんだそれ。なに言ってっかわかんねえよハル。

――ンとな、そのな、デパートな、屋上にゲーセンあってな、金でてくるとこあんろ？　そこ雨の日ぶっ壊れるんて。そんでな、な、百円玉いっぱい落ちてるんて！　すげえやろ！

――は？

あれは、ハルが小学校で聞いてきた噂話だった。

ハルの下手くそな説明を根気強く聞いて整理していくと、どうやらデパートの屋上の遊園地にあるゲーセンの筐体は、雨の日に釣り銭口から金を吐く、という話らしいとわかった。

――ンなわけないだろ。なんで雨の日だけいきなりぶっ壊れるんだよ。

ばかばかしい、と笑って一蹴したが、誰もいないがらんとした屋上のゲーセンで雨にうたれて散らばっている百円玉を想像すると、物悲しくもなぜか惹かれた。

俺たちだけの秘密の財宝。冒険や探検に強い好奇心を抱いていたガキのころ特有の憧憬《しょうけい》だ。嘘だと思うのにでもなぜか、それがずっと忘れられなかった。

「ごめんな、正。俺の勘違いだったわ。ただのつまらないデマだった」

「え……」

きっと施設で満足いく額の小づかいをもらえず、お菓子やおもちゃに常に飢えていたせいでもあるだろう。ちゃんと親がいるクラスメイトの豪華な筆箱、洋服、ゲーム、全部をハルと羨んで、捨てられた貧乏な自分たちの孤独を悔いて、淋しがって、淋しがる自分を嫌って〝普通〟の奴らを嫉《ねた》んだ。そしてハルは盗みをくり返した。

ハルと一緒に大量の百円玉をポケットぱんぱんにつっこんで、雨のなか大笑いしながら浮かれてはしゃぐ未来を、何千回思い描いて眠っただろう。俺たちは行き場のないガキだった。

「……正。俺は施設にあずけられるとき、親に『動物園へつれていってあげる』って言われてついてったんだよ」

屋根を伝う雨が、地面にばたばた音を立てて落ち続けている。

ふりむくと、真剣な面持ちの正がいた。

「こういう話、おまえ本当は面倒くさいと思ってるんだろ」

「……いいえ、聞かせてほしいですよ」

濡れた髪と制服が冷えてきた。

近くの自販機でジュースを買って隅にあるベンチに腰かけたら、正もまたついてきて左横に座った。

「施設に入ったあとも、最初は親から連絡がきてたんだよ。たまに電話がきて、元気？　必ずむかえにいくからね、って言うんだ。でもうちの親が面会にきたことはなかった。で、両親が離婚したって聞かされたのは小学二年のころで、そのときには全部終わってたよ。別れないでとかやりなおしてとか懇願する権利も俺にはなかった」

「……うん」

「そのあと母親がくるようになったんだ。二ヶ月にいっぺんぐらいの頻度で、隣にはいつも男がいた。移動中も食事中もそいつと楽しそうに話してて、母親の目に俺はうつらない。『再婚するから一緒に暮らそう』って誘われたとき、俺笑顔で『邪魔になりたくないからいいよ』って断ったんだ。どっかの金持ちのガキみたいなすました態度で、じつの母親に『ふたりで暮らしなよ』ってさ。毎日会いたくて会いたくてしかたなかったのに、そんなこと言えなかった。泣き縋って嫌われるのが怖かった。両親が怖かった。親にだけは、本当の自分を見せられなかった。けど、それで結局父親にも母親にも捨てられて、俺をひきとってくれたのは養父母だったんだよ」

　相づちをうってくれていた正がうつむいて沈黙した。

　やっぱり面倒くせえと思ったのかもしれない。さすがに嫌気がさしただろうか。だよな、施設暮らしの蛇男なんか相手したくないに決まっている。……ていうか、正に嫌われる可能性もあるのに、そんなこと俺考えてもみなかったな。あほか。正の想いを自分本位に信じていた。

「正」

　呼びかけると、ゆっくり顔をあげた正が迷子の子どもを憐れむような物憂げな眼ざしで俺を見つめてきた。その瞬間湧きあがってきたのは、胃を熱するほどの憎しみだった。

　勝手に生んで身勝手に捨てた両親とおなじように、おまえも俺を勝手に好きになって捨てていきたくなったのか。

「おまえ、俺とキスできるか」

——男とかまじやばすぎだろ、つか蛇ちゃん好きになる奴とかいるわけねーし！

——だよな、キスしたら死んじまうっつーの！

——やべー！　——ねえきみ蛇ちゃんのなに？　こいつのこと怖くねーの？

——毒持ってんだよ、猛毒！

クソな先輩どもが揶揄したとおり、俺とキスしたがる奴なんかいない。

おまえもそうだろ、と苛立ちながら正を見つめ返した。本心では俺とつきあいたいなんて思っちゃいなかったんだろ。だったらいまここで逃げて帰れよ。

雨の匂いがする。正の目はまっすぐ俺を捉え続けて、そのうち瞼がしずかにとじられた。

まだ偽善者ぶりやがって、とさらに苛立ちが募って、はらわたが煮えくり返って全身燃え盛ってきて、正を暴いてやりたくなってくる。

上等だ、と怒りに駆られた。おまえの〝いい子ちゃん〟がどこまで続くか試してやる。

顔を寄せて、俺の息が口にかかっても正は動かない。

頬を右手で摑んでむきを変えても、瞼すらぴくりともさせず静止している。

死んでいいのか。嘘つけ、と心のなかで悪態つきながら唇の先だけ軽くつけてみた。それでも正は震えもしない。ムカついて思いきり口先を食《は》んで強引に舌を入れても、正は生きた屍《しかばね》みたいに俺に委ねてされるがままだった。

やわらかい正の口は、まだすこしプールの味がした。初めてでどうやるんだかわからないけれど、どうせ牙が邪魔で俺には正しいキスなんかできないからと、ただただ夢中に正の舌をむさぼった。

「……正」

興奮が冷めてきて、口を離したらゆっくり現実が戻ってきた。ここは学校の最寄りのデパートで、屋上の遊園地で、いまは雨。目の前にいる正の唇の端から血がでている。

正の目がようやくひらいた。

「……せんぱ、」

「おまえばかか、死にたいのか⁉」

血を見たら今度は理不尽な怒りが湧きあがった。

「なんでキスなんかさせたんだ、どうして抵抗しなかった⁉　意地になんなよばか野郎‼」

めちゃくちゃな言いぶんで怒鳴る自分にも腹が立つ。正が唇の血を舐めた。

「意地じゃありませんよ」

「それが意地だろっ」

正は冷静な表情で頭をふる。

「……俺は先輩になら殺されてもいい」

「は⁉」

「蛇の毒はじわじわきいてくるって聞きました。家に帰るまでは平気かな」

腕時計を確認して、死ぬまでの算段を始めやがった。正らしくない落ちつきはらった態度に、どんどんこいつがわからなくなっていく。

「……俺に殺されていいってどういう意味だよ」

「言葉のままですよ」

「嘘も大概にしろ！　おまえの本心を見せろよ、怖い死にたくないおまえなんかつきあえないってビビれば俺はそれでよかったんだよ、おまえを試したんだ‼」

正の左肩を摑んでこっちをむかせても、正は鷹揚《おうよう》にまばたきをして俺を見ている。

「実験だったんですか」

「……。ああ」

「そうか……それはちょっと残念」

正が淋しそうに笑った。

怒りで脳ミソまで煮えたぎったようだった。正の唇の切り傷を舐めて思いきり吸って、「ン、いたっ」と正が痛がったら、こいつも痛覚のある人間だとやっと確信を得られてわずかばかり安堵した。それで思いきり抱き竦めた。

なんなんだ、なにやってるんだか自分の行動もわからない。

「……毒なんかねえよ」

「え」

「生まれてすぐ毒腺除去手術してるんだ。俺の身体に毒は一滴もない」

「なっ」と驚いた正が、俺の腕のなかで身じろぐ。

「じゃあなんで言わないんですか、ちゃんと言って説明すれば先輩は誰にもいじめられたりしないのに！」

「キリがないからだよ。俺が嫌われてるのは俺のせいだ、毒のせいじゃない。親が俺を捨てたのがその証拠だろ」

毒蛇だ、というのはあらがえない事実だ。この顔も性格も、俺は周囲に疎まれる人間として育ってしまった。俺を怖がるクラスメイトや近所の奴らや、俺を面白がる不良どもに真実を伝えて、ころっと態度を変えられても鬱陶《うっとう》しいから、もうこれでいい。しかたない。

「先輩……」

「俺はおまえのことがわからねえよ。余計わからなくなった」

正をつきはなしてベンチを立ち、自分の感情も持てあましてそのまま帰った。

死にたくない、先輩が怖い、と俺は本当に言われたかったのか。

変わらない好意をむけられて、恐ろしくなったのか。

正のどんな反応を期待していたのか混乱して、俺も大概身勝手じゃねえか、と苛ついた。

家に帰って飯食って風呂入って、ベッドへ入って目をとじたころにようやくわかってきた。

俺は死にたがる正を許せなかったんだ。いつも明るい正の心底にあるものを初めて見て愕然としたのかもしれない。死にたくなるほど辛いことがあるならなんで言わなかった、俺を頼らなかった、とそっちに憤ったのか。……そうだ。それだ。

正の奴、あのあとちゃんと帰れたんだろうか。俺、放置したりして最低だったな。

いまごろ正が風邪をひいてないといい。あいつがいないと学校いってもつまらねえ。


「あれ、今日も正君お休み？　ひとりでお昼食べるの淋しいねえ矢浪君」

「べつに」

うふふふっ、といやらしく佐々木先生が冷やかしてくる。ばつが悪いから保健室以外の場所で飯を食いたいと思っても、如何せん教室は居心地悪いしクーラー壊れてるし、ほかのどこにいっても暑くてかなわない。

　正は休日挟んで三日経ってもこない。

「どうしたんだろう、心配だねえ。風邪かもって勝手に思ってるだけで、正君のクラスの子に確認したわけじゃないんでしょ？　矢浪君、携帯電話は？　連絡してみたら？」

「俺も正も持ってないよ」

「あら残念。便利なのに」

「毎月金かかるようなもんねだれねえっつーの。ばか言うなよ」

「わ〜怖い、ばかだって。正君いないと矢浪君は苛々しちゃって怖いわ〜」

うぜえ……ガキ扱いされんのも、正がいないとなにもできない淋しがり屋だと思われんのもまじうぜえ。焼きそばパンと野菜ジュースを持って椅子を立ち、先日正と一緒に飯食った校庭側のドアに逃げたら、余計笑われた。

　斜めうしろの教卓の椅子に先生が座る。

「……矢浪君、やっぱり義理のお父さんとお母さんに気つかってるんだね。もしかして進路も大学進学は考えてないの？」

　話題が変わって先生の声色もしんみりした。

「大学はいくよ、俺もバイトして学費稼ぐし。じゃないと就職もいろいろ不利だろ」

「そうね……──美大にいくの？」

「いかねえ。絵描くのは好きだけど貫いても将来安定しない。うちの学校は資格がとれるから選んだんだよ。それ生かせる会社に就職できたらいいなって感じかな」

「矢浪君って現実的よね。ほんと、絶対モテるわ」

「チャラチャラ生きられる奴は、たぶん家が裕福で幸せだからいいんじゃね」

大学受かったら俺は絶対に家をでる。養父母まで近所の奴らに疎まれるのを終わりにしたい。

「ねえ矢浪君、正君ってゲイでしょ？」

野菜ジュースを吹きそうになった。

「……なんでンなこと知ってんの」

「正君が教えたくれたのよ？　ここで矢浪君がくるの待ってるとき、矢浪先輩が初恋なんですーって嬉しそうに」

え、初恋……。

「ふたりとも、エッチしてる？」

「ちょっ、なに言ってんだあんた」

「大事なことでしょ。男の子同士のセックスは準備が必要だから、無理矢理しちゃ駄目よ」

先生が白衣のポケットからゴムをだして俺の前につきだしてきた。

「はい、これ持ってなさい」

「おいっ」

「先生ここの仕事長いからいろいろ見てきてるの。性別関係なく愛情持って正しくしなね」

「教師なら未成年の性交渉はとめるべきじゃねえの……」

「男の子だもん、とめても無駄でしょ」

……たしかにわかってらっしゃる。とはいえ目の前のまるいかたちをしたゴムを受けとるのも抵抗があって冷や汗垂らしていたら、制服の胸ポケットに強引につっこまれた。

「セックスは相手の心とするの。身体だけ求めて暴走したらレイプだからね、わかった？」

「……。はい」

この人には敵わねえ。


たしかに、風邪っていうのは願望で、正がこないのは嫌われたからかもと予感していた。

一年の普通科のクラスにいくのは気がひけるが、昼メシ食ったあとに寄ってみたら運よく学級委員長の諏訪《すわ》って奴を捕まえられたから訊いてみた。

「——松本ですか？　病欠で先週から休んでますよ」

「あそう。風邪？」

「はい。担任がそう言ってました」

仮病じゃなけりゃいいけど、ひとまずほっとした。

「先輩、ちゃんと予防するようになったんですか」

「は？　なんのことだ」

眼鏡のずれをなおして、諏訪が俺の胸ポケットを指さす。

「他校の女子孕ましたって噂聞いたんで」

佐々木っ……。

「ちげえよこれはちょっとさっき——つうか孕ましてねえし他校の女とつきあいもねえわっ」

「そうなんですか」

ゴムをとりだしてズボンのポケットにねじこんだ。

「話すんだからもう帰る。もし明日も正が休みだったら家教えてくれよ」

「はあ。あいつの家知ってる奴誰もいないんで、担任に訊くことになりますけど」

誰もいない、ときっぱり断言してくるところにひっかかった。

「あいつ仲いい奴いないの」

「いませんよ。物静かで、クラスの隅にひとりでいる地味なタイプっていうか」

正が物静かで地味……？

「松本正の話だよな、勘違いしてないか？」

「いえいえ、してませんって。先輩は松本と仲いいんですか？」

「ああ、まあ……」

どういうことだ。昼休みも帰りも俺にひっついてはいるが、あの明るい正なら友だちぐらいたくさんいると思っていた。物静かで地味って。あいつ自分のクラスでなにしてるんだ。このあいだのプールのときだって明るく授業……あ、そういえば、あいつの横に友だちっていなかったな。あいつに話しかける奴がいなかった。クラスメイトが泳いでいる隅っこで、俺のとこにきてずっと笑っていた。

「……いいや。とりあえず帰る。またな」

——……俺は先輩になら殺されてもいい。

正が抱えている闇。俺はあいつを知らなすぎるんじゃないか、また次に会ったら訊いてみよう、でも次はあるんだろうか、と考えつつ午後の授業を終えた。

「——……なみ、なあ、矢浪ってばっ」

今日も掃除当番を拒否られて、帰宅しようと廊下へでた背後から大声で呼ばれてふり返る。

「あ？　なんだよ」

ブタの獣人の馬場《ばば》だ。鼻と耳がブタなうえに小太り体型だからか、しょっちゅう嗤ってからかわれている他クラスの同級生。

「……あのさ、矢浪、話があるんだけど」

「わかってるよ、とっとと話せよ」

こっちはなんにもしていないのに大げさに萎縮してもじもじうつむいているから、俺がいじめているみたいになる。「はやくしろ」と急かしても「あの、あの、」となかなか話しだそうとしないせいで、廊下を往き交うほかの奴らも訝しげな視線をむけてすり抜けていく。

「……おい、呼びとめといてその態度はないだろ」

「うん、……うん、ごめん、言う。あの、あのさ、矢浪は、みんなに嫌われてるだろ。ぼ、ぼくもだ。人外だ人外だって、嗤われて辛い……」

「はあ」

「でさ、矢浪さ、し……死にたいって、思ったことない？　あるよね？　獣人なら絶対一度は死にたいって思ったことあるよね？　だから、だからさ、その……ぼくと一緒に死なない？」

呆れきって相づちをうつのも忘れてぽかんとしていたら、突然「ふざけんじゃねえよ」と、横やりが入った。

「おまえ、人に対して〝嫌われてる〟とか〝絶対〟とか決めつけてかかってんじゃねえよ。しかも一緒に死のうってどういうことだよクソが。死にたいならおまえだけ死ね、それをビビってるあいだはどうせみっともなく生き長らえるんだよ、こうやって他人に迷惑かけながらな。自分大好き自虐《じぎゃく》メンヘラはおうちでママに慰めてもらってぬくぬく生きてろ反吐《へど》がでる」

冷然と言い放ったのは正だった。口にマスクをしている。

「いきましょう、先輩」

啞然《あぜん》として立ち尽くす馬場をよそに、正が俺の手首を摑んで歩きだす。その手が若干熱い。

「おまえ、今日休みだったんじゃないのか」

「午後からきたんです、先輩が淋しがってると思って〜」

いかにもつくりものの明るい口調になった。

「マスクしてるじゃないか、まだ辛いんだろ。熱もあるよな?」

「平気ですよー、あともう帰るだけですし。先輩がぼくのこと探しにきてくれたって諏訪に教えてもらって嬉しくなっちゃいました。ぼくも話したいことがあったからきてよかったー」

「話したいこと……?」

ふいに正が歩みをとめて、俺を真剣な瞳でまっすぐ見あげた。

「――ハルのことです」

時間が、一瞬とまった気がした。

「正、おまえ……」

こいつにハルの話をしたことはなかったはずだ。ハルの話を佐々木先生としていたときに、傍にいたこともない。

どうしてこいつがハルの名前を口にした……？

ごほっごほっ、と急に咳きこんで背中をまるめた正を気づかい、ひとまず一年の下駄箱までつき添っておたがい靴を履きかえたあと、駅前にあるファストフード店で話すことにした。

客もまばらな二階へ移動して、ガラス窓前にあるカウンター席の端にならんで座る。

正は俺の右横でマスクを顎の下にさげて洟《はな》をすすり、にこっと微笑んだ。

「無理すんなよ」

正が頼んだ氷抜きのレモンティにストローをさして手もとにおいてやると、軽く頭をさげて「ありがとうございます」と嬉しそうに飲む。

「なあ正。おまえの話聞く前に言っときたいんだけど、このあいだおまえのことおいて帰って悪かった。あのあとすぐ帰らなかったのか？　傘あったのに風邪ひくまでいたのかよ」

「あ……いえ、謝らないでください。ちょっと考え事してただけで、すぐ帰りましたから」

「考え事？」

「はい。それを、これから先輩に話そうと思ってるんです」

「……ハルのことか」

正が重たくうなずく。視線は、ガラス窓越しに見下ろせる駅前ロータリーへむけられていて、遠く物淋しげに揺れている。

「俺は、ハルの兄なんです」

え、と絶句した。

「兄貴？　ハルには兄弟がいたのか……？」

「はい」

「それがおまえ？」

「そうです。……保健室で先輩に会って名前を聞いたときは俺も驚きました。いつか探しにいこうって思ってたけど、まさか高校で会えると思ってなかったから」

「探しにって」

正がごほと咳をしてひと呼吸おいてから、二回ゆっくりまばたきをしていま一度口をひらく。

「……ハルは施設からうちへ戻った二年後に亡くなりました。獣人で、運悪く体質までハムスターに影響されて生まれたせいで、もともと寿命が短かったんです。ハムスターの寿命ってだいたい三年程度でしょう。獣人だから長く生きられたほうだって医者は言ってました」

ハルが死んだ……？

たしかハルが施設をでたのは小学三年になったころだった。そのあとたった二年しか生きられなかったってことは、十歳そこらの人生だったたっていうのか。

「でもハルは松本って名字じゃなかったぞ。うろ覚えだけど、たしか、こ……」

「小宮《こみや》です。小宮は母の旧姓。……うちはハルが生まれた直後に父が事故死して、一時期小宮の姓に戻っていました。そのころハルだけが施設に入れられたんです」

愕然として、感情の整理がままならない。

「父が亡くなったあと母は情緒不安定で、俺たちを嫌いました。父の死を嘆いて自分の将来を悲観して、俺らを邪魔に思うようになったんです。仕事も休みがちで泣いてばかりいる母に、俺も蹴ったりなんだりされて『あんたが死ねばよかった』って言われ続けてましたけど、獣人として生まれたハルのことはとりわけ嫌いました。施設からの報告で、盗みをくり返しているって聞くと、『生むんじゃなかった』って酒呑んで」

レモンティのカップを持つ正の白い指が、蓋《ふた》の上に爪を立てる。

「父親が死んだから子どもを支えなくちゃ、とは思わない母親だったんだな」

「はい。母親っていうより、精神的に女の部分が多く残っていたのかもしれません。たぶん、いまもですけど」

話し続ける正の声が嗄《か》れてきて、マスクをとった正がレモンティを飲んだ。

「ハルが施設から戻ったのは、母の再婚が決まったときです。継父の達《たっ》ての希望でしたけど、所詮他人ですよね。言語障害があるハルを気味悪がって敬遠しました。それはハルが衰え始めて病床についてからもおなじで、あんまり見舞いにいこうとしなかったし、いっても喫煙室で待ってたりで」

「どいつもこいつも性悪だな」

思わず暴言を吐いたら、正が小さく吹いて苦笑した。

「俺、家にいたくなかったのもあって、学校以外はハルのところに入り浸ってました。そうすると、ハルは施設でいつも一緒にいたいっちゃんの話をしてくれたんです。ハル言ってました、『俺は母さんに嫌われてる、でもいっちゃんがいるからいい、いっちゃんはヒーローだ』って。

……俺は自分だけ施設おくりを免《まぬが》れたことにも、ハルを守る力がなかったことにも罪悪感があって、駄目な兄貴だってずっと悔やんでたんですけど、いっちゃんの話を聞いてるとハルが羨ましくて、俺もいっちゃんに泣き縋りたくなりました」

掠れた声でしゃべり続ける正の背中をさすってやると、また照れくさそうに苦笑いする。

「……でも俺、本音を言うとやっぱり怖かったんです。母親に嫌われるのが怖かった。ハルみたいに見捨てられるのが怖かったんです。ハルに対する罪悪感もあったけど、自分を傍においてもらえた安堵感もあった。自分は好かれてるってほっとしてた。ハルみたいになりたくないって思ってた。ハルみたいに、誰にも愛されないで死んでいきたくないって思ってた」

「……正」

「なのに、いま普通の家族っぽくなった家にいても、全然満たされないんです。母親も継父も気持ち悪い。学校にもいかせてもらって生活も面倒見てもらって、幸せではあるんですけど、もうあの人たちも人間も誰も信じられない。ずっといっちゃんに会いたいって思ってました。いっちゃんに会って〝ハルになりたくない〟って思った自分を殴ってもらいたいって俺――」

喉をつまらせてうつむいた正を抱き寄せた。親に好かれたくて恐れる気持ちも、他人に対する拭えない不信感も覚えがある。涙をたえる痛々しい正に、ひとりじゃないと知ってほしい。

「大丈夫だ、正。俺はここにいる。俺はヒーローじゃないけど、おまえが本当にばかでクズだったら殴って正してやるから安心しろ。ハルのこと見舞い続けてちゃんと看取《みと》ったんだろ？　おまえは立派な兄貴だよ」

なだめ続けていると、そのうち正が目もとを拭って俺を見返し、微苦笑した。

「……先輩に会って、俺ハルになろうとしてハルを真似てたけど無理でした」

「は？　ばか、変な演技しなくていい」

そういえばずっと〝ぼく〟と言っていた正の一人称が〝俺〟に変わっている。さっきの馬場への態度といい、俺としてはから元気の剽軽《ひょうきん》な正よりこっちのほうがしっくりくる。

「でも先輩は、俺とは友だちにもなってくれないだろうって思ってたからな……」

「どうして」

「いっちゃんは強くて優しくて正しい正義のヒーローだから」

とんだ幻想だ。

正の背中から手を離して、自分のアイスコーヒーを飲んだ。

「俺はハルにむかえがきた日、にこにこ笑って去ってくハルを見おくりながら、内心嫉妬してたんだよ。裏切られたって思った。ハルと自分はおなじ〝いらない子ども〟だったはずなのにハルだけは違った、あいつも俺を捨てていきやがった、って。……ハルが俺をヒーローだっておまえにまで言ってたのかと思うと、罪悪感で息がつまりそうだ。俺も充分汚い人間だよ」

猛毒なんかなくたって人はいずれ死んでいく。

もう一度ハルに会いたかったな。笑顔で手をふって施設をでていったおまえに、俺はどんな顔を見せていたんだろう。ヒーローじゃねえよ。本当のヒーローだったらおまえの寿命も察してやれただろうし、家に帰って淋しい思いをしていたおまえをさらいにいってただろ。

あれきり最後にしてごめんな。正は俺に殴られたいって言ったけど、俺は、俺のことをヒーローだって信じ続けて逝《い》ったおまえに、殴ってほしい。

「正、今度ハルの墓につれてってくれよ」

「……ん、わかりました」

施設のあった街がそう遠くないとはいえ、正とこうして会えた奇跡に感謝したいと思った。

ハルをめぐって繋がった正との縁も、大事にしたい。


そのあと、正がドラッグストアに寄って帰ると言うからつきあった。

風邪薬と冷却シートとスポーツドリンク、という風邪ひきセットをがっつり選んだ正を、

「やっぱり治ってないじゃねえか、おまえ完治するまで学校くるなよ」と叱ってやった。

「なんなら俺にうつしとけ」

「え、嫌ですよそんなのっ」

ドラッグストアをでて数歩すすんでから、正が「……あ」と立ちどまる。

「先輩、いまのってもしかしてこういうことですか?」

にやっと笑って、正はマスクの下で唇をちゅっちゅっと鳴らす。

「なんだよ」

「〝俺にキスしてうつせ〟って意味でしょ?」

にやにやしている正を放って駅へむかったら、「あー待ってっ」と慌ててついてきた。

改札をとおってホームへ歩いていくと到着のメロディが響きだして、ちょうど正がのる電車がすべりこんできたのが見える。

「あ、俺いかなくちゃ。先輩、じゃあまた」

横をすり抜けて、走って帰ろうとする腕を掴んでひき寄せた。ふりむいて目をまるめる正のマスクをさげて唇を奪う。

「……すぐ治せよ。おまえがいないと学校いても楽しくないから」

真っ赤に紅潮した正は、そのあと結局のりすごして次の電車で帰っていった。


正の風邪が治った数日後の学校帰り、ふたりでハルの墓参りへでかけた。

途中で綺麗な仏花とお菓子を小づかい奮発して大量に買いこみ、墓の前に供えてあげた。

ハルが腹いっぱいに食べたがっていたクッキー、飴《あめ》、スナック菓子、ラムネ、キャラメル。

それで、俺は正に例の屋上遊園地の噂話をちゃんと教えてやったが、正は『知ってます』とこたえて苦笑いした。『ハルに教えてもらったから』と。

その夜、ひさびさに夢を見た。

子どものハルと俺と正が、雨の屋上遊園地で百円玉をたくさん拾い、ズボンやシャツのポケットというポケット全部にぱんぱんにつっこんで、くねくね踊ってはしゃぎまくる夢だ。

——いっちゃん、すげえ！　す、す、すげえっ、すっげえ！

——いっちゃんヒーローだ！

笑うハルと正に、ばーか俺はヒーローじゃねえよ、とこたえて笑い返した。

空を見あげると雨なのになぜか真っ青に晴れていて、きらきら光る透明の雫が頬や目に落ちてきてすこし痛かった。

期末試験が終わってテスト休みに入ってから、正に「夏祭りにいきましょう」と誘われた。

「先輩、こんばんは。浴衣《ゆかた》着てきましたよ、ときめいてくれますか?」

白いすずしげな浴衣に紺《こん》の帯を巻いた正が、にこにこ笑いながら歩きづらそうに下駄をひきずってやってくる。

「俺だけ私服だと目立つじゃねーか」

こっちは普通にTシャツとジーンズだ。

「先輩は着てくれないと思ったから誘わなかったんですよ」

「着ないもなにも持ってねえよ」

「俺買っちゃいました、先輩驚かせるために」

華奢な身体をすらりと包む浴衣はたしかに色っぽいが、足もとが気になってときめくどころじゃねえ。がらんがらん下駄を鳴らしてひょこひょこ歩く正が、恋人っぽく寄り添いたいからとかじゃなく、転ぶのを回避するために俺の腕にしがみついてくる。

祭り囃子《ばやし》が聞こえてきて屋台に近づくと、人も増えてきていよいよ正が不安定にふらふらしだした。浴衣のちっこい男が、私服の百八十センチの男にしがみついて「うわ、転ぶ〜」と笑っていればやっぱり目立つ。視線を感じてかなり恥ずかしい。

とりあえず神社のお参りをすませて、ずらりとならぶ屋台をふたりで眺めた。

「正、おまえなに食べたいんだよ」

「みかんの水飴！　あと焼きそばと、お好み焼きと、たこ焼きと、牛串と、かき氷と、」

「どんだけ食うんだっ」

「せっかく先輩とこられたんだから食べるし遊びまくりますよ！　ヨーヨー釣りもやりたいな。恥ずかしかったら先輩はどっかで待っててください、俺飯だけでも先に買ってくるんで」

「ばか、歩きづらそうにしてなに言ってる、俺がいってくるから座ってろ」

叱ったら、正が俺の顔を凝視してきた。

「……先輩ってほんと格好いいですよね」

頬を赤らめて笑っている正をひっぱっていって、しずかな境内《けいだい》の裏の石段に座らせてから、正が言った食べ物を片っ端からそろえて、お茶も買って戻った。

下駄を脱いで脚をぶらぶら揺すっていた正が大喜びでむかえてくれて、それでふたりでパックを全部あけて好きずきにつついて食べた。

「先輩、かき氷がいちごでお好み焼きが広島焼きって、ベストチョイスですよ」

「そうか。お好み焼きはいろいろあったけど、これは卵が上にのっててうまそうだったから」

「うん、すっごいうまい、嬉しいです！」

「あったかいもんと冷たいもん同時に食べると腹壊すから、かき氷はゆっくり食えよ」

「え〜、溶けちゃう」

夜になってもすこし蒸し暑い。周囲につらなって飾られている提灯《ちょうちん》の灯りが正の笑顔をにぶく照らしている。くり返し祭り囃子が響き続けている。

食べ物をほとんどたいらげると、水飴やかき氷を食べながらのんびり過ごした。

「先輩、このあと花火もあるから見ましょうね」

「ん。――おまえさ、俺のこと先輩って呼ぶのやめたら」

「え……〝いっちゃん〟?」

「なんでもいいけど、下の名前な」

正が俺の右横で脚をぶらつかせながら「うーん」と唸って考える。手には水っぽくなったかき氷とストローがある。

「功貴さん、かな……なんかすごい歳上の男の人って感じがしてエロいけど」

「エロかないだろ。呼び捨てでもいいよ」

「功貴? ちょっとそれは抵抗ある。俺、先輩のこと尊敬してるから」

ふふ、と照れて笑う正のうしろ髪を掻きまわして、「それが嫌なんだろうが」と抗議する。

「尊敬とかやめろよ。歳違っても俺たちは対等でいいだろ」

ハルと別れたあと、小学校でも中学でも高校でも俺はひとりだった。真っ暗で孤独で退屈だった毎日を変えたのは正だ。ハルの兄貴だって知ってからは運命じみた衝撃も受けた。隣りあってずっとつきあっていこうと、もう決めている。

「……功貴」

正がぼそと呼んできたから、「うん」とこたえて顔を寄せたら、辛抱できないというふうに「……さん」とつけ足しやがった。俺が吹きだすと正も笑う。その口にキスをした。

唇がかき氷で冷たくなっている。甘ったるいいちご味。

「やっぱり牙があるとやりづらいな」

「……セックスしたら、身体も穴だらけになりますか」

上目づかいで誘われて、首筋に吸いついてやると「んっ」と艶っぽい声をだす。もっと聞きたくて喉も舐めた。小さな喉仏をたどって鎖骨まで。思いのほか綺麗な鎖骨のラインを端まで味わいたくて浴衣を割っていたら、はだけて胸が見えた。

「いさ、きさ……ンっ」

可愛い、と思ったときには吸っていた。暗闇でもわかるうすい桃色と、ひかえめな突起。正に頭を抱えられて、「や、ンっ……功貴さ、」と声を殺して喘《あえ》がれたら容易《たやす》く理性が切れて、かき氷をよけて、自分の膝の上に横抱きでひき寄せて執拗に乳首を吸った。

「いさ、きさん……も、もう、だめ、」

数分後、我に返ったときには正が目に涙をためていた。額に額をあわせて口に優しくキスを続けると、徐々に呼吸が落ちついてきて「イきそうになんだろっ」と笑って怒鳴られた。

「悪い」

「これから花火見んのに下着どろどろになる、浴衣なのにー」

「ごめん」

正の唇から血の味がした。知らないあいだにまた噛んでいたっぽいけど、正は嬉しそうに笑ってこたえてくれる。

「……男の胸も、可愛いもんだな」

がっついた自分が恥ずかしくも情けなくて、おまえが可愛いのが悪い的なダサいすっとぼけを洩らしたら、正が微笑んだ。

「下半身も可愛がってもらえたら、もっと嬉しいです。無理なら挿入《い》れるだけでもいいですよ。うしろからならきっと男か女かもわからない」

邪気のない笑顔に急に冷めて、は？ と怒りが迫りあがってきた。こいついまなんて言った。挿入れるだけでいい？ うしろからなら男か女かもわからない……？

「おまえ俺をなんだと思ってるんだよ。挿入れたがってるレイプ魔と勘違いしてるのか？」

「え、ちが、……違う、けど、」

「けどなんだ。俺がふざけてこういうことしたと思ったのか？ 祭りで浮かれて、じゃれて遊んでるだけだって思ったのかよ」

「功貴さ……」

「萎えた」

正を膝からのけて石段をおりた。そのまま歩いていくと正も慌ててついてきて、よろけて俺のTシャツの裾を摑んできた。

腹が立って、気をつかって歩いてやることができない。どうせあとで後悔する、頭を冷やせ、と自分を戒《いまし》めるのに、怒りのほうが圧倒的に強くて優しくなれない。

それでも人ごみをよけつつ懸命に自分をなだめて、落ちつかせて、花火がよく見える高台の公園へ移動した。すぐにドンと地面を揺らして数発あがった。まるい綺麗な色とりどりの光。

端っこの木陰へ正をつれてならんで立ったら、正が俺の指先を繋いできた。「好きです」と小声で言う。

「でも……功貴さんは、まだ佐々木先生が好きでしょう?」

正を見おろすと、瞳を潤ませて唇を噛んでいた。

歓声と轟音《ごうおん》がとどろいて花火が咲き続けている。正の腰を抱いて、もう一度キスをした。

佐々木は味方で教師だ。好きだったことはない。とっくにおまえのこと好きになってるよ、俺はおまえが好きだよ——と耳うちしたら、正が俺の胸につっ伏して抱きついてきた。

木陰とはいえ花火を見ている奴らが周りに集まっていたから恥ずかしくてしかたなかった。浴衣と私服の男同士でべったりくっついて、頭おかしいとしか思えない。けど我慢した。

花火なんて見たのは何年ぶりだっただろう。


俺は一年のころ、バイトしてひとり暮らしの資金を貯めていたが、二年になってからは養父母と相談して勉強に専念していた。だから俺たちは金もなくてホテルへもいけず、自宅もおたがい都合が悪くて、セックスはできずじまいだった。

かわりに、ふたりきりでいるとキスをして胸を吸うのが癖になってしまった。

「功貴さん……する?」

テスト休みがあけて終業式を終えたあと、美術室へ描きかけの絵をとりにいくと言った俺に正がついてきて、シャツをひっぱられた。

「……ばか、ここ学校だろ。学校は駄目だよ」

「でも誰もいないよ。夏休み入ったからみんなさっさと帰っていくし邪魔されない」

「そういう問題じゃねーだろ」

教師に借りた鍵で準備室へ入ってキャンバスを探す。普段は美術室の棚にしまっているが、夏休み中に傷んだりなんらかのトラブルで壊されたりしたら困るから、と先生が準備室に移動したらしい。

「奥にしまったって聞いたけど、どこかわかんねえなあ……」

キャンバスだらけで、自分のを探しあてたころには日が暮れていそうだ。

「エッチしてえー……」

背後で正が長机に座ってふてくされている。

「おまえな……」

「いまのままじゃおたがいに生殺しじゃないですか……ホテルいくほど大げさにするのは恥ずかしいなって思ってたけど、いい加減しんどいです。俺、夏休みバイトする」

「おまえの金でセックスしにいくなんてゴメンだ」

「またそれだ。対等だって言うくせに俺に金ださせてくれない」

「あたりまえだろ。俺はおまえに金銭的な負担をかけたくない」

「いまは肉体的な負担のほうが深刻ですっ」

暑いしー……、と正が天井を仰いで嘆く。首筋がしっとり汗で湿っているのを見かねて準備室内のクーラーをつけてやった。キャンバスの山へ戻る途中、正の口にキスをする。

「……キス魔」

正が睨んでくる。

「キス魔のおっぱい魔」

「それおまえにだけだよ」

正が赤くなって怯んだ隙に、さらに唇をむさぼる。机の上に仰むけに横たえて、なし崩しにシャツのボタンまではずして胸を嬲《なぶ》った。

「やっ……だめ、最後までしてくれないなら、だめ、」

「誘ったおまえが悪い」

「もう、やだ……イク寸前まで、こんな……するの、もうつらい、」

「じゃあここも舐めるか」

頭を撫でてキスをしながら正の下半身に手をのばしたら、びく、と正の肩が跳ねた。

「男同士は準備が必要だって聞いたし、俺は正を適当な場所で抱くような扱いかたしたくないんだよ。せめて初めてするときはゆっくり抱ける場所選びたい」

「……ロマンチスト」

そんなん言って乳首は祭りでいきなり吸ってきたくせに、と拗ねる頬をつねってやる。

「おまえおたがい生殺しだって言ったけど、そのとおりだよ。俺だって辛いの我慢してるんだからな」

キスを続けて、左手で正のズボンのジッパーをさげていく。下着ごと半分おろしてじかに触ると、正が「あっ、」と身体を震わせた。

「や、功貴さ、ン……どうしよ、もう感じる、」

「イキそう?」

軽く握っただけなのに、正は息を切らして興奮しつつ、太腿《ふともも》を焦れったそうにこすりあわせる。顔も胸も腹も、普段は白くて透きとおるような肌の全部が赤い。色っぽくて眩暈《めまい》がする。

「す、すぐ……でちゃいそう、」

「すこし我慢してな」

ふっくらした唇にキスをして、乳首を指と舌で撫でて、自分の上半身を徐々にさげていき、最後に性器を口に含んだ。

「あぁっ……」

かたく昂《たか》ぶっていた正の性器を先から根もとまで大事に、執拗に味わう。男のものという感覚はすでに麻痺《まひ》していて、正の身体の一部だから可愛かった。俺の愛撫に反応して変容し、正の感情そのものみたいにかたくふくらんで熱く震える。

「いさき、さ……嬉しくて、幸せで、ち……窒息死、しそう……」

あ、ぅ、でちゃうっ……、と申しわけなさそうに泣いた瞬間、正は俺の口のなかであっさり爆《は》ぜて、俺も飲んで舐めとってやった。

ぜえはあ息をつぐ正の胸と腹が、骨折してるんじゃないかってぐらい大きく上下している。

「大丈夫か?」

「……無理、しぬ。……気持ちよすぎて、死んだ、」

「そりゃよかった」

目に毒だから自分のタオルで正の身体を拭いて、さっさとズボンをはかせた。シャツのボタンもしめて、抱きしめてキスだけくり返す。

「待っ……功貴さんは?」

「いい。学校でこんなことして胸が痛いわ」

「え、じゃあ、あとで駅のトイレでしますか」

「AVかよ」

やめとく、と正の頬を嚙む。こっちは我慢しすぎて死にそうだけど、駅のくさいトイレなんかで正の口をつかいたくない。

「さっさと絵探して帰ろう」

「うん……」

無事に絵を見つけだした数分後、「俺ちょっと暑すぎて気持ち悪い……」と言いだした正をつれて保健室へ寄った。

「あら、ふたりともまだ帰ってなかったの?」

佐々木先生が目をまたたいてむかえてくれる。

「はい。正が貧血っぽいんで、診《み》てあげてくれますか」

「あらあら、ベッドに横になっていいよ。正君暑い場所にいた? 今日朝ごはんは?」

正が「寝るほどじゃないです」と椅子に腰かける。

「さっき暑い場所で、熱くなることしてました……朝ごはんは食べてません」

思わず腕を叩いてしまった。正はぼんやりしながら、うふふ、と楽しげに笑っている。

「なによ熱くなることって」

「幸せで、窒息死するようなことです……」

「はあ？」

　正っ、と制してもいたずらっぽくくすくす笑っている。

「まさかあなたたち……そういうこと？」

　正のばか野郎、この人にはほとんどばれてんだから気をつけろよっ、と無言で睨めつけたのも虚しく、「はい」と正は肯定しやがった。

「学校はやめなさい、ばれたら大変でしょ！」

「先生も怒るのそこかよっ」

「男の子はどうしょうもないの。でも学校はよくない」

　真面目に怒る先生が、冷蔵庫からバナナを持ってこっちへくる。

「朝ごはんのかわりにこれ食べなさい」

　もうギャグかよ……とげんなりした。


　正とのつきあいはその後も続いた。

　しかし俺が三年に進級したころから、自宅のむかいに住んでいる園田のじいさんの暴走が悪化して、俺の存在が害悪だと役所へ訴えるまでになっていた。

　役所の人間が何度も訪問にきては素行を調査される。無論こっちはなにもしていないのだが、役所が問題なしとして俺を処分しないことに園田のじいさんは業を煮やして通報を続ける。

そんな矢先、うちに遊びにきた正とじいさんがバッティングして、『おまえも人外の仲間か！　人外か！』と正を非難され、俺もとうとうたえかねて『本当に殺すぞ』と言い返してしまった。これが失敗だった。

俺のような、他人に危害を与えかねない獣人は国が運営している保護施設へ入れられる。一応任意だが、園田のじいさんのケースみたいに周囲からの強い訴えがあれば、保護という名目で強制的におくられることもあった。

たった一度失言をしただけなのに、うちの近所の住民は園田のじいさんに荷担したらしく、ほとんど全員が俺を施設おくりにするための嘆願書に署名までしたと聞いた。

結果、俺は高校卒業と同時に施設への入所が決定してしまったのだった。

卒業式の日に逃げよう、と養父母は言った。

——何度でも逃げよう。世間がなんと言おうと、わたしたちが守ってあげるから。

逃げれば俺のせいで仕事まで辞めなければいけない。幾人かの友人や知人とも縁を切って、べつの土地でいちから生きていかなければいけなくなる。それでもかまわない、と言った。

進路が定まらなくなり、養父母に迷惑をかけて精神的に深く落ちていたそのころも、支えてくれたのは正だった。

——俺、携帯電話買うよ。メールも電話もできるし、大丈夫です。遠距離でもどうでもいい。ずっと功貴さんといます。ずっと好きです。

——……どうかな。そんなの続くかな。

——俺のこと飽きそうですか。

――飽きんのはきっとおまえだよ。

――功貴さんのそういうとこも、俺好きですよ。

――どういうとこだよ。

――んー……。言わない。

――言えよ。

――言わない、言うと怒るから。

――言え。

――ほらもう怒ってる。

――焦らすからだろ。

正は俺に身体を寄せて耳うちした。

――……淋しがりなとこ。

卒業式の夜に正と別れて、住み慣れた土地を離れた。

そして俺は一年浪人して大学へ進学し、ひとり暮らしを始めて矢浪の家をでた。

正とは新幹線で三時間ほどの遠距離恋愛になり、一ヶ月に二度ぐらい往き来しながらつきあい続けた。俺がいく日もあったし、俺からチケットを贈って正を呼び寄せることもあった。

俺が大学を卒業して再び東京へ戻って就職するまでの数年間そんな関係だったが、喧嘩はしても、浮気や別れは一度だって考えなかった。

――正も就職が決まったら一緒に暮らそう。

――うん、もちろん。

正は俺が高校を卒業したあと、佐々木先生にハルのことを話していたそうだ。そうしたら、将来獣人カウンセラーをしてみたらどうか、とすすめられたらしい。正君ならきっといいカウンセラーになれるよ、と。その励ましをうけて、正は学校へかよってカウンセラーになった。

正と俺のつきあいに、養父は反対だ。俺の子どもが見たかった、と言ってくれる。

たしかに俺は同性愛者というわけではない。だが正と生涯つれ添っていきたいし、子どもをつくるにしてもまた毒蛇の子が生まれるのも嫌だ、と正直な気持ちを告げたら、おまえだから育てられるんだろう、と叱ってくれた。

――辛い思いをしてきたおまえだからこそ、子どもを幸せに育てることができるんじゃないのか。

ただし、そういった養父としての願望とはべつに、正のことは憎からず想ってくれている。自分とハルと正の関係を教えて、ハルとの思い出とともに正のことを生涯かけて大事にしていきたいと告げたからだ。

許してほしいとは思わない。反対してもらえるのも愛情だとわかっている。

俺は養父母の愛情を無下にせず、自分が幸せになって、ふたりにも恩を返せる人生を生きることについて、正とふたりで考えていきたい。

――美術準備室での若気の至りが、あの思い出深い高校で長年噂として語りつがれている、と俺たちが知るのは、もうすこし先の話になる。

モノクロ世界でうたう猫

知らないほうが幸せってことが、この世の中には案外多い。

高一の六月なんて中途半端な時期に転入してきた俺の世話係に指名されたのは、学級委員長の諏訪敏公《すわとしひろ》という男だった。

「しばらくは教室移動もつきあうよ。勉強も困ったことがあったら言ってね」

「うん、ありがとう」

笑顔が爽《さわ》やかで優しそう。学級委員長をまかされているぐらいだし、眼鏡から知的な印象をうけて自分とは住む世界やジャンルが違う相手だろうと察したが、いい奴っぽくて安堵した。

「――つか、いま転入って変わってね？」

背後からクラスメイトの声が聞こえてくる。

「だな、家庭の事情ってやつじゃん」

「猫耳生えてるもんなー」

「ぶっ、おまえそれ偏見。どっちかっつーと矢浪《やなみ》さんみたいなやつじゃねーの？」

「あー、また他校の奴袋《ふくろ》にしたんだっけ？　いや、女孕ましたのか？　獣人って怖いよな～」

……猫は、人間より十倍近く聴力が優れている。

低音より高音を聞きとるのが得意らしいが、俺はどんな声も聞こえて厄介だった。他人にとって小声のつもりの会話もあまさず耳に入ってきてしまう。

「早速だけど、次の授業パソコン室だからいこうか」

「あ、うん」

諏訪にうながされて、教科書を持って教室をでた。……やなみって人も獣人なんだろうか。

小学校では集団生活のなかで猫耳の扱いに慣れずハブられた経験もある。基本的にポジティブな性格なので中学では友だちもできたが、陰口っていう陰険なかたちで他人の本性を知るにつけ辟易した。人間のあらゆる醜い内面を人一倍目のあたりにしているんじゃないかと思う。

高校でもせめてひとりぐらい、心を許せる友だちができたらいいんだけど。

「里田《さとだ》」

ふいに、斜め前を歩いている諏訪が笑顔でふりむいた。

「もしかするとその耳って、結構遠くまで聞こえたりする？」

驚いた。諏訪は猫の体質を知ってるのか。猫好きは多いけど、体質まで詳しく知ってる奴は意外と少なくてこんなふうにいきなりばれたのは初めてだ。

「うん……じつは聞こえる」

「やっぱりなあ。辛いことあったら相談のるからな」

横にならんで笑顔で背中を叩かれた。おお、素敵好青年……。

この善意が本物だったらまじでいい奴だな、と諏訪の横顔をまじまじ観察してしまう。

「里田、耳がさがってるっ……」

片手で口を押さえた諏訪に、ぷぷっと吹かれてはっとした。

「怖がってるの？　可愛いなあ猫耳。感情が筒抜けだよ」

「ご、ごめん。怖がってない、嬉しかったよ。……なんかあったら頼らして」

耳はまださがったままだったが、諏訪は屈託のない笑顔でうなずいてくれた。

「いつでもどうぞ」


夕方帰宅すると、母さんが化粧をして出勤準備をしていた。

「円《えん》おかえりー、学校どうだった？」

「うん、友だちできたよ」

母はホステスをしている。この街へ引っ越してきたのも店の都合だ。

「円の夕飯作っておいたから、ちんして食べてね」

「うん、ありがとう。母さんも空きっ腹で酒呑むなよな」

「大丈夫よ～、もうっ！　優しくって可愛くっていい子なんだからっ！」

「普通だっつの」

「円大好きよ～」

母さんが俺に抱きついて頬をこすりつけてじゃれてくる。やめろって、と抗議しながらも、言うほど嫌な気分ではなかった。

母さんは妊娠したあと男に捨てられてひとりで俺を産み、すぐにべつの男と結婚したものの、その男が俺を嫌って虐待しているのを知ったとたん離婚した。強いけど泣き虫で、自分より俺の幸せを第一に考えて、女手ひとつで俺を育て続けてくれている母親。

俺もはやく自立して、母さんが自分の幸せのために生きられるようにしてあげたい。

「ねえ、友だちってどんな子なの？　すごいね、転入してすぐ友だちつくるなんて！」

この嬉しそうな、それこそ女子高生みたいな無邪気な顔ったら……。

「学級委員長やってる諏訪って奴だよ。なんか漫画にでてくる眼鏡で優秀な優しい感じの奴」

「やだ、なにその子。わたし唾つけておくわ、大人になったら結婚してくれないかな～？」

「……母さんがいくら若いっつったって、さすがに二十歳差はやばくね？」

「いいじゃない、じじばばになっちゃえば歳の差なんて関係ないもん」

「じじばばねえ……」

「今度うちにつれておいでよ。わたしもお近づきになりたいわ」

明るく寄り添ってくれる母さんの想いだけは、どんな冗談でも疑いたくないなと思う。

「はいはい、考えとくよ」

「やったね」

友だちを家に呼んだ経験がないから、母さんも内心心配してくれているんだろうな。

紹介できるほど諏訪と仲よくなれたら俺も嬉しいけどさ。

「じゃあ、ちゃんとご飯食べてね。勉強して、あんまり夜更かししないで」

「わかったわかった」と、母さんが出勤するのを見おくる。客に買ってもらった、と先日得意げに見せびらかしてきた桃色だというパンプスが、細い脚によく似合っている。

「いってらっしゃい」

「いってきまーす」

陽気な母がいなくなると、狭いアパートの部屋は一瞬でしんとしずかになった。

母さんが作ってくれた夕飯はハンバーグ。俺のために料理学校にかよって勉強した母さんの得意料理で、肉から自分で挽《ひ》いて作るこだわりの一品だ。子どものころ大好きで、作ってもらうたびに大喜びしていたせいか、七五三、入学式、遠足、運動会、テスト、卒業式、となにかあるごとに作ってくれる。今日はもちろん転入初日の記念に違いない。

俺自身は子どものころほどハンバーグに感動を覚えなくなったんだけど、照れくさいながらも母さんの愛情が加味されて、やっぱりほかの料理より特別うまく感じる。

諏訪との仲を大げさに教えてしまった罪悪感が、すこし胸に刺さった。

食べ終えて食器を洗うと、部屋に戻ってギターを持ち、あぐらをかいて窓辺に座った。近所迷惑にならない程度に軽くひきながら、歌詞のない歌をつくっていく。

母さんが生涯で一度、全身で溺れる恋をした父さんがおいていったギターは、皮肉にも俺の唯一の趣味になっている。歌をつくるのも、うたうのも好きだ。嬉しいときも辛いときもギターと歌が癒やしてくれた。

——捨てられたことは重要じゃないの。出会えた奇跡に意味があったの。

俺の名前にも、人の心をまるく優しくする温かい子になるようにという祈りと、もうひとつ〝縁〟の言葉がこめられていると聞いた。別れた原因は、訊いても『大人なったらね』とはぐらかされてしまうが、母さんがいまでも父さんを愛しているのはわかる。

二番目の親父は母さんがいない隙を狙って俺の頭や身体を叩いてくるクソ野郎だった。母さんにはいい顔をするくせに、いざふたりきりになるとあからさまに態度がかわる。

たぶんあいつも母さんが誰を愛し続けているか、察していたんじゃないかな。だからその男の子どもである俺が憎かった。母さんのことを本気で想っていたのは事実だろうが、俺を殴っているのを見た母さんはコンマゼロ三秒ぐらいで冷めた。

――この家でていくわ。

あの日の母さんの鬼の形相を憶えている。以降、母さんの記憶からあいつの存在は削除されているらしく、俺が、二番目の親父ってさ、とか話をふってもにっこりするだけで無言になる。

孤独が辛かろうと、誰でもいいから傍にいてほしいと願うのは自己愛だ。欲するならいつも〝あなたが欲しい〟じゃなきゃ孤独は永遠に続いていく。母さんは男運がないし、不器用だ。

風呂へ入る前に近所探索がてらコンビニでもいってアイス買ってこようかな、と考え、ギターをおいて家をでた。

三十分ぐらい散歩して家までの近道や抜け道を研究し、最終目的地のコンビニへむかう。すると近づいてきたところでガラの悪そうな奴らの会話が聞こえてきた。

「ありえねーよな、こいつ学校で学級委員長なんてやってんだぜ」

「え、それギャグじゃなかったの、まじ？　おまえが学級委員長って玉かよ」

「クラスの奴ら全員騙してんだわ、ひでー」

「学校では優等生キャラ？　ウケんだけど」

ごくわずかに「っせーな」と苦笑いが聞こえる。……もしかして諏訪？

声も似ているけど、電車通学の生徒が多い高校でまさか近所に住んでるはずないよな、と恐る恐る角を曲がってコンビニ前の駐車場へ入ったら、隅の花壇に四、五人のヤンキーが煙草を吸いながらたまっていた。中心に楽しげに笑う諏訪がいる。

「あれ、あいつおまえの学校の制服着てね？」

どうして着がえなかったんだ俺……。

諏訪もなんでこんな奴らとつるんでるんだ、家もこの街だったのか？　脅されてる感じでもない。わけわかんねえ、学校のおまえはなんだったんだよ。

「いま思いっきり諏訪っちのこと見てなかった？　もしかして同級？」

「ねー、こっちおいでよ〜。猫ちゃん可愛いね〜」

「猫ちゃん、俺らと一緒に呑もうぜー」

諏訪のまわりにいる奴らは全員知らない顔だった。揶揄してにやけるヤンキーの真んなかで、諏訪は俺を睨んでちっと舌を鳴らす。ふざけんな、舌うちしたいのはこっちだよ。

やるせない気持ちでコンビニへ入り、夜食とアイスを買って退店すると、また「猫ちゃんおーい」「にゃんにゃ〜ん」と背中にぶつかってくる嗤い声を無視してとっとと帰宅した。


翌日、登校早々に左隣の席の諏訪が満面の笑顔で話しかけてきた。

「里田、部活動はどうする？　とくに義務じゃないけど入りたい部があったら言えよな」

「見学したい部があれば活動日時と部室も教えるよ。不安ならつきあうし」

「……あ、うん。ありがとう、考えとく」

昨日の夜煙草吸って睨みつけてきやがった奴とは思えない。謎だらけで人間不信待ったなしなんですけど。

「里田の家ってあの辺だったんだな。俺も近くだから驚いたよ」

唐突に核心に触れてきて、さらに警戒して身を退いた。

「安心しろよ、もしまた会っても話しかけないからさ」

……学校では優等生、外では不良をつかい分けてる二重人格ってわけか。

「ああ」

友だちになれると思っていたし、なりたいと願っていた。

たった一日で縁が切れてしまうのも哀しいもんだな。

キンコンカンコーン、とホームルーム開始のチャイムが鳴り響く。諏訪も姿勢を正して前をむき、先生がきて一日が始まる。

俺以外のクラスメイトは中間テストが終わった直後で学力の差もあらわになったころらしく、授業中には教師の口からも「おまえ赤点だったんだからよそ見するな」とか、スクールカーストを意識させられる言葉が飛んだりした。

観察していると、諏訪が特別優れていて教師から一目おかれているのを実感する。そのせいかクラスメイトに「頭いいからなんなんだよ」「学級委員長はすごいデスネ」と陰口叩かれて、嫉妬されているのもわかってきた。

「あいつが入試テストで学年トップだったのってまじなのな」

「いまさらかよ、入学式に答辞読んでたろ」

「あれ成績いい奴が読むって都市伝説だと思ってたわ」

「いや、まじだって。だからセンセーのお気に入りなんだよあいつ」

どうも一部のグループが執拗に諏訪の噂話をし続けている。入学して二ヶ月だから周囲が気になるにしても、陰湿で気分がいいもんじゃない。

複数の他人の本音に触れるとストレスがたまる。帰って曲づくりでもしたいなあとへこたれていた昼休み、教室にきた担任の瀬川《せがわ》に「里田」と呼ばれた。

「諏訪見なかったか？」

「知りません。どこかにいったみたいです」

「あー……じゃあ裏庭かもな。職員室まで呼んできてくれないか」

「はあ」

裏庭になにかあるのかな。めんどっちいけどまあいいか、と階段をおりて外へでる。

裏庭っつってもどこら辺のことなんだろう。周囲を見まわして、花壇と大きなびわの木がある正門側の裏庭へむかうと猫の鳴き声がした。「暴れんな」と苦笑いする諏訪の声も。

近づいたら猫をあやして笑っている諏訪がいる。えー……不良が猫を可愛がるっておまえ、べったべたじゃねえかよ。

「……それもみんなの評価あげ？」

ため息ついて話しかけたら、諏訪も俺に気がついて気色《けしき》ばんだ。

「黙れ」

でた本性。

「先生がおまえのこと呼んでたぞ。職員室こいってさ」

「そう。放課後にでもいく」

「すぐいけよ、俺がサボったと思われんだろ」

「どうせダルい仕事頼まれるだけだ。転入生の里田君と仲よく話しこんでたら昼休み終わってたって言うからいい」

「おまえなー……」

　諏訪が持っているおもちゃの猫じゃらしを猫が殴っている。トラ柄で、元気で可愛い。俺も横にしゃがんで背中を撫でた。

「諏訪ってなんでそんなゆがんでんの」

「おまえも昨日とうって変わって馴れ馴れしいじゃないか。びくびく可愛い子ぶってたのに」

「うっせえ。おまえにがっかりしたんだばか」

「悪いけど俺はばかじゃない」

……そーでしたね。ちょっと汚れ気味のトラが俺の手をぶってじゃれてくる。可愛くて頭を鷲《わし》摑《づか》みにしてわっしわっし撫でてやったら、掌を甘噛みされた。

「この子はなんなの。おまえが拾ってきた猫？」

「いや、学校に侵入してきた迷い猫。俺が見つけて、瀬川に相談してもとりあってくれなかったから、しかたなく世話してる」

　優しいところもあるんだな、って見なおす感じがやっぱベタな漫画展開だわ。

「トラ柄可愛いな～」と俺が抱きあげたら、諏訪が「おまえはクリーム色だな」と言った。

「うん。この子は白っぽいトラだ」

「グレーだよ。おまえみたいにうすい色」

「そっか。猫の獣人も色って結構大事なんだよ。黒だと〝不吉だ〟っつっていじめられたりするからさ。白だときれーかわいーって無駄にちやほやされるらしいし、俺のは無難なの」

「色で差別か。低能な奴らがやりそうなことだな」

「言葉づかい悪いなおまえ……」

突然諏訪が俺に顔を寄せて至近距離で目を見つめてきた。キスされるっ、と驚いて息を呑んだら、「……まる」と諏訪が低く呼んだ。

「おまえコンタクトなのか？」

「まるじゃねえ、円だ」

びっくりさすな、と猫をおろして「猫目だからだよ」と教える。

「猫の目って日中明るいところだと黒目が小さく縦にちょんってなるから怖がる人が多くて、人間の目の模様が入ったコンタクトしてんの。近視だし」

ほらこんなふうに、とトラの目をしめすと、黒目がちょんとなっている。諏訪も覗きこんで「わかるよ」とうなずく。

「猫って色が識別できないんだろ？　円もモノクロに見えるの」

「おまえほんと詳しいな。個体差あるらしいけど俺も全然識別できないってほどでもないよ。青とか緑はわかる。逆に赤系は無理で、どんな色か知らない」

「空とか木の葉はわかるわけだ」

ついじっと諏訪の顔を見返してしまったら、「なんだよ」と睨まれた。

「いや……綺麗な言いかたするなーと思って」

「だってそうだろ」

「そうだけど」

にぃ～と猫が鳴いて、諏訪が猫じゃらしをふる。こいついまちょっと照れたな。

「おまえ授業中とか休み時間にたまに耳ぴくつかせてるだろ。あれなにか聞こえてるから？」

「え……まあ、そうだね。聞こえてるときもある」

「他人の悪口がまる聞こえってどんな気分？」

諏訪が神妙な面持ちで俺の返事を待っている。また会っても話しかけない、と言ったくせに饒舌《じょうぜつ》に話したり訊いたりしてくるこいつは、じつは結構臆病者《おくびょうもの》なんじゃないだろうか。

「悪口はいい気分ではないよ。でも男子校はまだ楽かな。小中のころ、女はとくに怖かった。男は態度でも嫌いな奴に嫌いっってしめすけど、女ってお友だち演じといて裏で陰口言うからさ。あちこちで裏切ってて結局友だちなんかいなくて、実際はほぼ全員ぼっちだから怖ぇ」

「あー……見ててもなんとなくわかるのに耳に入るとしんどそうだな。女って腹黒だ」

「どっかにはいい子もいるんだろうけどね。俺はもう母親以外信じられないと思う」

「俺は母親も信じないな」

冷淡に即答されて、え、と意識が躓いた。

「なあ、猫餌ってどれがいいかわかんないから今度買い物つきあえよ」

諏訪はしれっと話題を変えてしまう。

「いいけど、俺べつに猫の好みに詳しいわけじゃねーぞ」

「俺よりわかるんじゃない」

「単なるイメージだろそれ。俺は白米好きで、猫餌なんか食ってないからな」

「嘘だろ」

「おい」

人のことをばかにしといて、諏訪がふっと吹きだす。

ちょうどチャイムが鳴って昼休みが終わり、猫じゃらしをそばの用具入れにしまった諏訪とともに教室へ戻った。


放課後、瀬川の用事をすませた諏訪と下校して駅ビルのペットショップに寄った。

「最初はなんでも食ったんだけど、近頃全然食べなくて困ってる」

「それ病気じゃなくて？」

「猫はもともと好き嫌いが激しいらしい。もし次試して駄目だったら病院いきも考えるよ」

「責任重大じゃん」

最初にあげていたのは赤身ベースだったらしいが、食べなくなってから白身ベースをあげたらもりもり食った。それも飽きたあと高級なシチュー仕立てとかトマト添えとか、レストランメニューにありそうな名前の高級品を与えたものの、ひと口も食べなかった、と言う。

「野良だから味覚オンチなんじゃない？　庶民的なほうがいいんだよ。俺もそうだもん」

「雑すぎんだろ、もっとちゃんと考えろよ」

「えーでも高級レストランより近所の牛丼屋のほうがよくね？」

「円に頼んだ俺がばかだった」

諏訪はパッケージ裏の原材料を見て「この4Dミートっていうのは駄目なんだよ。Dead、Dying、Diseased、Disabledで4D。死んだ動物の内臓とか糞尿とか鶏のくちばしとか入ってる。このミートミールってのもおなじだからよけろよな」と教えてくれる。こいつトラのためにすげえ勉強したんだな、と思う。それでふたりでいくつかの餌とおやつを選んで退店した。

諏訪は素だといつも厳しい表情をしているから、高揚しているとよくわかる。

「明日これ食うといいな」と洩らしたときの横顔が、好きな人にプレゼントを買った子どもみたいに浮かれていて、純情なとこもあるじゃん、と和んだ。

電車でおなじ駅におりた。諏訪は駅前の一軒家、俺は数分歩いた先のアパートに住んでいることも教えあった。

「宿題忘れたら諏訪んちにうつさしてもらいにいくよ」

「うちにはくるな。きても追い返す。……じゃーな」

今日で友だち関係も終わりなのかと思っていたのに、むしろ仲よくなってびっくりだ。

不良には猫だなー、としみじみ感じ入って、鼻歌うたって帰路へつく。

数日経過すると、諏訪が嫌われているのは五月に行われた体育祭が原因だとわかってきた。ちゃんと活動しない体育委員のかわりに学級委員長の諏訪が〝偉そうに指導〟したのが発端らしい。で、頭もよくて厭味だとかなんとか。

「あいつ兄貴がここの卒業生なんだとよ。兄貴もめっちゃ頭よくて有名だったっぽい」

「あー、それで教師もべったりなンか」

「七光的なやつ？　贔屓《ひいき》されてっからって調子のりすぎじゃね？」

「あのデカい態度改めてほしいよなー。腹の底で俺らのこと絶対見下してんぜあいつ」

「あるある」

　悪質な噂話から他人のプライベートを知ることほど不愉快なものはない。

　おまえらも本人ともっとちゃんと接してから悪口言えよ、と思うのは聞こえてしまう俺だけのジレンマだ。うまく双方のあいだをとりもってやれたらいいのにと焦れても、そんなお節介が器用にできる人間でもない。

　聞こえれば聞こえるほど、自分の無力さも思い知る。

　その行き場のない焦燥をなだめるように、昼休みや放課後は裏庭にいって諏訪と過ごした。自己満足だし偽善だろうけど、厳しくあたられている諏訪を放っておけなくて、傍にいてやりたくなってしまう。

「なあ諏訪、この猫名前ついてないの？」

「名前つけると情がうつるだろ。うちじゃどうしたって飼えないし〝猫〟でいい」

「情って、いまさらじゃね？　つけてあげようよ」

「なら〝まる〟」

「なんでだよ」

　そういえばこいつ、いつの間にか俺のこと名前で呼ぶようになったたな。

「俺もおまえのこと敏公って呼ぼうかな」

諏訪が横目で睨んでくる。これ照れてるぞ。

「円には猫らしさが全然ないな。猫じゃらしふらなくても懐いてくる」

「おまえはツンデレがすぎるよ」

「デレた覚えないけど？」

「ツンのほうがたしかに多いけどたまにデレてるね」

「猫の目って幻覚も見えるんだな」

「はいはい、恥ずかしがるなよ敏公」

ものすごい睨まれたけど気にしなかった。

まるは俺たちが買ってきた餌をちゃんと食べ続けている。


猫餌を探しがてら敏公と一緒に下校するようになり、おたがいの家の最寄り駅付近にあるペットショップめぐりも日課になった。

まるはチキンが嫌いで、かつおは缶詰の種類によって食べる。一番の好物はまぐろだ。

「夏になったら缶詰は傷むからそろそろドライフードも試したい」と敏公が言う。

「ドライフードは結構量があるから気に入らなかったら財布にイタイな」

「でも試してみないとわからない」

敏公はまるに対してとてもかいがいしい。

「改めて言うのもあれだけど、おまえ猫好きだな」

「動物はなんでも好きだよ。裏がないから」

千回うなずいてやりたいぐらい共感するけど、こいつやっぱり臆病者だわ。

「俺、夏はバイトするつもりだからまるの餌とかおもちゃ買うよ」

「バイト？　なんの」

「まだ決めてないけど、うち母子家庭だから生活費協力したくて。ついでにまるの生活もさ」

敏公が俺の顔を睨み据えてくる。

「……そうか」

なんだよその反応。

「敏公は夏期講習とかいくんだろ？」

とくに悪気があっての発言じゃなかったが、その質問に敏公は急に不機嫌になった。

「おまえも俺をガリ勉だと思ってるんだな」

「え、ガリ勉って」

「帰る」

「えっ、ちょっ、ちょっと！」

敏公は手に持っていたドライフードをおいて本当に店をでていってしまった。直感的に追いかけないほうがいい気がして、もどかしく思いながら消えていく背中を眺めて立ち尽くしていた。〝ガリ勉〟はNGワードなのか。

敏公のほうが俺よりずっと猫っぽいな、と途方に暮れる。

「俺、里田と話してみたいなー。諏訪とずっと一緒にいるから声かけらんねえ。昨日ちょっと話したときちょーいい奴だったんだよ。耳可愛いし」

「いきゃいいじゃん。もじもじすんな、女子かよ小野田《おのだ》」

休み時間に廊下から嬉しい話し声が聞こえてきた。なにこれむっちゃ照れる……。

小野田がほかの奴らと教室に入ってきてこっちをうかがっている。ここで意識したら聞いていたことがばれてしまうから平静を装うものの、小野田が「いけ」「ほらっ」とつつかれて「やめろよっ」と笑っているから、照れくささがピークに達して机につっ伏し、寝たふりを決めこんだ。小野田ってほんわかしていい奴なんだよな……俺も友だちになりたいな。

すぐに横からぱんと頭を叩かれて、勉強していた敏公が紙くずを投げてくる。手紙っぽい。

『なに聞こえたんだよ、耳が垂れてるぞ』

目ざといなあ……。俺もノートの端を千切って返事を投げる。

『俺と仲よくしたいって言ってくれる奴がいて照れた』

読んだ敏公がまた返事をよこしてきた。

『ちょうどいい。俺とつるむのやめてそいつらと仲よくしたら』

なんだよそれ。

『としひろはとしひろだろ。ほかの友だちできたって嫉妬すんなよ』

俺は敏公の二重人格の秘密を知っているし、敏公は俺の耳の秘密を知っている。それで充分特別じゃないか。

読んだ敏公がいきなり椅子を立って教室をでていく。駄目だ、地雷踏んだっぽい。

今日はちゃんと追いかけようと思って俺も席を立ち、「敏公っ」と走った。文句さえ言い返さずに下駄箱までいった敏公が、自分の靴のところで立ちどまる。

「敏公、待てって」

横にならんで声をかけた瞬間、敏公のローファーを見て絶句した。片っぽだけ足首までたっぷり白い液体が入っている。

「……なにこれ」

「牛乳だろ」

「だろっておまえ、こんな、」

牛乳が入った片っぽは洗わないといけないのに、片っぽは履ける。苛つくいたずらだ。

「すこし前から始まったんだよ。昨日は体操着が切られてた。ばからしくて吐き気がする」

「は？　おまえなんで俺に言わなかったんだよっ」

「言うかばか」

「言えよ、俺の耳つかえば犯人見つけられるよ、殴って黙らせりゃいいだろうが！　――あ、だからおまえ、いま〝なに聞こえた〟って気にしたのか⁉」

「うるさい」

敏公が廊下にあるごみ箱を持ってきて、そこにローファーを両方とも捨てる。

「おい、帰りどうするんだよ。そうだ、俺の靴一緒に履くか？」

「なに言ってるんだ、おまえまで片脚になるだろ」

「それでいいよ」

「ばか」

文句を吐き捨てながらも敏公がぷっと吹いた。

「購買で売ってるから買って帰る」

「あ、そうなのか。よかった」

でも体操着も買って、ローファーも買って、これからいじめが続く限り敏公は新しい私物を買いそろえていくってことじゃないか。

「なあ、先生にも言わないのか？」

「教師なんて頼りにならない」

「じゃあ、夜中に一緒にいたヤンキーの友だちは？　力になってくれそうじゃね？」

「あいつらは予備校の仲間で、友だちでもなんでもねえよ。俺は誰も信用してない。わかったらおまえも俺といるのはやめろ。世話係なんて迷惑だった。いなくなってくれれば清々する」

……そういうことか。

「なあ敏公、強がるなよ。こっちが辛くなってくる」

「笑わせるな、勘違いも甚《はなは》だしい。おまえもちょっと一緒にいただけで好かれると思うなよ」

わかってる。おまえ本当は見つけてほしいんだろ。気づいてほしいんだよな。

こっちはいろんな奴らの本音と建て前見てきてるから、おまえの淋しさも優しさもだいたい見透かせるよ。ほら、下唇と、拳握ってる手が怒りで震えてる。

「あとで購買つきあうよ。ひとりだなんて思うなよ。俺はおまえの友だちだからな」

敏公の肩を叩いて、そのままひとりで教室に帰った。

遅れて戻ってきた敏公は、新しいローファーの箱片手にすずしい顔して席につきやがった。

同情されるのも慰められるのも嫌いで馴れあうのも苦手な淋しがり屋。

しゃーっ、と怒った猫の絵をノートの端に描いて、千切ってまるめて放ってやったら、それに『二十点』と点数が書き加えられて返ってきた。


夜帰宅すると、母さんがパジャマ姿でむかえてくれた。

「おかえり円～……ごめん今日熱っぽくて仕事休むことにした。ご飯は作ったから食べてね」

顔がふやけて、洟をすすっている。梅雨に入って気温の変化が激しいせいかもしれない。

「大丈夫？　料理しなくてもよかったのに。母さんは食べたの？」

「ンー……食欲ない」

「待ってな、おかゆ作るから。ちょっとでも食べないと駄目だよ。あと薬も買ってくる」

「やだもう、ごめん、ごめん～……」

ドラッグストアがしまる前に、と急いでもう一度家をでて薬や栄養ドリンクや飲み物やらを買いそろえて帰宅した。おかゆを作って、薬と一緒に部屋へ持っていって食べさせる。

「ありがと～」

「ちょっと食べて寝たら治るよ。きっと夜中に働いてるから疲れもたまるんだよ」

「んーごめん……」

「ごめんごめん言わなくていいって」

眉をさげて笑う母さんは、こっちの心配もよそに嬉しそうにおかゆをすする。

「なんで笑ってんの」

「えー、頼りになるいい息子だな〜と思って」

「母さんには面倒見てくれる男ぐらいいっぱいいるんじゃないの」

「いらないよ。わたしは円が結婚するまでひとりでいるって決めてるもん」

「すげえプレッシャーじゃん。母さんは自分のことだけ考えててよ」

「いやいや〜母さんのこと捨てないで〜っ」

病気になると甘える母さんにつきあって食事が終わるまで傍にいたあと、自分も母さんが作ってくれたチャーハンを食べた。ちょっと塩っぱくて、無理させたんだなと察する。

皿を洗って片づけてから母さんの部屋を覗いてようすをうかがったら、ちゃんと眠っていた。スポーツドリンクがほとんどなくなっているのを見つけて、ああやっぱ水分は大事だな、とコンビニへ買い足しにいくことにした。

今夜は部屋で歌をうたえない。

好きなアーティストの新曲でも聴きながら眠るかなと考えて歩いていると、無意識に鼻歌がこぼれてきて気分がよくなってくる。ふんふんハミングして角を曲がったら、コンビニの花壇にまた敏公がいて、じろっと睨まれた。

「ご機嫌だな」

今夜はひとりで缶ビールを呑んでいる。

とりあえず先に店へ入って買い物をすませてから敏公のところへいった。

「夜遊びか？　店先で酒なんか呑んで、ばれたら怒られるぞ」

横に座って俺もコーラをあける。

「俺にかまうな、さっさと帰れよ」

「帰るよ。今日はあんまり遊んでらんないからな」

梅雨のせいか夜風に雨の匂いがまざっている。明日は降るかもしれない。

「『ひとりだと思うな』とか言いながら、やっぱりそれか」

舌うちされて、思わずコーラを吹きそうになった。

「おまえほんとツンデレなー……」

「デレてない」

「デレてるよ。めっちゃデレてんだろ。……なに、酔っ払って気づいてないの？」

うりうり、と肘《ひじ》でつついてやったら、心底不愉快そうにふりはらってくる。

生憎《あいにく》俺は〝顔が赤い〟っていうのを判別できないが、目が据わってとろんとしているのはわかった。こんなどっかの駄目おやじみたいに酔っ払って現実逃避したくなるほどへこんでるってよっぽどじゃないか。母さんぐらい素直に甘えてくれりゃ楽なのにな。

「いま母さんが風邪ひいて寝こんでるんだよ。ごめんな」

不信感っていうのは〝信じたい、信じさせてほしい〟と願っているからこそ生まれる感情なんだろう、と敏公を見ていると痛感する。人に失望するのは、なにかを期待しているからだ。

俺もおなじで、敏公に裏切られたら辛いしな。辛いし怖いから、つっぱねられても信じてしがみついている。

「謝る意味がわからねえ。心配なんだろ、帰れって言ってるじゃないか」

「めんどっちい奴だなあ。猫だってもっと正直で可愛いよ？」

「うるさい。おまえが帰らないなら俺が帰る」

空き缶を「捨てとけ」とおきざりにして、敏公が帰っていく。

猫目は夜目がきくから、敏公が駅のほうへむかって路地の角へ消えていくまでしっかり捉えて見おくった。

――俺は誰も信用してない。わかったらおまえも俺といるのはやめろ。世話係なんて迷惑だった。いなくなってくれれば清々する。

一緒にいると俺までいじめられると思っているんだろうか。

入学して二ヶ月目でいじめに遭っている敏公の苦悩はどれほど深いものだろう。どうしたらおまえを安心させてやれるかな。


七月の初めの期末テストまで十日を切って、周囲がぴりぴりし始めていた。

敏公は相変わらず教科書のテスト範囲だけ切り刻まれたり、シャープペンの芯だけ全部折られたり、地味ないじめをうけて二重人格の仮面がはがれるほど苛々している。

「おなじクラスの奴じゃないんだよ」と、ドライフードを食べるまるを眺めて敏公が洩らす。

「円もわかるだろ。いじめはだいたい教室移動のときにやられてるのに、うちのクラスの奴が授業をサボってた形跡がない」

「そうだな。病欠なら松本《まつもと》がしてたけど関係ねーし、あいついじめなんかする奴じゃないな」

「次の授業、また教室移動だろ。俺サボってたしかめてみるよ」

「え、おまえ学級委員長だろ。サボりとかよくないぞ」

「もともと瀬川が勝手に指名してきただけでなりたかったわけじゃないし、瀬川に協力を仰いだところであいつは解決できる器《うつわ》でもない。松本がそうだろ。いじめられてはいないけどクラスで孤立してて、悪い噂が絶えない矢浪先輩とつるんでるのに放置されてる」

「先輩とのことはべつに担任が入っていくことでもなくね？」

「俺一度瀬川に『うちのクラスにはいじめられたり、孤立してたりする生徒はいないよな』って訊かれて松本のこと報告したんだよ。でも矢浪先輩の名前だしたとたん、あからさまに怖《お》じ気《け》づきやがった。声上擦らせて『そそ、そうか、まあようす見だなっ』だってよ」

「うわー……腰抜け」

「教師なんてみんなクズだ。だから俺は自分で動く」

　敏公がまるをおもむろに持ちあげて、腕のなかに抱きこむ。まるはまだご飯が食べたかったらしく、もがいて逃げたがっているが許さない。……どっちがあやされているんだか。

「俺もつきあうよ。複数でやってたら厄介だろ。こっちもふたりぐらいいとかないとな」

「くるな」

「嫌だね」

「迷惑だ」

　もし本当に迷惑だと思っていたなら、こいつは俺に計画をうち明けたりせず、ひとりで実行したはずだ。ＳＯＳはちゃんと受けとる。

「お節介な野郎だな」

「なんとでも」

「俺は頼んでないからな」

「わかったよ」

「おまえが俺のかわりにいじめに遭っても、そんな間抜け俺は助けないぞ」

「やめろよ、あんま拒否られるとへこむ」

肩を落としたら、敏公が苦笑いした。笑ってくれるうちは安心だ。

敏公の言うとおり、俺の耳をつかってもいじめの証拠は掴めずじまいだった。いつも敏公のことをぐちぐち言ってた奴らなんじゃないか、と犯人の目星はつくものの、証明できなければどうしようもない。

それで、俺たちはチャイムが鳴ってもしばらくまると遊んでから教室へむかった。

「下駄箱はセーフだったから、やられてるとしたら机か水着だな」

敏公が小声で言い、俺も緊張して「ああ」とこたえる。

いよいよ教室の前へきてドアの隙間から室内をうかがってみたら——いた。敏公の席に生徒がひとりいて、なにかしている。

「……円。あれ二年の馬場《ばば》先輩だ」

「は？　二年？」

「ブタの鼻と耳ついてるだろ。うちの学校でブタの獣人はあの人しかいない」

え、てかなんで二年が？　と俺が混乱を口にする前に、敏公はドアをがらっと乱暴にあけて教室へ入っていった。小太りの先輩の身体が跳ねあがって、硬直する。

「馬場先輩、なにしてるんですか。俺あんたに恨み買うようなことしましたっけ。ほとんど初対面なんですけどね？」

「やっ、や、ちち、違うんだ、ちが、ちがう、ぼくじゃない……っ」

「ぼくじゃなくねえだろうが」

敏公が横にあった俺の机を蹴りやがって、内心、おいっ、とつっこんだ。

鬼に変貌した敏公はちぢこまる先輩に詰め寄ってなおも責めたてる。

「言えよ、いままで俺の私物めちゃくちゃにしてきたのもあんたかよ」

「ご、ごめ、ごめんなさっ……」

「全部弁償してもらうからな。あんたのことも担任と二年の生徒指導担当の教師につきだして校長と親まで巻きこんで問題にしてもらう。退学でもぬるいぐらいだ、覚悟しておけよ」

「まま、待ってよ、ちが、違う！　違うんだ！　ぼくは頼まれてやっただけなんだよ……っ」

先輩が頭を庇ってひいひい嘆いているのを見かねて、敏公の腕をひいて「落ちつけ」と制した。どうもこの人も被害者くさい。

「先輩、誰に頼まれたんですか」

「き……きみたちのクラスの、内山《うちやま》君と浜口《はまぐち》君だよ……やらないと、ぼくをいじめるって言うから、しし、しかたなかったんだっ……」

内山と浜口は、予想していたとおり敏公の陰口を叩いていた奴らだ。

「あいつらか。……あんた一年に脅されて言いなりになって俺に嫌がらせして恥ずかしくないのかよ。しかたないって言うけど、すでにあんたもいじめられてるってわかってないのか？」

「うぅっ……」

敏公も先輩のあまりの情けなさに呆れ果てたのか、一気に勢いをなくす。

「先輩って内山たちと接点あったんですか」と俺が訊ねたら、おなじ化学部の部員で、内山たちは煙草を吸いにくるだけのガラの悪い幽霊部員なのだと言う。

「そこで目をつけられたわけですか」

「……じ、自分たちがやったら、す、す、すぐ見つかってやばいから、ぼ、ぼくにやれって」

「はあ」

「なんで、おなじ獣人のきみまで、ぼくをそんな目で見るんだよ。ひどいよ、どうしてみんなぼくを嗤ってばかにするのさっ。ぼくは自分が嫌いだ、ブタで、デブで、醜いから嫌われる。みんなに優しくしてもらえないっ！　なんだよっ。こんなことさせられたぼくを慰めろよ‼」

「先輩、自分のこと嫌いって言えば愛されると思ってるの」

素朴な疑問で先輩の表情を凍らせてしまった瞬間、敏公が先輩の首根っこを摑んで「帰れ」とドアのほうへ放った。

「内山たちのことはなんとかする。また脅されても俺には二度と関わるな、いいな」

「わ、……わかったよ、でも、でも、ぼくは、悪くないからねっ」

「帰れって言ってるだろ」

冷たく言い放つ敏公に怯えて、先輩が尻尾を巻いて逃げ帰っていく。

愛されたいなら愛さないと駄目だな。他人に求めすぎて過剰な期待をすると不幸が始まる。

「敏公」と横から顔を覗きこんだら、敏公は疲れたようすで嘆息を洩らした。

敏公の机には、先輩が黒いマジックペンで書いたと思《おぼ》しき『死ね』の文字が大小さまざまなかたちであふれかえっていた。


翌日の放課後、「円ちょっと力貸してくれ」と敏公に化学室のそばまでひっぱられていき、廊下の外で「ここからなかに内山たちがいるかどうかわかるか？」と訊かれた。

耳を澄ませると、かすかに笑い声が聞こえてくる。

「いるよ。吸ってる音もする」と教えたら、敏公はすぐさま職員室へ移動して担任の瀬川でも、化学部の顧問でもなく、一年の生活指導担当の大森《おおもり》先生を呼びだして報告した。

結果、喫煙現場を押さえられた内山と浜口は親も呼びだされて早々に二週間の停学処分が決定したが、敏公は「夏休みを増やしてやっただけだったな」と不満を洩らした。

「でも馬場先輩シメたせいで、内山たちも俺らがいじめの犯人気づいたこと知ってるよな」

「だな」

「復帰したらまた仕返ししてくるんじゃない？」

「大丈夫、もちろんこれで終わりにしない。あいつらも絶対に直接シメる」

敏公はいっそ楽しんでいるような口調と笑みでそう言う。こいつはいじめちゃいけないタイプの人間だったのかもな、と唾を呑んだ。

とはいえ、俺たちも期末テストがあるから内山たちにばかりかまけていられない。

まるの世話をしてあやしたり、おやつの買いだしを続けたりしながらも、俺は敏公を頼って勉強を教えてもらうようになった。転入したのも入学直後だったので勉強の遅れはとくにない。

休み時間、放課後、下校時とちょこちょこ隙を見つけて勉強した。

「一年の一学期なんだから、まだ赤点とっても平気だぞ」

帰りの電車でもノートを眺めていたら敏公にからかわれた。

「ざけんな。赤点なんかとるかっつーの」

「上目指してるなら塾にでもかよえばいいじゃないか」

「いい、うち金ないし」

敏公が眉をひそめる。余計なこと言ったか、と危ぶんで笑ってフォローした。

「バイトして金ためて、来年と再来年は夏期講習ぐらいうけたいかな。そうしたら敏公のかよってるとこ紹介してよ。大学も現役合格したいしさ」

「……。ああ」

——俺は母親も信じないな。

前に敏公が言っていた言葉が脳裏を過る。

——あいつ兄貴がここの卒業生なんだとよ。兄貴もめっちゃ頭よくて有名だったっぽい。

内山たちが洩らしていた愚痴も。

家族に対する敏公の感情もまた複雑そうだ。こいつの腹の奥にはまだ未知の領域がたくさんある。

事件は期末テスト最終日におきた。

「敏公、終了祝いになんか食ってこーぜ。駅のとこのクレープ屋は？　クレープクレープ」

「祝うのは点数確認してからじゃないのか。暑いしはやく帰りたい」

「クレープぐらいいいだろケチ〜」

「甘えんな」

裏庭でまるに餌をやりながら、うちわで自分と敏公の身体を交互にあおいでぐったりする。明日からはテスト休みだ。

「まるって俺らが休みのときどうするのかな」

「さあな。どこかで餌もらうか、飢え死にするか、誰かに拾われるかだろ。野良猫は寿命が短いって言うし」

「そうか」

淡々と言ってるけど、まるが辛いめに遭ったら誰より哀しむのは敏公だろうに。

「俺らの家の近所につれてこうか。そうしたら毎日餌やれるよ」

「近所のどこで面倒見るつもりだよ。……だから名前つけるなって言ったんだ。ったく」

「夏休み終わって、いなくなってたらどうするんだよ」

「どこかで誰かに幸せにしてもらってるって思いこむ」

頑とした口調で、心の脆弱《ぜいじゃく》な部分を押さえつける敏公に閉口した。いままでいろんなことを我慢してきた奴なんだな、とまざまざ思い知らされた。しかも〝死んでるかも〟と思うんじゃない、〝幸せになっている〟と思いこむのだ。そこがなにより敏公の臆病なところに違いない。辛いことを辛いって認めない弱さ。

「敏公は失恋してもへこたれそうにないな」

「なんでだよ」

「俺が胸貸してやるから、せめて一度ぐらいはちゃんと泣けよ？」

うちわで風をおくってやりながら笑っていたら、そのとき俺を睨んでいた敏公の頭上からきらきら光るものが降ってきて、敏公に思いっきりかかった。――水だ。

「うわっ」とよろけた俺の制服にも飛び散った。まるも飛び退いて、地面の土が一瞬で水浸しになる。

「ぎゃははは」と上から嗤い声が聞こえてきて見あげると、内山と浜口だ。

「あいつら、停学中じゃなかったのかっ？」

「期末テストだけ別室で受けてたんだよ」

ごく冷静にこたえたびしょ濡れの敏公が、そばの用具入れからバケツを持ってきて校舎のほうへ歩いていってしまう。

「おい、敏公っ」

途中、裏庭にある観察池からバケツに水を汲んでいったから、なにをしようと思っているのかピンときた。

「待てってて、こらっ」

池の藻やら木の葉の混ざったにごった水がたっぷり入ったバケツを片手に、敏公は土足で階段をあがっていく。「円、あいつらの声が移動したら教えろ」と怒鳴ってくるから、「いや、まださっきの場所から動いてないっぽい」と返して俺も追いかける。たぶん職員室の隣の応接室付近だ。

そして、ばかみたいに窓際で嗤い続けていた内山たちを見つけた敏公は、遅れて逃げ始めたふたりめがけてバケツごときったない池の水を投げつけてやった。

「うわ、くっせえ！」

「ふざっけんなよクソ野郎が‼」

ふたりとも藻と葉っぱと泥にまみれてびしょ濡れになり、俺と敏公は大笑いした。

「やったぜばーか」

「暑いのにちっせえ脳ミソで一生懸命お勉強したご褒美だ、すずしいか？」

敏公が捨《す》て台詞《ぜりふ》を吐いたところで、職員室から「何事だ⁉」と教師が騒いでドアに近づいてくる足音が聞こえてきた。

「敏公やばい、いくぞ」

敏公の腕を摑んで急いで階段へ身を隠し、そのまま一目散に外へ戻る。裏庭においていた鞄をひっ摑むと走って正門から学校をでた。そのあいだも笑いがとまらなかった。

「あーすっきりした、見たかよあいつらの顔！」

駅へむかって歩きながら、敏公に笑いかけた。

「見た、すげえあほ面だったな。爽快だった」

敏公も濡れた髪を掻きあげて、くっくく、と肩を揺らす。

「あいつらいま頃また先生に見つかって怒られてるよ。だって先に手だししてきたのあいつらだもんなっ」

「うん。俺らは悪くない。追及されてもつぶしてやる」

敏公がひさびさに晴れやかな顔をしていることがなにより嬉しかった。

「敏公寒くないか、大丈夫？」

「平気だよ、ちょうどいいぐらいだ。おまえこそ乳首透けてるぞ」

「セクシーだろ〜？」

くねくね、と腰を揺すってふざけたら、敏公もまた吹きだした。最高に気分がよかった。

まだ昼間で夏の空は高く、雲の輪郭はくっきり浮きあがって太陽は明るい。

びしょ濡れの自分たちはいっそ面白くて、小学生みたいに無邪気な気分だ。

「なあ敏公、このまま逃避行しようよ」

いろんなことを、なにもかもすべて忘れてしまいたい解放感のまま、このまま。

「ばか。あのな、逃避行っていうのは〝自分たちはどこにもいけない〟って自覚してすごすごひき返すまでがお約束なんだよ」

「現実的だなあ。ま、それでもいいじゃん」

「俺はそんなガキみたいなことはしない」

「しようよ、ガキなんだから。おまえは賢すぎだよ」

敏公が唇をへの字にまげて俺を見つめながら黙考する。

「……じゃあ、きちんと計画していく。テスト休みに自転車で遠くにいこう」

「おまえやっぱ賢いな……」

睨まれた。……やべ、ガリ勉とか賢いはNGワードなんだっけ。

自戒した刹那、敏公が俺の腰をひいて顔を近づけてきたから、殴られる、と怯んで反射的に目を瞑《つむ》り身がまえた。でも攻撃を受けたのは頬でも頭でもなく口だった。やわかいキス。

「——……へ。おまえいまなにした⁉」

「キス」

しれっと認めやがる。

「なんでしたんだよ！　初めてだったぞいま俺！」

「男がそんなこと気にしてんじゃねえよ」

「謝れよっ」

敏公はにやっと笑うだけで、俺が抗議しても謝らない。脚を蹴ってやっても「いてーな」と文句を垂れるだけだ。ムカついたから、駅についてからクレープをおごらせた。

俺の世界のいちごはモノクロだけど、甘くってとってもうまい。


『母さんへ　敏公と自転車で逃避行してきます。一泊二日で帰ってくる予定だよ。

母さんも仕事無理すんなよな。

円』

自転車をこぎながら、敏公が「はあ？」と顔をしかめた。

「おまえ帰宅予定日まで書いておいてきたのかよ。逃避行の意味わかってるか？」

「や〜、だって心配かけたくないし、そもそも敏公が寄る場所と時間まできっちり決めちゃうから逃避行っつうよりもう小旅行気分だし」

「文句あんのか」

「ないよ。楽しみだよ」

出発は正午。炎天下のなか、ふたりで箱根《はこね》目指して自転車をこいでいく。

敏公の計算では、順調にいけば夕方にはつくらしく、食堂で飯食って、日帰り温泉に入って、それからまた海のそばの道を選びながら江ノ島《えのしま》まで戻って、海で遊んで海鮮丼を食って帰る、ってスケジュールになっている。

母さんには口で伝えてでかけたかったが、それは一応さけた。いままで反抗期はあったものの、ふたりきりの生活を乱すような迷惑はかけてこなかったから、下手するとこれが初めての無断外泊であり、遠出になる。不良になっちゃった、って泣かなきゃいいけど。

太陽に灼かれて、疲れてくるとコンビニで休憩して走り続けた。熱中症になるのを懸念して、敏公が「水飲め」としつこいから、水分をまめにとる。都内を離れるとコンビニに必ずひろい駐車場があって休憩しやすかった。見知らぬ町の景色と匂いと空気が新鮮でわくわくする。

日が傾いてすずしくなってきたころには、箱根湯本《ゆもと》、日帰り温泉、としるされた看板が増えてきてさらに胸が弾んだ。

「腹減った～」と話しながら敏公が案内してくれた食堂へ入ったのは予定の十分すぎ。敏公の提案で、それぞれご飯と味噌汁のセットを頼み、単品でサバの塩焼き、小エビの唐揚げ、チーズ入り厚焼き卵、キュウリの浅漬け、キャベツサラダをつつきあって食べることにした。

「なんか家の夕飯って感じでいいね。敏公天才だわ」

「定食とか丼ものだといろんな味が楽しめないからな。足りなかったら追加できるし」

「うん、ありがとう」

味噌汁は麦味噌と赤だしを選んで、交換して味見しあった。敏公の赤だしも、俺の麦味噌もどっちもうまくて大満足だ。母さんもそろそろ俺の手紙に気づいただろうなと思う。

「なあ敏公、逃避行の目的ってなんだろうな。死ぬこと？　心中みたいな」

「あほか。知らない土地まで逃げていちから生きてくっていうのが逃避行だろ。おまえ不倫ものの映画の影響でも受けてるんじゃないか？」

「あ、そうかも。ちっさいころに、不倫した男と女がセックスしながら服毒自殺すんの観た」

「ちっさいころになんつー映画観てんだよ。……まあでも、人目さけて転々と逃げまわるより、死んだほうが楽かもしれないけどな」

「敏公もそんなこと考えるんだ。おまえにメンヘラなんて似合わね～……」

敏公が厚焼き卵を頬張って俺を睨んでくる。死にたい奴はもりもりご飯食べねえっつうの。

「円は不倫したいの」

「は？　したくないよ」

「ちっさいころから不倫映画に興味津々だったんだろ？」

「違うって。母さんがレンタルしてきたの一緒に観ただけ。うちの母さんは心中したいぐらい父さんのこと愛してたんだよ。捨てられちゃったけど」

　敏公の赤だしをすすって、キュウリの浅漬けを食べる。賢すぎる敏公は箸をとめて真剣な顔でなにやら考え始めた。

「敏公も心中したくなるほどの恋愛に憧れてんの？」

「まさか。俺は他人を信じられないから無理だ。円はしろよ、天然のばかそうな女と結婚して平凡に暮らしていくのが似合ってる」

「失礼な奴だな……俺は恋愛より夢中になってることがあるからいいよ」

「なに」

「歌。曲とかつくるの好きなんだ」

「へー。うたってみろよ」

「食事中になに言ってんだ。つかいま〝下手そうだな〟って顔したろ」

「下手そうだから聴かせろって言ったんだよ」

「うわあもうほんとこのやろ、テーブルひっくり返してやりたい」

　ふぶっ、と敏公が吹く。俺の麦味噌汁を飲んで小エビの唐揚げを食べる敏公は、口に入れるしぐさも咀嚼《そしゃく》のしかたも上品で、育ちのよさを感じる。

「敏公は教師とかむいてるかもよ」

「あ？」と、すんげえ嫌そうな顔をされたけど、笑って念を押した。

「成績だけの問題じゃなくてな？　敏公だからいい先生になれる気がする」

「冗談じゃない、ガキのおもりなんてゴメンだ」

「えーいいと思うけどなあ。格好いいから女子生徒にもモテるぜ絶対」

持ちあげてやったら、「格好いい？」とまんざらでもない表情をしたから爆笑してしまった。

ふたりで魚の綺麗な食べかたについて話しながらサバをたいらげ、最後にキャベツサラダを片づけて店をあとにする。

そしてまだアスファルトから熱気が立ちのぼってくる道路を走って、八時すぎには次の目的地である日帰り温泉についた。

「昔たまに母さんといってた銭湯とは段違いだな」

ホテル内にある入浴施設らしく、かなり豪華だ。カウンターで金を払うと館内着の浴衣とタオル類まで貸してくれる。

「ここ二十四時間営業なんだよ。だから風呂入って休憩所で仮眠して、朝になったらでよう」

「そうなの？　野宿かと思ってた」

「俺がそんな乱暴なスケジュール立てるわけないだろ」

「は〜い先生」と脱衣所にいって服脱いで、内風呂と露天風呂に感動しつつ身体を癒やした。

「あ〜……もうさ、温泉いいなって思い始めたらおっさんって気ぃするな、敏公」

「じゃあ泳いでくれば？　童心に返るよ」

「それはできねーわ……」

露天風呂の縁の石に頭をのせて夜空を仰ぐ。左横にいる敏公は「眼鏡がないから見えない」と不満を洩らしていて、俺は笑ってしまう。

「なあ、敏公は家に書きおきもなにもしてこなかったんだろ？　大丈夫なのか？」

「大丈夫じゃね。うちの親が大事なのは兄貴だけだから」

……あ。初めて家族の話をしてくれた。

「ていうか、おまえはもう知ってるんじゃないのか。どうせ学校で教師やなんかが話してるの聞いてるだろ」

「俺は敏公の口から聞けるのを待ってたよ。噂も陰口も、おまえの気持ちはそこにないから」

敏公が視力のせいもあってか、目を眇めて睨んでくる。

「……べつにたいしたことじゃない。兄貴のできがいいから俺もおなじことを求められて息苦しいっていうよくある話だよ。俺は兄貴と同等のことができてあたりまえ、兄貴以上のことができたら驚かれる。なにもかも兄貴が基準で、うちは兄貴中心にまわってるんだ」

「お兄さんってどんだけ優秀なの」

「医者なんだけど、医者になった理由が、獣人特有の奇病で死んだ母方の祖父みたいな人をこれ以上増やしたくないから、ってやつなんだよ。両親は鼻高々で兄貴を重宝がってる。でも俺は祖父がいなくなったあとに生まれてるから、どんな人だったかも知らない。おまけに祖父と兄貴はおなじウサギの獣人で、俺は人間だった。母親は父さん子だったから、自分の父親を大事に想う同属の息子が可愛くないわけがない」

「敏公は人間だから差別を受けてるっていうのか……？」

「差別って明確なやつならまだましかもな。うちの親は無意識だからたちが悪い。俺は家にいても空気同然だ」

世間とまるで真逆の扱いじゃないか。人間として生まれたから、輪からはずされて孤立して苦悩してるなんて。

「嫌でしかたなかったのに俺も半ば意地で兄貴が卒業した高校にきて、きたらきたで兄貴の賛聞かされて比較されて挙げ句の果てに内山たちに目ぇつけられた。兄貴が俺に同情するのも優しくしてくるのも腹が立つ。俺は両親を他人だと思ってるし、兄貴は害悪だと思ってるよ。はやく家をでてひとりで生きていきたい」

歯ぎしりして夜空を睨んでいる横顔に「敏公」と呼びかけた。

「敏公の両親が本当におまえのこと空気だと思ってるなら、俺も親失格だと思うよ。でも俺は敏公産んでくれて感謝してる。敏公がうちの高校のあのクラスで学級委員長してくれててよかった。敏公が世話係になってくんなかったら、俺友だちできなかっただろうしさ」

「……フン。どうだか。おまえは友だちできるだろ、なりたがってる奴もいるみたいだし？」

「できたとしてもずっと警戒してたと思う。敏公が初めてだよ、裏表なくて信頼できんのも、俺の聴力のこと知ってて友だちでいてくれんのも」

唇を曲げて、敏公がこっちをむく。

「おまえよくそういう恥ずかしいこと言えるよな。クサい青春ドラマかよ」

フフ、と笑い返した頬がひきつった。

「可愛くねーな～……素直に喜べよ」

ねじくれまくった性格しやがって、とため息をついたら、敏公が俺のほうに身体を傾けながら近づいて口にキスしてきた。

「おまえまたっ」

「暑いから先でるわ」

「勝手にちゅーすんな！」

抗議を投げた背中は無言で洗い場へ去っていく。……なんなんだよ。親がわりに甘えてんのか？　でも親にはキスしないしなあ。

謎！　と思いつつ俺も露天風呂をでて、敏公と一緒に背中をながしあったあと風呂をでた。

館内着の浴衣に着替えて、ゲーセンコーナーでゲームして遊んだり、施設の外へでて初夏の夜の匂いが香る庭を散歩したりして過ごす。ひととおりまわって満足したら、休憩室のリクライニングチェアに座って寝ることにした。

隣のチェアに座っている敏公が時折小さく笑いだして「……耳、可愛いな」と言う。野生の本能で寝てるときも聴覚が働いているから、物音がするとぴくぴく反応してしまう。

「なんかあったらすぐ起きて逃げるためだよ」

「知ってる。円となら野宿でも平気だったかもな」

「うん。いつかキャンプいこう。カレー作って食いたい」

「なんでカレー」

「キャンプってカレー作るんだろ？　焦げたり水入れすぎたりした失敗のカレー食うんだよ」

「どんなイメージだよ。俺は失敗なんて許さねえからな。作るならちゃんと作る」

「ふふ。……そうだな、敏公がいたら失敗とか絶対なくて安心だな」

チェアにまるくなって眠る。自転車で半日走って結構疲れた。

意識がすぅと眠りに吸いこまれていくあいだ頭と耳を敏公の手にいじられていたけど、微睡《まどろ》みながら委ねていた。


翌朝、施設内のレストランで朝食を食べて六時すぎに出発した。

海を眺めながら海岸線を走って、人けのない砂浜までくると自転車をとめて休憩した。

「今日もきっとこれからどんどん暑くなるな～」

スポーツドリンクを飲みながら、階段をつかって砂浜へおりていく。

「午前中に都内に入れば大丈夫だろ。暑さのピークは二時からだから」

敏公も額の汗を拭ってこたえる。

太陽の光を弾く海の波へ近づいていって、波と追いかけっこして「靴ちょっと濡れた～」と笑ったら、敏公も「小学生かよ」と苦笑した。

遠くにサーフィンをしてる人たちや、散歩している人がいる。

ふたりで砂浜にならんで座って、しばらくのんびり海を見た。鳶《とんび》が頭上を飛んでいる。潮の香りがする。

「円、歌うたってみろよ」

「いいよ」

本当はすこし照れくさいけど、敏公の前では自分の歌を誇っていようと思った。胸を張る。自信を持つ。恥ずかしいことだなんて思わない。

それで、中学のときにつくった歌をうたった。

人にも自分にも表と裏があって、他人を信じたいけど裏切られるのが怖くて、自分が他人を傷つけない保証もないから好かれ続ける自信だってなくて、ひとりぼっちは楽だけど、ひとりで死んでいくのは淋しいなあ、みたいな、当時の自分まるだしの子どもっぽい女々《めめ》しい歌だ。

でも隣で聴いてくれていた敏公が、気づいたらぼろぼろ涙をこぼして泣いていた。洟をすすって、嗚咽を洩らして、眼鏡をとって涙を拭う。

たぶんこういうのを号泣《ごうきゅう》っていうんだ、と思ったらなんだか俺も泣けてきて、うたいながら一緒に泣いた。うたい終わっても、しばらくふたりでわんわん泣き続けた。

――なあ敏公、逃避行の目的ってなんだろうな。死ぬこと？　心中みたいな。

――あほか。知らない土地まで逃げていちから生きてくっていうのが逃避行だろ。

昨日あんな話をしたけど、俺たちの逃避行の目的はこれだったんだと思った。泣くこと。羞恥心がありつつも、ひと皮むけたような清々《すがすが》しさがあった。今日のことは一生忘れないだろうな、という確信も。それに、敏公とは死ぬまで友だちなんだろう、という強い想いも。

泣き終わると、ふたりで黙って自転車をこいで帰った。俺も敏公も、もうなにも話そうとしなかった。言葉じゃないもので会話をしていた。そうしておたがいが住む街まで帰ってきて、またな、とはにかみあって別れたのだった。

終業式が終わった。明日から夏休みだ。

「敏公、アイス食って帰ろうぜ～」

「……おまえ太るぞ」

「女子じゃないからいい。俺もっと肉つけたいし」

はあ、とため息をついた敏公が「だめ」と肩を竦める。

「ちょっと瀬川に頼まれ事した。いまから美術室いかないといけない」

「そうなの？　俺もつきあうよ。てかなんで美術室？　俺ら普通科じゃん」

「鍵持っていった先輩がいるから、返してもらってこいってさ。あとで美術室つかうんだと」

ふうん？　とふたりで教室をでて廊下を歩く。美術室は初めていく。

「棟が違うから面倒くさい」と愚痴る敏公に、「じゃあなにアイス食うか考えて気分盛りあげようぜ」とふってうざがられながら美術室まできたら、いきなり、「エッチしてぇー……」と聞こえてきた。

「え、なにいまの」

俺がかたまると、敏公が「しっ」と唇に人さし指を立てて美術室の隣のドアに近づく。「誰かいるな？」と敏公に訊かれて、俺がうなずいたら、もうひとりの男の声も聞こえてきた。

「――おまえな……」

「いまのままじゃおたがいに生殺しじゃないですか……ホテルいくほど大げさにするのは恥ずかしいなって思ってたけど、いい加減しんどいです。俺、夏休みバイトする」

「おまえの金でセックスしにいくなんてゴメンだ」

「またそれだ。対等だって言うくせに俺に金ださせてくれない」

「あたりまえだろ。俺はおまえに金銭的な負担をかけたくない」

「いまは肉体的な負担のほうが深刻ですっ」

ホテル、セックス、肉体的な負担とは。

「なんて言ってる？」と敏公が訊いてくるけど、どうこたえればいいかわからない。

「……なんか、セックスしたいとかなんとか言ってる。うち男子校なんだけど」

敏公が厳しい表情でうなずいたのと同時に、ちゅ、くちゅ、と水音が続いてどきっとした。

「キス魔のおっぱい魔」

「それおまえにだけだよ」

敏公のシャツをひっぱって、「き、キス、キスしてる、おっぱいって、」と訴えたら、敏公は右手で口を押さえて吹いた。笑いごとじゃねえよっ。しかもとまらない。どんどんエスカレートしている。

「やっ……だめ、最後までしてくれないなら、だめ、」

「誘ったおまえが悪い」

「もう、やだ……イク寸前まで、こんな……するの、もうつらい、」

「じゃあここも舐めるか。——男同士は準備が必要だって聞いたし、俺は正を適当な場所で抱くような扱いかたしたくないんだよ。せめて初めてするときはゆっくり抱ける場所選びたい」

「……ロマンチスト」

正……？　いま正って言ったな。そういえばこの声、松本かっ？

「おまえおたがい生殺しだって言ったけど、そのとおりだよ。俺だって辛いの我慢してるんだからな」

「や、功貴さ、ン……どうしよ、もう感じる、」

「イキそう？」

官能的な喘ぎ声にごくっと唾を呑みこんだ。「ねえ敏公、これ……」と言いかけたら、敏公も「松本と矢浪さんっぽいな」とうなずく。

「す、すぐ……でちゃいそう、」

「すこし我慢してな」

「あぁっ……」

「正」

「いさき、さ……嬉しくて、幸せで、ち……窒息死、しそう……」

もう限界だ。敏公の腕をひっぱって「帰ろうっ」とその場から離れる。廊下を走ってすすんで階段をおり、自分たちの校舎の下駄箱へ。

「あのふたりがデキてたとはなあ」

敏公はすずしい顔だ。俺はおまえより鮮明に聞こえてんだぞ、と八つあたりしたくなる。

「円、顔が赤い。人の喘ぎ声聞いて興奮したか？」

「うっせーなっ」

「可愛いね」

靴を履きかえて正門をでた。瀬川は自分で鍵とりにいけよって感じだ。

「なあ敏公……セックスって、ち、窒息死しそうになるぐらい、気持ちいいのかな」

「さあ」

「さあって、おまえわかんないのかよ。まさか童貞？」

「悪いか」

「うそ……敏公はしまくってるんだと思ってた。だっておまえ不良じゃん」

「勝手なイメージで人のこと判断するな」

恋愛しないとは聞いてるけど、セックスはまたべつかと思っていた。外見だけなら格好いいし、女子も放っておかなかっただろうなと。

「……ぷっ」

敏公の横顔をじっと見て考えていたら、笑えてきた。

「敏公が童貞って笑えるっ……」

腹を抱えてから笑う。すると敏公がむっとした。

「じゃあさせろよ」

「へ」

「円が俺に童貞捨てさせてくれればいいだろ」

「はあ？　なんでそんな話になるんだよっ、女子としろ、女子とっ」

「窒息死させてやるよ、服毒自殺よりいいんじゃない？」

「童貞のくせに大口叩くな、ばか」

「勉強する」

クソ真面目な返答と表情がおかしくて、怒っていたのにまた吹きだしてしまった。

「敏公も充分可愛いわ」


高校の夏休みは一年時がもっとも大事だ。二年は勉強が必要だし、三年は夏休みなどない。

俺は近所のコンビニでバイトしながら友だちと遊びくるった。

俺に興味を持ってくれていた小野田と電話番号を交換していて、小野田が友だちと遊ぶときに呼んでくれたから、プールやお祭りや花火大会にでかけて夏を満喫できた。小野田は陰口を嫌うタイプで、平和主義者のいい奴だったのも嬉しかった。

ただやっぱり小野田の陰口とか、聞きたくないことも耳に入るからストレスがたまる。

敏公とももちろん遊んだ。敏公は予備校の夏期講習の帰りに俺のバイト先のコンビニへほぼ毎日寄って「ビールください」とちょっかいだしてきたり、うちのアパートへ自転車で突然やってきたりする。

今夜も二階の部屋の窓辺でギターをひいていたら、階下から「円」と声をかけてきた。

「のれ」

自転車にまたがって、こっちを睨み見ている。

「え……のれって」

「はやく」

ほんといきなりだな～……と困った顔しながらも内心浮かれて、母さんのいないひとりの家を抜けだし、敏公の自転車のうしろに座った。

「夏期講習が休みに入ったから、おまえ時間あけとけよ」

「どういうこと？」

「俺は前期と後期しか夏期講習とってないから、中期が暇なんだ。おまえ小野田たちと遊ぶのやめて俺といろ」

敏公は俺が小野田たちと遊んでいると教えてから機嫌が悪い。

「強引だなあ。べつにいいけど、日中はバイトがあるよ」

「夜のほうがすずしいからちょうどいいな」

それで敏公がこぐ自転車で大井埠頭《おおいふとう》の海浜公園へつれていってもらって、東京湾を渡る船や、羽田《はねだ》空港から飛びたつ飛行機を眺めた。

「めっちゃ綺麗だ！」と喜んだら、「よかった」と敏公も微笑んだ。でもはしゃぐ俺らの周囲にはいちゃつくカップルがぽつぽついて肩身が狭い。

「ここってデートスポットかなあ。俺たち場違い？」

「そんなことないだろ」

飛行機がまた飛びたった。その感動の刹那、敏公が俺にキスした。いつもと違う優しめの。

「ちょ……おまえなんでちゅーすんだよ」

俺が敏公の胸を押して軽く抵抗すると、敏公はすぐに離して額だけくっつけたままにする。

「……嫌か？」

ど目の前で、女口説くイケメンみたいな言葉を囁きやがる。

「嫌っていうか、意味わかんない」

「ならわかれ」

腰を抱かれたときには、もう一度キスされていた。今度も優しく唇を舐めて、さらに情熱的に舌を入れて吸われて、脳ミソが爆発しそうになる濃厚な。舌まできたのは初めてで心臓がちぢんだ。たぶん女子的な表現でいうとこの〝きゅん〟とかいうやつ。

「……円」

呼ばれて、はい、とこたえようとしたけど無理だった。

重ためのきゅんがくるたびに「やめ」と口を離しても、敏公は俺の頬や口の端を舐めながらしばらく待ったのち、しつこく口にキスしてくる。なんなんこいつ……！

「やめ！　やめろ、ちょっと気持ちいいからやめろっ」

ガチで抵抗すると傷つきそうだから褒めてやりつつ拒絶をしめしたら、敏公は機嫌よさそうに笑って離れていった。

コーラをおごってもらって、自転車に再び二ケツして帰る。夏の夜風が気持ちいい。

「敏公俺な、新しい歌ができそうなんだよ。完成したらまた聴いてよ」

「どんな歌」

「いまの俺がいろんな人と接して感じたことの寄せ集め、みたいな歌詞のバラード」

「じゃあタイトルは『17』ってどう。俺らの年齢」

「高一だから十六じゃん」

「十六より十七のほうがタイトルとして格好いい。あと年齢ですってネタバレしたときに十六だとガキすぎるけど十七ならちょうどいい」

「おまえ作戦練りすぎじゃね……？　べつに公表なんて考えてねえし、真実でいいんだよ？」

「おまえはアーティストになれよ。それで売れろ。十七にしろよな、ラッキーセブン」

「アーティストかあ～……夢デカすぎだなあ」

母子家庭なのに母さんを泣かせるような職業だわ。

「でもこの曲はよしとくよ。共感してほしいわけじゃなくて、自己満みたいなとこあるから」

「自己満でいいだろうが」

「金の道具にしたくない。他人にいいだとか悪いだとか言われたいとも思わない。もし発表するにしても、きっとずっとあとだよ」

「そんなんじゃプロにはなれないな」

「じゃあ敏公先生が俺の完璧な人生計画立ててよ、幸せな金持ちの歌手になれるやつ」

コーラをすすりながら笑って頼むと、敏公が「いいよ」と真摯な声でこたえた。

「ちゃんと考えてやる」

その直後げふっとげっぷしたら、前から器用に手をまわして頭をぱんと叩かれた。


夏休み明けの登校初日、教室に入ったらみんな若干変わっていた。

髪がのびて、微妙に大人っぽくなった奴もいる。

小野田たちに「おはよ〜」と挨拶して、「ひさびさ〜」「おまえ灼けたなっ」と軽く談笑したあと自分の席に鞄をおいたら、ふと窓の外に校庭を歩く敏公を見つけた。敏公も気づいて、「円」と呼んでくる。

「円、聞こえてるだろ、ちょっと窓辺にこい」

言われたとおり窓辺に寄って、開け放たれた窓から外の敏公に手をふった。

「いままるに餌やってきた。あいつまだいたよ」

よかった、と返したくても、二階にいる俺の声は大声じゃないと敏公には届かないから、にっこり笑ってうんうんうなずくだけで返す。

敏公はたぶん俺だけに聞こえる声量でしゃべっている。

「あと、おまえにだされた夏休みの宿題だけどさ、それも考えてきた。人生計画ってやつ」

なに？　と首を傾げると、敏公が微笑んだ。

「好きだよ円。俺はもうおまえしか好きにならないって決めた。だからおまえも俺を好きになってほしい」

……は？

「悪いけど断らせてやれない。おまえは今日から俺の恋人で、明日も明後日も死ぬまで彼氏だからよろしく。俺といれば路頭に迷うこともないってわかるだろ。浮気もしない飽きもしない。一生円だけ愛してる。約束する」

顔が一気に熱くなった。

「いまそっちいくから、一応返事聞かせろよな」

一応ってなんだよっ。

え、ちょっと待って。まじで男同士でつきあうとか言ってんの？　敏公が？　俺と？

男子校にいておかしくなったのかあいつ。だいたい学生時代の恋なんて一生続くはずもないのに、死ぬまでとか言いやがったぞ。どんだけだよっ。

え、え、どうしよう。でも俺の返事は聞く耳持たないって言ったよな。もう俺あいつの彼氏なんだろ？　なに彼氏って。母さん泣くわ、確実に泣く。いや、けど敏公なら母さんのこともうまいこと言いくるめそうだなー……。

——一生円だけ愛してる。約束する。

腹の立つイケメンだな！　俺はおまえが臆病者だってことも知ってるんだよ。それこそ告白断ったら死んじゃうんじゃないかって予感がしてそら恐ろしいわ。

困った。どうする、もうくるぞ。

きっとあと数分。階段上がって、廊下を数メートル歩いて、ドアをあける。


「——円。……あのさ。いまの聞こえてたよな？」

鳥は太陽にくちづける

——何年経っても先生を忘れることはありません。ずっと好きです。


春。二十一歳になり、四月に入って大学四年へ進級した。

高校を卒業したあの日から、三年が経つ。

『吉沢《よしざわ》、元気にしてたか』

「はい、こんばんは。どうしたんですか？　諏訪《すわ》先生が連絡くれるのひさびさですね」

『新年度だからな。留年してたら笑ってやろうと思って』

「わー……相変わらずだ」

苦笑しながら自転車をおりて、押して歩きつつ携帯電話を持ちなおす。道の端に落ちていた桜の花びらが転がってきて、足のつま先に絡まって飛んでいった。

高二のとき担任だった諏訪先生とは、縁があってたまに連絡をとりあっている。最初も先生が『元気にしてるか』と電話をくれて、その後恋人の円《えん》さんのコンサートに誘われたりなんだりで、いまでは時折三人で遊びにいくほどの仲だ。

『外にいるのか？』

「はい。さっき大学でて家に帰るところです。大丈夫ですよ、もうアパートの前なんで」

『そうか。四年になっても大学は忙しい？』

「ですね。実験とレポートがあるんで。でも楽しいです」

『就活はしないんだっけ』

「予定どおり院にいこうと思ってますよ」

『俺の自慢話が増えるな』と諏訪先生が得意げに笑う。

「ずっと学校にいたいだけの子どもなんですよ」と謙遜《けんそん》したら、『俺とおなじじゃないか』と返ってきたから俺も一緒になって笑った。

『そういえば、先月のスノボ楽しかったよ。おまえいなくて松本《まつもと》がすごく残念がってた』

「あー……すみませんドタキャンして。俺も正《せい》さんに会いたかったな」

『また今度の冬にいこう。おみやげ買ってあるからそのうち渡す』

　縁とは不思議なもので、俺がひきあわせるかたちで諏訪先生たちは矢浪《やなみ》さんと正さんに再会し、再び交流を始めている。大人たちにかこまれて気がひけるけど、誰も俺を子ども扱いしたりしない反面、心地よく甘えさせてくれて、みんなで遊びにいくこともしばしば。

　今年の夏もキャンプしにいこう、と計画している。

『吉沢はまだひとり暮らし？　つきあってる彼女とはどうしてる』

「つきあってませんよ。まわりが勝手に冷やかしてくるだけです」

『でもキスしたんだろ？』

「それは研究室の呑み会で友だちにふざけてやられただけ。……先生、適当に記憶するぐらい興味ないなら訊かないでください。俺もいい思い出でもなんでもないんで」

『悪い悪い』

　口では謝っているが、電話のむこうで笑っている。

「先生はどうなんですか、円さんと」

『どうでもいいだろ』

「喧嘩でもした？」

『ばか。俺は自分の幸せをひけらかしたりしないんだよ』

「ごちそうさまですー」

俺も笑ったところでアパートについた。駐輪場に自転車をとめて鍵をする。

大学進学を機にひとり暮らしを始めたのはそこそこ小綺麗な二階建てアパートで、大学まで自転車で十分ほどの近場だった。おかげで壁がうすいのにサークル仲間がしょっちゅうくる。楽しいし嫌ではないものの、大家に何度か『しずかに』と注意されているから肩身が狭い。

階段で二階へあがって、自分の部屋へ。携帯電話の話し声も小さく加減する。

『じゃあ吉沢はいまだに独り身なのか』

「そうですねえ」

『大学いったら彼女のひとりやふたりできると思ってた。本当に高岡《たかおか》先生一筋なんだな』

「諏訪先生には敵いませんよ」

『うちはつきあってるけどおまえは卒業したきり一方通行だろ。縛られる必要もないのに童貞貫いてるのが偉いよ』

「……童貞は関係ないでしょ」

鞄から鍵をだしてあけると部屋へ入った。靴を脱いで自室へすすみ、灯りをつける。

『高岡先生も自分のクラスの生徒おくりだして学校辞めたぞ』

「そうなんですね。先生、二年後高岡先生の連絡先教えてくださいね」

『おまえ本当に五年待つつもりなのか』

高岡先生が学校を辞めるらしい、というのは、去年あたりから諏訪先生に聞かされていた。やっぱり手塚《てづか》先輩の件以降、上の人間や教師たちの風あたりが厳しいんですかと訊ねたところ、『精神的な問題もあるだろうけど、それが一番の原因ではなさそうだよ』とは教えてもらった。だが詳しい事情や今後については『本人に訊け』とつっぱねられてわからずじまいだ。

『五年なんてどうでもいいだろ、とっとと会いにいけばよかったのに』

「いえ、俺の気持ちを証明するためにも大事な時間なんです。って何回も言ってるでしょ」

『心底ばからしい』

「ばかだけど、まだあと二年好きでいられるんです。宣言どおりずっと好きだっただろって胸張ってつきつけてやって、それで先生に笑ってもらえたら、次の恋愛を考えていきますよ」

『好きな奴は強引に摑んで離さないぐらいでちょうどいいんだ』

「先生……俺円さんから『最初めちゃくちゃ困った』って聞いてますからね」

『困らせた記憶がないな』

「本人が言ってたんですって」

諏訪先生はほんと変わらないな、と呆れつつも、十年以上経っても亀裂や隔たりを匂わせない姿勢と愛情に感嘆する。諏訪先生と矢浪さんのところは常時らぶらぶだ。

『まあいい。円もまたおまえと食事したいって言ってるから、きちんと進級できた祝いに会わないか。先生がおごってやるよ』

「いきます、ありがとうございます。もうすっごい高級料理期待してます」

『いいよ』

かぶり気味で卑《いや》しくのっかったのに、先生はフフと機嫌よく笑って受け容れてくれた。

言葉どおり、日時とともに都内のかなり有名なレストランを指定されて驚く。

円さんとなにか嬉しいことでもあったのかな、と勘ぐったけど、それは会ったときにでも訊こうと考えて素直に礼を言い、通話を終えた。


「じゃあ、今日は俺そろそろ失礼しますー」

白衣を脱いで帰り支度をすませたあと研修室の仲間に声をかけると、お疲れです〜、という声にまじって、おなじ四年の哲哉《てつや》が「えー」とわざとぶうたれたから笑ってしまった。

「なんだよ」

哲哉は特別親しい剽軽《ひょうきん》な男で、呑み会でキスしてきた犯人でもある。

「帰らないでくださいヨ、淋しいデスー」

「おまえレポート俺に手伝わせるつもりだろ。ふざけてる暇ないからまたな」

「ケチ！　なに、呑み会とか俺聞いてないぞ。また高校ンときの友だち？」

「呑みでも友だちでもない。今夜は先生。進級祝いにレストランで夕飯おごってもらうの」

「祝いとか！　真白《ましろ》、すげえいいパパいるよな〜。俺も今月極貧だからおごられたいわー」

「パパ言うな」

レポート頑張れよ、と励ましてやって、手をふりながら退室する。約束の時間まで四十分だ。大学をでて駅へむかい、電車がくるのを待って乗車した。

三年経ってみてふり返ると、十代のころはとても窮屈な環境で生きていたな、というひと言に尽きる。

先生たちや真守《まもる》のおかげで世界はひらけたけど、大学へきたら格段と視野がひろがった。選択した学部の特徴でもあるが、周囲には獣人もたくさんいておたがいに対する理解が深い。トラウマや苦悩に共感すると親近感も湧いて自然と信頼関係が生まれ、ひとりで塞《ふさ》いでいた過去の自分がひどく幼く感じられるようになった。

――大丈夫。吉沢が思う〝ずっと〟なんてどこにもないから。おまえらの歳のころは〝未来を見とおす力〟があるよな。なにもかもわかった気になって、勝手に絶望して失望して悲観する。実際は狭い世界しか知らないのに。

――もうちょっと生きてみ。少なくとももっと自由になってるよ。

高岡先生の言葉は本当だった。十代は檻のなかで少ない知恵をつけただけの子どもだ。死ぬまで無理なんじゃないか、と当時嘆いていたことが、いまでは簡単にこなせたりする。未来がどん詰まりの暗闇だと思っていたのも未熟な妄想でしかなかった。あの窮屈な生活が社会の現実だと感じていたのも、狭い価値観が生んだ虚妄《きょもう》だった。

もしいま自分が高校生か、あるいはあのころの自分に迫られたとしても、ちょっと困るだろうと想像してしまう。二十八歳だった高岡先生が拒絶したのも納得できるし、五年後にきな、というのはかなり優しくて良心的な返答だったのもわかった。多少は成長できた証だろうか。

車窓から夕日がさして、乗客をオレンジ色に染めている。視線を落とした腕時計も眩《まぶ》しく光って、待ちあわせの時刻まであと十分をしめしている。

電車をおりると、足早に改札をでてレストランへむかった。遅刻しそうだったけど連絡するよりいったほうがはやいだろうと判断して、華やかな都会の人ごみを掻きわけて走る。

到着してレストランのドアをひらきながらいま一度時計を確認したら、ちょうど五分遅れ。ああ、諏訪先生にぐちぐち叱られるな……、とげんなりしつつ、「いらっしゃいませ」とむかえてくれた店員さんに「待ちあわせなんですが」と告げて店内を見まわしたら、遠くの窓際の席に、すっと左手をあげて微笑む人がいた。おいで、というふうに掌を上下して招いてくれる。諏訪先生じゃない。

高岡先生だ。

「あちらがおつれのかたでしょうか」

店員さんに笑顔で訊かれて、飛びかけていた意識が現実にひき戻された。

「あ……たぶん、そうです」

「ではご案内いたしますね」

修学旅行の夜を思い出す。あの最後の一時間も諏訪先生が俺たちにくれた唐突な再会だった。高岡先生だけ視界に捉えて、自分がどう歩いているのかもわからないまま席へつくと、店員さんがひいてくれた椅子に腰かけて先生とむかいあった。

白のVネックシャツに紺色のジャケットをあわせたすずしげな姿。三十二歳の先生は、髪がすこしのびて体軀《たいく》のたくましさも増し、昔以上に魅力的になっていて茫然とした。

「……あの、諏訪先生たちは、」

「ひさびさに会えたのに、第一声がほかの男の名前か？」

口端をひいていたずらっぽく苦笑され、その言葉と色気に思考がとまった。

「いや、諏訪せ、……高岡先生がくるって、聞いてなくて」

きちんと自我を保っておかないと、理由もわからないままに涙があふれそうになる。恋しくて恋しくて、胸が痛い。終わってなんかいなかったのに、ここで会えた事実にはもう一度恋が始まったような激しさがあった。

「今夜は俺だけだよ。諏訪先生に頼んだんだ」

……頼んだ。

「修学旅行のときと、おなじですね」

「自分が言ったのに五年待てなくてごめんな」

いま死にたい。

十七のころみたいに〝好きだ〟とむこう見ずに告白して、それで一瞬で人生が終わればいいのに。

「……いえ」

俺も会いたかったです、という言葉を呑みこんで、先生の視線から逃れて軽くうつむいた。

「とりあえず料理頼もうか」とうながされて、俺は先生がすすめてくれた肉料理、先生は魚料理を選び、注文してくれる先生の姿に見惚《みほ》れる。

料理の前に食前酒がすぐに運ばれてきた。

今夜の再会を、俺はどう捉えればいいんだろう。単なる進級祝いとは考えがたくて、先生が自分になにか話そうとしているのはわかる。諏訪先生とツーカーで、甘い冗談で揶揄してくるところからすると、いい加減自分のことだけ大事にして生きなさい、とまた諭される気もする。たとえば、結婚が決まったからもう俺のことは諦めろ、とか。

「吉沢、ずいぶん大人っぽくなったな」

グラスを揺らしながら艶っぽく微苦笑する先生に褒められても、自分の変化などカスほどにしか感じられなかった。

「……先生のほうが素敵です。男は歳をとるほど格好よくなりますね」

「誰と比べてるの」

「や、……普通に、一般的に、俳優とかもそうだなと思って」

意味深な冷やかしはやめてほしい。グラスに口をつける俺を見て、先生が笑っている。

「諏訪先生が吉沢とでかけるたびに俺にデジカメ画像見せつけてくるから、三年ぶんの成長は追ってたんだけどね。実際会うと全然違ったよ」

「……え、先生見てたんですか」

「見てたよ。キャンプに温泉にスノボに、みんなで楽しそうにしてたな」

諏訪先生なにしてくれてるんだ、恥ずかしい……。

「大学生活も充実してるらしいって聞いて、吉沢が友だちつくって元気にしてるの想像して、よかったなって安心してた」

放課後いつも相談にのってもらっていた時間が蘇ってくる。

夕日に満ちる美術室と準備室、机と椅子と絵の具の匂い、先生の声、苦笑い、遠い背中。

「……ありがとうございます。先生のおかげです」

想い出が感慨とともにこみあげてくると、平静を保つために食前酒を呑んではにかんだ。高校時代の自分は幼くて恥ずかしいけれど、ふり返ると二度と戻れない輝きの日々だったとも思える。先生は俺にとってその光の欠片みたいな人で、こうしているだけで存在が尊い。

「吉沢、その〝先生〟っていうのやめないか」

あ。

「諏訪先生に聞いたろ？　俺は教師も辞めたんだよ」

「はい、聞いてますけど……高岡さんって、慣れません」

「名前でどうぞ」

「無理です。恩師なんだから〝先生〟で許してください」

たえきれずきっぱり断ってしまったタイミングで料理がきた。

それぞれ肉と魚のメインの一品と、サラダとご飯が前におかれて、先生がナイフとフォークを持ったあとに自分も手にとり、そろって「いただきます」と言って食事を始める。俺のステーキは口のなかでふんわり蕩《とろ》けて、肉じゃないみたいにやわらかい。

「すごく美味《おい》しいです」と感想を言ったら、先生も「こっちの魚も美味しいよ」と教えてくれて、端を切って俺の皿にのせてくれた。俺も倣って、自分のステーキを先生にあげる。ふたりでおたがいの料理も褒めて笑いあうと、心まで溶けていきそうになった。

夢みたいだ。

「吉沢。俺が教師を辞めて望みどおりの生きかたをしようと思ったのは、吉沢のおかげなんだよ」

……望みどおりの生きかた。

「俺はもともと画家になりたかったんだ。でも自分の才能に限界感じて、周囲にも反対されて諦めた。教員免許をとるのは美大にいくために親からだされた条件だったんだけど、結果的にそれに救われて教師になったんだよ。だから教師として学校にいて、生徒が絵の世界で生きていこうとしてる姿を見てるとたまにどうしようもなく憎くなった。応援して未来へ導いてやらなくちゃいけない立場なのに、そう指導しながらも大人げなく嫉妬してたんだ。若さも才能も羨ましかった」

先生、と洩らそうとした俺の声を遮るように、

「〝先生〟って呼ばれるのが、本当はずっと嫌だったんだよ」

と微苦笑しながら告白されて、言葉を失った。

「俺が教師になったのは逃げだった。生徒に嫉妬する自分は教師としても無能だと思ってた。そこにひとりだけいた普通科の吉沢が、俺には安らぎだったんだ」

先生の本心も笑顔も、全部が衝撃だった。まさか、そんな思いを抱えていたなんて。

「俺は、先せ……翔《しょう》さんは、芸術面に興味や知識のある人が好きなんだと思ってました。だから、美術科の生徒に嫉妬してました」

「うん、そんな必要全然なかったよ」

「文化祭の絵も、下手で、がっかりさせたと思ってた」

「いや、あの絵は吉沢の一生懸命さが伝わってくるいい絵だった。俺も劣等感や羨望で雁字搦めになる前は心だけで描いてたなって、ちょっと泣きそうになったよ」

照れたように苦笑する先生が、次第に〝教師〟ではなく〝高岡翔〟に見えてくるのを感じた。神さまみたいに立派な教師ではない、人を羨んだり嫉んだり自分に失望したりもするひとりの男に変容していく。

「つまらないただの普通の男だろ」

そんなふうに淋しく言われても、俺のなかでこの人が色褪《いろあ》せることはない。

「……いいえ。親近感が湧いて、語弊《ごへい》があるかもしれないけど、嬉しいです」

唇をひいて微笑む先生が、魚にソースを絡めて口に入れる。

「吉沢が生徒だったころは、こんな話するわけにいかなくて困ったよ」

「はい。……また会えてよかったです」

「俺もよかった。吉沢がいてくれると、もう一度絵にむきあう勇気が持てる」

――俺は吉沢が想うような完璧な大人じゃないんだよ。全部話したいけど、立場的にまだ言えないことが多いし、思春期の子どもに傾倒する気もない。教師として良識のある態度は貫くよ。

あのときの先生の言葉の意味がいまになって理解できた。先生の苦悩を思うと手放しで喜ぶことはできないが、自分は役立たずの生徒だと思っていた哀しみが和らいで救われる。

「先生はこれから、絵を描いていくんですか」

「絵以外のこともしていくよ。ギャラリー経営してる友だちのツテで仕事もらえそうで」

相づちをうちながらも、先生が今日会いにきてくれた理由に納得した。

教師を辞めて再び画家を志していくうえで、俺を安らぎや勇気として求めてくれているのだ。しかも高校を卒業して三年経過したいまの俺だからこそ気兼ねなく面とむかってもう一度。

「吉沢は院にいくんだって？」

「あ、はい。そのつもりです。諏訪先生は、先生に全部話してるんですね……」

先生が口もとを押さえて上品に笑う。

「訊いたのは俺だから諏訪先生を責めるなよ」

「責めないけど、写真のこともなんでも、高岡先生に教えてたことを黙ってるのが狡いです。今日もまんまと騙されました」

「俺がひとりで待ってるって言ったら、吉沢がきてくれないと思ったんじゃない？」

返答につまって、料理に視線を落とした。

会いたかったのは事実だが、たしかに〝高岡先生が待ってるぞ〟と告げられていたら悩んだかもしれない。五年という約束に縋って、ずるずると先生を諦めずにきた時間が二年もはやく断ちきられることになるなら、心の準備がしたかった。

「吉沢」

呼ばれて我に返り、「はい」と顔をあげる。

「俺の名前は飛翔の〝翔〟なんだよ。羽をひろげて飛ぶって意味」

首を傾げたら、先生が微笑んだ。

「吉沢に呼んでほしいんだけどな」

食事を終えて店をでると、八時をすぎていた。

「ごちそうさまでした。すみません、ありがとうございます」

「こちらこそつきあってくれてありがとう。諏訪先生が決めてくれた店だったけど、結構美味しかったね」

「ごめんなさい、俺が〝いいもの食べさせろ〟って言ったせいです……」

「ふうん……犬猿の仲っぽかったのに、ふたりともなにげに仲いいよな」

いえいえ、と右手をふりながら、駅へむかってならんで歩く。

「ひとり暮らしは慣れたの」

「そうですね、あまり親に世話になりたくないんで、自炊もすこししてます」

「偉いな。得意料理は？」

「スープカレー？」

「お。カレーだったら誰でも作れるだろってつっこむところだけど、スープカレーはいいな」

他愛ない話をして笑いながら眺める葉桜の夜道は、形容しがたい幸せと寂寥に満ちていた。

学校の外で先生の隣を歩いている不思議さも喜びも、もうすぐ駅についてしまう物悲しさも、自分のなかでいっしょくたにまざりあって感情が定まらない。

対等とは言えずとも、先生が自分を大人扱いしてくれているのもわかった。高校生のころに感じていた壁や境界線が消えて、いまはどんな話もしてくれる。教師と生徒じゃなく、人間と人間として、ふたりでいる。

駅について改札をとおると、人のまばらなホームに立って電車を待った。

「吉沢、携帯番号交換しよう」

「あ、はい」

昔は拒絶されたのに、と嬉しさでまごつきながらスマフォをだし、番号とメアドを教えあう。

それにしても、先生はまだ関係を続けてくれるつもりなんだろうか、と疑問に思っていると、先生がスマフォをジャケットの胸ポケットにしまって俺にむかいあった。

「次はいつ会える」

「え。……俺たち、また会うんですか」

「嫌ならはっきり言ってもらえると助かる」

穏やかで真摯な目。ホームに電車到着のメロディがながれだした。俺がのる電車だ。

「……いまは一応土日休みですけど」

「じゃあ明後日の金曜の夜に会おう。時間と場所はまた連絡するよ」

誘ってくれる先生の温かい表情を見あげた。

先生とまた会えたら、告白してふられる想像しかしていなかった。いまそうすべきなんじゃないかと危機感に駆られつつも、口がひらかない。拒絶が怖い。電車がきてしまう。

ふいに、先生の右手に後頭部をひかれて抱き寄せられた。

「またな」

修学旅行の夜の別れ際みたいに、ほんの数秒間先生の肩につっ伏して頭が真っ白になった。

電車がきて、先生の手が離れていく。先生が微笑んでいる。

好きですとも、さよならとも、言えなかった。

頭をさげて、慌てたふりをして乗客にまぎれ、電車にのって、ドアのガラス越しに手をふり、唇だけで、また、と告げた。電車が走りだすまで、ホームに残る先生の笑みと風にながれる髪をただ見つめていた。


昔先生にもらった言葉でもうひとつ痛感しているのは、男子校は特殊だということだ。男は女を好きになる。大学の友だちやサークル仲間も男は女に飢えていて、女は男の愚痴を垂れる。高校の友だちも同様。真守も柳田《やなぎだ》先生と結婚前提でつきあい続けている。

諏訪先生や矢浪さんたちの関係は特異だし、そもそも矢浪さんは養父に正さんとのつきあいを反対されていて、諏訪先生にいたっては家族と絶縁しているそうだ。

――おまえら知らないみたいだけど俺は女好きだから。

高岡先生が異性愛者で、かつて結婚を考えた女性がいたことも知っている。

諏訪先生や柳田先生に教師の事情を聞く限りでは、卒業生と教師が交友関係を続けるのも珍しくないらしいから、高岡先生と携帯番号を交換したのも自分が特別だからだと勘違いしたりはしない。先生のためというよりほとんど自己満足だけど、このままなあなあに友人になるのはさけ、早々にふられてひと区切りつけるべきなんだろう。

携帯電話に先生がくれたメールが残っている。

『明日の夜、楽しみにしてるよ』

今度は遅刻しないように、待ちあわせた駅の改札へ十分前に到着した。

五分経過したころホームに電車が到着したらしく、下車した人たちが改札へ大挙して押し寄せ、ながれだした人の波の中心に先生を見つけた。

ヘンリーネックシャツに春物の薄手のジャケットをあわせて、ストールを巻いている。

俺は自分がゲイなのかいまだにわからず、老若男女関係なく高岡先生にしかときめかない。外見も身体つきも服装も完璧な男性なのに、どうしてか目の前にすると緊張する。格好よくて先生しか視界に入らなくなる。微笑まれると骨から溶けていきそうになる。

「こんばんは。ごめんな、待たせた？」

死ぬまで待たされてもこの笑顔に会えるならかまわない。恥ずかしいほど乙女思考だ。

「平気です。……こんばんは」

先生の案内に従って駅をでて、訊かれるまま一日どうしていたかとか、大学でどんな研究をしているのかとか話しつつ街を歩いていく。

つれてきてもらったのはギャラリーだった。

「大学時代の友だちがオーナーしてるんだよ。カフェもあるからそっちでゆっくりしよう」

友だち。そんなプライベートに立ち入っていいのか、と驚いた。

お洒落で落ちついた雰囲気のカフェはギャラリーの隣にあって、大小さまざまな絵が楽しめる空間になっている。時間が遅いせいかお客さんは俺たちしかおらず、席につくとエプロンをした顎髭《あごひげ》の男の人がやってきた。

「いらっしゃい。注文は決まりましたか」

俺にむけて丁寧に訊ねてくる。えっと、と先生に視線をむけて、先生がすすめてくれたカフェラテとシフォンケーキを頼んだ。先生はオリジナルブレンドコーヒー。

「かしこまりました」と店員が去っていくと、先生が目配せして「あいつがオーナーの堺《さかい》だよ」と教えてくれた。

「このあいだ話した、これから世話になる人」

「そうなんですね……じゃあ、ここに先生の絵って飾ってあるんですか？」

「まだないよ。いずれね」

うなずいて周囲を眺めると、そばにポストカードサイズの木々と空の水彩画がある。斜むかいにもF6号ほどの夕暮れの山の水彩画、奥には鹿の角が生えた獣人の裸の特大サイズ油絵。ぼんやり鑑賞していたら、堺さんがまたやってきて飲み物とケーキをおいてくれた。

「吉沢君だよね。翔から聞いてるよ、元生徒さんなんだって？」

「え、はい」

「すごく興味あるなあ、こいつどんな先生だった？」

いきなり砕けた口調で距離をちぢめられてうろたえる。

先生も「よせよ」と笑ってコーヒーを飲んでいる。

「え、その、せん……翔さんは、優しくて厳格で、素敵な教師でした」

堺さんが豪快に、はっはは、と笑う。

「翔が厳格だって、笑えるわ～。おまえも学校ではちゃんと先生やってたんだな。吉沢君に教えてやりたいよ、こいつの大学のころのあれこれを」

「やめてくれる」

「なあ吉沢君、恥ずかしい話がいい？　情けない話がいい？　あほな話がいい？」

　大学のころの先生……。

「じゃあ、恥ずかしい話から、」

「吉沢。おまえも全部聞こうとするんじゃないよ」

　ははは、と堺さんがまた大笑いする。

「いいじゃないか、減るもんじゃなし」

　堺さんは、先生が大学の友だち同士で呑んで泥酔して眠りこんだ挙げ句、顔に落書きされたまま講義に出席したことや、彼女とデートの日に左右全然違う靴を間違えて履いていってふられたことや、締め切りにむけて何日も徹夜で絵を描いていた時期、目覚ましをかけて仮眠をとって、いざ鳴りだしたら寝ぼけて窓から外へぶん投げたことなんかを聞かせてくれた。

「こいつ、たまに突拍子もないことしてみんなに笑われるかわいそうな奴なんだよ……」

「顔の落書きは不可抗力だろ」

「朝起きて洗ってんだから気づけよ」

「講義に遅刻しないために焦ってたんだって」

「あのときおでこに〝愛〟って描いてあって、教授に『なにが愛だ』って怒られてさ、こいつ『絵を描くことを愛してます』つって真面目にこたえたから、俺ら腹抱えて笑ってな？」

「寝ぼけてたんだよ〜……」

先生が左手で顔半分を覆って情けなさそうに苦笑する。

絵を描くことを愛してる——先日の告白を思い出して、そのころ限界や挫折《ざせつ》を感じていたんだろうかと想像したら心が揺さぶられた。しかし堺さんと過去を語る楽しそうな姿に嘘はなく、俺も安心して聞きながら仲間に入れてもらったような嬉しさを味わい、一緒に笑いあった。またすこし高岡翔さんを知ってしまった。

二時間近く話しこんだのち、夕食に先生はカレー、俺はオムライスを頼んで食べていると、堺さんと先生は絵の仕事についても話をした。傘のデザインがどうとか、専門学校の講師が云々とか、俺にはほとんど理解できなかったけれど、ふたりから伝わってくる信頼感を見守った。

堺さんに挨拶をして退店したころには、九時をまわっていた。

「もうすっかり散ったな」と葉桜並木を見あげる先生とともに、閑静な裏通りをすすんで駅へむかう。胸の奥が温かくて、感情がいささか浮ついている。

「そういえば去年手塚に会ったんだよ」

「え、手塚先輩ですか」

「薬指に指輪して『今度子どもが生まれるんです』って奥さんのスマフォ画像見せてくれた」

「結婚……？」

「幸せになってくれてよかったよ」

……そうなのか。先生のしみじみ安堵する横顔を盗み見つつ、手塚先輩のことをふり返る。

先生がよかったと言うのなら、俺もそう納得する。

「吉沢が怒るかもしれない話をしていいか？」

「なんですか。……俺、怒りませんよ」

「どうかな。これは怒られる自信があるんだ」

軽く咳払いしてから、先生が「羽のことだよ」と言う。

「俺たちは美術科と普通科で一切関わりがなくて、おまえは一年の文化祭が初対面だと思ってるみたいだけどちょっと違うんだよ。じつを言うと、俺は入学式で羽が生えたおまえに見惚れてから名前も憶えてたんだ」

「……そうなんですか」

「絵画の世界には天使もたくさんいるけど、実際目のあたりにすると生きる芸術だなって心底感動した。文化祭でうちのクラスにきたときも、内心喜んでたんだよ。でもおまえは綺麗って言われると嫌そうな顔してて」

俺が苦笑いすると、先生は俺の顔色をうかがうように軽く上半身を屈めて覗きこんできた。

「笑ってくれるってことは時効かな」

「もちろんです。いまはもう綺麗って言われたって病んだりしませんよ。大学で似たようなことに悩んでる仲間にも会えたし、諏訪先生の先輩の恋人が獣人専門のカウンセラーをしていて、いろんな経験談を聞いたら気が軽くなったんです。だから近頃は〝綺麗だね〟って言われても〝ありがとう〟って返してますよ」

「……そうか。いい出会いがあったんだな」

足もとに視線を落として「はい」とこたえた。四月なのに寒々しい風が吹き抜けていく。

先生が入学当初から自分を見ていてくれて嬉しいと、幸せだと、言っていいのかどうか駅へつくまで考え続けて、結局噤んだまま、さよならと手をふってホームで別れた。

レポートを書きながら眠ってしまった月曜の夜、先生からの着信と携帯メールが届いていたことに朝になって気がついた。

『夜分にごめんね。また会いたかったんだけど、あまり誘うと彼女に迷惑かな』

……どう返したらいいんだろう。

『つきあっている人はいません。先生こそお時間大丈夫なんですか』

返信内容を半日考えて、昼間大学の食堂から送信したら、数分後にまた返事がきた。

『俺はいまアトリエに籠ってるだけだから時間も自由にやりくりできるよ。迷惑じゃないならまた誘う。難しかったら断ってくれていいから』

携帯電話の画面に表示されている文字を数回くり返し読んで泣きたくなった。

会えるのは嬉しい。先生が俺を求めてくれるなら、癒やしとして救いとして、現状のまま関係を続けたい。恋愛話を蒸し返してふられて、その亀裂がおたがいのあいだに残ったり、先生が気まずさにたえかねて俺を遠ざけたりするようになるぐらいだったら、告白などしたくない、と欲がでてしまう。

そんな無精を見透かされたのか、水曜の夜バイト帰りに携帯電話を確認していたら諏訪先生から着信があった。届いていたメールを読む間もなく応答すると、いきなり厳しく叱られた。

『焦れったいことしてるらしいな』

意味がわかるだけにうな垂れてしまう。

『俺がなんのためにおまえらを会わせてやったかわかってるよな』

「……はい、すみません」

「はい、わかってます」

さっささとふられてばかげた片想いに終止符をうて、ということだ。たぶん諏訪先生は高岡先生から二回会ったことを聞いて、俺が友人関係に甘んじ続けているのを知ったんだろう。

『言っておくけど、俺はおまえがいまだに高岡先生を好きだって本人に教えてないからな』

「そうなんですか」

『でも大学で〝つきあえ〟って冷やかされてた女がいたことと、男とキスしたことは話した』

「なんでそんなこと」

『人それぞれペースやタイミングがあるのはわかるけど吉沢もそろそろ腹括りなさい。いいな。今日は忙しいから、また今度改めて電話するよ』

最後には教師らしい口調で叱られて、「はい」とこたえて通話を終えた。

ため息をついて、続けてメールを確認すると高岡先生からのメッセージだった。

『いまどうしてる?』

届いたのは三十分ほど前。『バイト終わりです』と返したら、『どこでなんのバイトしてるの?』と訊かれた。家の最寄り駅と、駅ビルにある本屋の名前を送ると、また返事がくる。

『近くにいるからいくよ、すこし会おう。そこのビル、観覧車があるよね。その前で待っててくれる?』

至福感と、それを覆う淋しさに心臓をひき絞られて息苦しくなった。ペースやタイミング、という諏訪先生の言葉が現実味を帯びてくる。……そうだな。今夜なのかもしれない。

深呼吸してメールをうち、覚悟を決めて送信した。

『俺も会いたいです。待ってます』

駅ビルの大観覧車はビルトインタイプで、のり口も五階にある。

チケット売り場付近で立って待っていたら、先生がエレベーターでやってきた。

「こんばんは、待たせてごめんね」

「いえ、大丈夫です。こんばんは」

五階はレストラン街なので、観覧車のほかには食事処しかない。八時すぎの夕食時だから、食事をするんだと思っていたが、先生は「のろうか」と言いだした。

「え、観覧車にですか?」

「せっかくだから夜景でも見よう」

無邪気な笑顔で誘われて、断る理由がなくなってしまう。

チケットを買ってくれた先生とともに、カップルのうしろにならんで順番でかごにのった。むかいあって、狭い空間で足がぶつからないように気をつけて座ると、だんだん上昇してビルの屋根と駐車場が足もとに低く消えていき、闇夜に輝く綺麗な街の灯《ひ》や民家の灯りが眼下にひろがっていった。

「あそこに東京タワーが見えるよ」と先生が指さす。俺もしめされた先に視線をむけて、遠くで赤く縦に光るタワーに見入る。

「綺麗ですね……思いのほか感動しました。俺、観覧車にのるの初めてです」

「初めてか。高所恐怖症とかじゃないよな」

「高所は大丈夫ですけど、風で揺れるのはすこし怖いですね」

「ああ、たしかに結構ぐらついてる」

また春の強い風がかごを左右に揺らす。……ぼきっと金具がはずれて地面に叩きつけられたら痛いだろうな。

「吉沢、こっちにくる?」

先生がシートの右端にずれて手をさしだしてきた。

「……男ふたりでならんでたらおかしいですよ」

「いいからおいで」

強引さが嬉しい反面胸に痛くて、しばし逡巡したのち観念して先生の手に自分の手をのせた。しっかり握ってくれる掌を命綱に、慎重に立ちあがって移動する。羽が邪魔で、上半身を傾けて先生のほうをむくように腰かけた。

「重みでこっち側が沈んでません?」

「平気」

先生の手が離れない。だから俺もほどくタイミングを失って離せない。やや厚みのある大きな掌と細長い指。

「前のカップル、さっきからキスしそうなんだよ」

先生に顎でうながされて正面の若干上方にいるかごを見やると、たしかに俺たちみたいに片側に寄り添っていちゃいちゃ笑っていた。

「キスはてっぺんにいった瞬間にするんじゃないですか」

「ああ、それがいまどきの恋人同士がしてる観覧車イベントなんだ」

「たぶん……」

羨ましいあまりに先生の手をこっそり握ったら、苦笑を洩らして握り返された。見あげるとやわらかく頬をほころばせる先生がいて、自分が許されているのを感じた。

先生、と呼んだ。

いま話しかけたいのは翔さんじゃなくて先生だった。

「……先生。改めて言うのもおかしいかもしれないけど、また会えてからのここ数日、ありがとうございました。俺、先生が教師だったころの思いを聞かせてくれたり、友だちに会わせてくれたりするのがとても嬉しいです。昔は先生と対等になりたくて、生徒の自分が嫌でしかたなかったから、すこしは成長できたのかなって、ほっとします」

うつむく視界の隅に街のネオンが掠める。

「本当は俺、あと二年したら約束どおり先生に会いにいくつもりだったんです。それで先生に告白して、笑ってもらって諦めようって決めてました。その五年って時間に縋ってた部分もあったんですね。諏訪先生にも、あと二年好きでいられるって言って、呆れられたりで」

喉が痛んで、笑ってごまかしたら、先生がまた手を強く握ってくれて励まされた。

「でも、」

言葉がつっかえて、目頭が熱くなる。

「……でも、先生がきてくれて、嬉しくて。これからもかまってもらいたいし、昔みたいにさやかでも安らぎを返していきたいです。だからいまきちんと、ふっておいてくれませんか」

重たくならないように明るく言ったけど、ふいに左目から涙がこぼれた。ああ、もう隠しようがないな、と気がゆるんだら、両目からどうどうあふれだしてとまらなくなってしまった。

それでも迷惑をかけたくないから笑い続けた。

「先生に会いたかったです。環境が変わっても先生が俺の軸で、ずっと変わらず支えでした。先生が教えてくれたように、たくさんの人と知りあって視野もひろがったけど、好きな人だけは変わらなかった。先生が好きです。自分じゃこの気持ちを断ち切ることができません」

先生が見えなくて、まばたきして片手で涙を拭う。

「……絶対結ばれない人と、どうして出会ったりするんだろう」

嫌ですね、と笑った声が上擦った。しゃくりあげそうになって懸命に意識をほがらかに保つ。笑い話に変えることが、最後にできる恩返しだと思った。次に口をひらいたら先生はごめんと言うだろう。……いや、先生のことだから、いままでありがとう、かもしれない。

会いたかったとも言えた。好きだとも言えた。言えなかったことが全部言えた解放感もある。不自由な恋だと嘆いていたけれど、ふり返れば叶えてもらえたことのほうが多い。それなのにこんなに涙がでる理由が自分でもよくわからなかった。

十七だった。すこし卑屈でひどく孤独で無謀で、先生だけが世界のすべてだった。

「……先生、」

外は夜なのに、自分のなかには放課後の美術室の夕焼けがいっぱいに満ちている。机や絵の具の匂い。水の冷たさ。窓の外にある木々のさざめき。部員の笑い声。高岡先生。これで本当におしまいだ。

「吉沢」

呼ばれて、我慢しきれず嗚咽が洩れたのと同時に、先生が手を離して俺の腰にまわした。

「誰と結ばれないって……？」

耳に囁かれたあと、真正面で微笑んだ先生に一瞬で唇を塞がれた。驚くほどやわらかくて、意思を持っていて強引で冷たい唇が、俺の唇を吸って口を押しひらいて、奥まで迫ってくる。胸がひき絞られて、烈しく鼓動して痛くて、混乱して昂奮して顔が熱くて、唇以外の感覚がなくなっていく。舌で歯列や上顎まで探られて、あまりの衝撃に心臓が破裂しそうになる。うまく息がつげなくて、しんどくて、限界に達してうつむいて逃げると、今度は両腕で身体を抱きしめられて「……もうすこし」と再び口を捕らえてむさぼられた。

無理、無理、と喉で唸って訴えるのに離してもらえない。身体を束縛する腕にも緊張して、じっとしていられず足が地面をこする。本当に頭がおかしくなる。眩暈がして意識が眩《くら》む。口腔を嬲る先生の舌をうっかり自分の舌で触ってしまったら、またたく間に焦りと羞恥が迫りあがってきて限界を超えた。

脱力してされるがままに翻弄されていると、ようやく先生の舌の動きがやわらいでゆっくり離れていった。

声は優しい。

「大丈夫？」

「……あまり、大丈夫じゃないです」

ひどい疲労感があって気怠《けだる》い。口腔に先生の感触が残って落ちつかない。

一生懸命呼吸していたら、先生が笑ってもう一度俺の口に軽くキスをした。羽をよけて背中を抱かれ、先生の胸のなかに強くひき寄せられる。

「俺は吉沢にまた会えてからずっと口説いてたつもりだったんだけど言葉足らずで悪かった」

先生の匂いが強すぎて、朦朧《もうろう》としながら肩に顔を押しつけた。

「え、なん……だって、先生は女性好きですよね」

「吉沢が高校生の子どもだったころ、俺は本気で恋愛する大人だったんだよ。もともと綺麗だと思ってた生徒が自分のコンプレックスを癒やしながら純粋に一途に追いかけてきてくれて、たまらなかったよ。嬉しかった。……可愛かった。会うたび毎日好きになった」

「そんな、」

「十代なんて不安定でころころ変わる時期だろ。それに吉沢は男だからこっちの衝動で縛って人生ゆがめたらいけないと思って自制してた。だけど準備室の噂をわざわざOB探してまで調べてくれたって聞いたとき折れたんだ。俺も〝いま〟の吉沢をもらっておこうって決心した。でもやっぱり神さまが許してくれなかったな」

神さまが——。

理解が追いつかなくて唖然とする俺の頭に、先生が口をつける。

「諏訪先生もさっさと会いにいけってしつこくて、やっと自分の新しい生活も定まったからむかえにきたけど、吉沢は大学でモテてるって聞いてたからようす見してた。会ったときすぐにでも抱きしめてさらいたかったよ。変わらないでいてくれて本当に嬉しい」

羽と羽のあいだの背中を撫でて抱擁された。

「空のてっぺんにいる気分だよ」

嬉しそうにそう言ってくれる。この羽じゃそんなところへはいけないのに。

「……俺、先生をてっぺんにつれていけたんですか」

「うん」

幸せだ、と首もとで言葉をつまらせてくれる先生の想いに浸った。これが現実だとは思えないのに震えるほど嬉しくて、俺もゆるゆると手を持ちあげて先生の背中にまわそうとしたら、先生がすっと身体を離した。

「幸せだけど、そろそろ一周するからしばらく我慢しよう」

濃密なひとときを断ち切られて愕然とすると、笑った先生がまた一瞬俺の唇を強く吸った。

到着して扉がひらく。夢から無情に放りだされたような名残惜《なごりお》しさが燻ってもどかしい。

まだ食事をする気分になれないなと考えていたら、先生もおなじ気持ちでいてくれたのか、「ちょっと歩こうか」と階下へ誘ってくれた。

ビルをでて街灯がやんわり照る遊歩道を歩く。近くにコーヒーショップがあったから飲み物だけ買って、芝生広場にあるベンチへ腰かけた。買い物帰りの親子や、楽しそうに談笑するカップルや、帰宅途中のサラリーマンが夜道を往き交っている。

「せん……翔さん」

先生が俺の呼び間違いを笑いつつ、「ん?」と口からコーヒーのカップを離した。

「美術準備室で最後に俺が告白したとき、先生はなんて言おうとしてくれてたんですか」

「ああ。吉沢は特別だって言うつもりだったんだよ。これ以上苦しめるぐらいなら、もう一歩踏みこんだ関係になってもいいかと思ってた」

「踏みこむ」

「卒業と同時につきあうつもりでいる、って意思表示するとかね」

「五年後じゃなくてですか」

「そう。でも手塚の件があって繊細な十代の生徒たちと接する難しさを痛感したあと、もっと教師の自覚を持って自分を律しないと駄目だって自戒したんだよ。だから吉沢にはいずれ自分から会いにいくつもりでいたけど、二十歳すぎてからにしようって決めてた。卒業生とはいえ未成年とつきあってたら自分の生徒にしめしがつかないしな」

先生の真摯な瞳を見つめて、当時の無鉄砲な自分がまた恥ずかしくなった。

〝先生〟と呼ばれるのが嫌だったと言うが、ここまで責任を重く受けとめて仕事にむきあってきた先生の誠実さを思い知ると、心から尊敬できる本物の教師だと何度となく感じ入る。

「……先生は、やっぱり立派な教師です」

先生が瞼を細めて苦笑した。

「おまえ、どこかの変態教師と俺を比べてない? 漫画やなんかの影響で麻痺してるのかもしれないけど、教師が生徒に手だししないなんて当然のことだからな?」

「く、比べてませんよ」

「むしろ好きになってるだけで完全にアウトだから」

「……アウトじゃない」

「あまりきらきらした敬愛の目で見られると抱けなくなるからやめてほしいな」

だ……。

「先生は俺相手にそういうことできるんですか。俺、男ですよ」

「そうだな。キスだけで気絶寸前だった子をこのまま家につれ帰ることはできないな」

家……先生の。

「い、きたいです」

「今度の金曜ね」

焦れて急く想いと、首が繋がったような安堵感が胸の奥で綯《な》いまぜになる。一緒にいたいのは山々だけど、今夜先生と裸になってまぐわったら死ぬ自信があった。それに明日も大学だ。

「……先生。俺、先生の恋人になれたんですか」

現実をたしかめたくて訊ねたら、ふっと笑われた。

「そうだよ。吉沢は俺の恋人で、俺は吉沢の彼氏」

彼氏。反芻する心の声さえ震える。

「でも俺、本当に絵のことはわからないし、感性も欠けてますよ」

「ああ、無理に絵の勉強しなくていいよ。〝こいつは絵を描く人間なんだな〟って知っててくれれば充分」

「知ってれば……」

「四六時中絵の話をするのも楽しいけど、おたがい描く同士だと絵に対するむきあいかたに違いがでてきたとき衝突しやすいしね」

つきあった相手はどの人も友だち関係が一番幸せだと思えた、という言葉が脳裏を掠める。あれは絵にも関係する体験談だったんだろうか。

「わかりました。でもあまり無知すぎると、今度は先生に絵関係の癒やしを求めさせてしまうかもしれないから、俺にもすこしは教えてください」

「ありがとう。大丈夫だよ。吉沢は俺が初めて全身で溺れる恋をした相手だから」

顔が真っ赤になったと思う。先生が右手で口を押さえて小さく吹いた。

「俺がこれまでしてきたのは、気があう相手と友だちの延長で恋人になる恋愛だったんだよ。自分から惚れこんだのも、弱い面を救われて落ちたのも吉沢が初めてで、正直自分にこういう恋愛ができたのかっていまでも驚いてる」

どうしよう。頭が破裂しそうだ。

「……嬉しいです。今日はこのこと嚙みしめて寝ます。まだちょっと信じられないから」

存在をすっかり忘れていた自分の抹茶《まっちゃ》ラテに気づいて、ひと口飲んだら冷めていた。

夜風も頰を冷やして、冷静さをとり戻させてくれる。

「俺も吉沢に頼みたいことがあるんだけど」

「なんですか」

「真白って呼ばせてくれないかな」

また顔が火照った。

「名字が嬉しいって言ってたから抵抗があったんだよ。でもみんな結構真白って呼ぶでしょ」

「うん、大丈夫です……お願いします」

コーヒーカップを両手で持った先生が俺を見返しながら上半身を屈めて、膝の上に肘をつく。

やや下方から覗くような見かたで観察されて、な、なに、と当惑したら、苦笑して「真白」と呼んだ。

「真白。おまえがさっきから俺のこと先生って連呼してるのは嫌がらせ……?」

片想いをこじらせているせいなのか、私服姿の先生のラフさにいまだ慣れないせいなのか、一挙手一投足が、恋人としての言葉が、途方もなく素敵な幻みたいで視界に星が散る。

「すみません……教師だったころの翔さんに話したいときは、自然とそうなっちゃって」

「俺は元教師で、真白も元生徒で、もう恋人同士なんだよ」

この人の声でこんなセリフを聞く日がくると思わなかった。

「……はい。俺、元生徒なんですね」

自分が生徒じゃなくなる未来なんかあのころは想像もできなかった。

「好きです、翔さん」

伝えた俺の目の前で、唇をひいて満面の笑みをひろげて、

「俺も好きだよ、真白」

翔さんも応えてくれる。

キスと告白の会話を何度も想い出して、心が空を飛んだまま一日過ごした。

『あーうん、よかったな。三年間ほんと焦れったかったよ』

諏訪先生には呆れ返った祝いの言葉をもらった。

「すみません……ありがとうございます」

『いままで黙ってたけど、修学旅行のあの最終日の夜あったろ？　おまえが部屋に戻ったあと、高岡先生男泣きに泣いたんだよ』

「え」

『大学いけばおまえが変わるって思ってたからだろ。そりゃそうだ。十代の子どもが、卒業したあとなんの交流もない元教師を五年も好きでいるなんて誰も信じるわけがない。環境が変わって出会いに翻弄されてどんどん変わっていく多感な歳だ。終わりを覚悟してたんだよ』

――……先生。俺いつも、どこにいても、ずっと先生の味方でいます。

俺の言葉を、どんな気持ちで聞いていたんだろう。

――心配しなくて平気だから、吉沢も自分のことを大事にしなさい。

どんな気持ちで俺にああ言ってくれたんだろう。

『自分の幸せより教師としての責任と、おまえの人生を第一に考えてたってことだよ。おまえは大事にされてるんだよ』

翔さんがあの旅館の一室で諏訪先生に見守られながら涙をこぼしてくれた姿を想ったら、俺も泣けた。

「……はい。五年だろうと十年だろうと変わらないってこれから証明していきます。俺も大事にします」

『そうしなさい。俺だったら二十歳まで絶対待たないしな』

涙をティッシュで拭いながら吹きだしてしまった。

「先生はいまも教師でしょ、危ないこと言わないでくださいよ」

『まあ、やっと毛が生えてきたような小汚い子どもを好きになることがまずないけど』

「円さんとは高校からの仲じゃないですか。円さんは小汚くなかったんですか？」

『円も小汚かったよ』

電話のむこうで『あん⁉』と円さんの声がした。さっきから猫とギターの音もしている。

「小汚くても円さんだけはいいんですね、はいはい」

『こら』

乱暴なことを言っているけど、俺は卒業したあと真守から教えてもらった秘密がある。

——じつを言うと俺が真白に近づいた理由って柳田先生のこと以外にもうひとつあるんだよ。ほら、俺学級委員長の仕事とかたまに真白にも手伝ってもらってただろ。あれ諏訪に頼まれてたんだ。おまえが友だちつくるの苦手で孤立してるっぽいから、見ててやってくれって。

諏訪先生はいじめに遭ったり、不登校になったりしている生徒のこともいつも考えている。俺たちと遊びにでかけた先でも連絡があれば長々励ましているし、卒業後も相談にのっていて、生徒に対して熱心に接しているのはみんな知っていた。諏訪先生も充分立派な教師だ。

「ねえ先生、円さんに相談があるからスピーカーにしてくれませんか」

『ん？　いいよ』と先生が音を切りかえてくれると、円さんが『真白こんばんはー』と元気に話しかけてくれた。

『愛しの高岡先生とやっとつきあい始めたんだって？　近々お祝いパーティーしようぜ。今年は夏のキャンプにもつれてきなよ、俺らもいろいろ聞きたいし』

「いろいろって怖いですね」

『片想い中のことからベッド事情まで訊きまくるぜ』

ふふふっ、と笑っている円さんを、「あ、……その、それなんですけど」ととめた。

「あの……初めてってなにか準備とか必要ですか。円さんはどうでした？」

『すげえ痛かったよ。相手がコレならわかるだろ。——あ、いてっ』

ぺちん、とどこかを叩くいい音がして、『ぶつなよ』『おまえが悪い』『悪いのおまえだろ野獣』と仲よさそうな痴話喧嘩が始まったから、聞きながらまた笑ってしまった。

『まーうちはともかく、高岡先生は話し聞く限り大人で男前だからまかせておいて大丈夫じゃない？』

「ありがとうございます。ですね、高校時代の諏訪先生と比べちゃいけなかったかなー……」

冗談を言って煽ったら円さんが再び『そうそう、だめだめ』とのっかって、諏訪先生も『おまえらな』と怒った。

笑いながら話し続けて、俺もふたりみたいに十年近く一緒にいても仲よく喧嘩していたいなと感じ入って電話を終えた。

しかし、ひとりで金曜日のことを悶々と妄想していると不安になってくる。

昔は教師と寝るのは無理だと諦めていたから大胆に望めたが、いざ現実になるとわけが違った。正さんにも相談してみようか。正さんの場合はカウンセラー目線で真面目にアドバイスをくれるか、にやっと笑ってからかわれるかまるで読めない。真守は抱く側だしな。

喜びと期待と恐怖で眠れずにいた深夜、翔さんがメールをくれた。

『おやすみ。明日楽しみにしてるね』

た、楽しみ……。

『おやすみなさい。楽しんでもらえるように努力します』

返信して枕につっ伏す。……困った。楽しませるってどうすればいいんだ。そもそも服を脱ぐタイミングもベッドに入る段階もうまく想像できない。先にシャワーを浴びるんだろうか。シャワー浴びたら服を着てでるのか？　それとも全裸のまま？　わからなすぎる……。

『真白、いやらしいこと想像してる？　俺は会えるのが楽しみだって言っただけだよ』

‼

『すみません、俺も会えるの楽しみです』

メール交換できるのも奇跡のようでまだ慣れないのに、余計ぐったりする。

自分にとって翔さんはやっぱり高校の美術室で部員に絵や木彫りの小物のつくりかたを教えていた教師の印象が強い。文化祭でたこ焼きを作っていた姿も、食べた手作り焼きそばの味も、校舎を歩いている横顔も、準備室でいつも見ていたスーツの背中も。

あの人に身体を舐めたりされるなんて。興奮する自分をさらすなんて。セックスするなんて。事件だ——と、心のなかで叫んだ瞬間携帯電話が鳴った。メールじゃない。

『なんだかテンパってるように思えるのは気のせい？』

声が笑っている。

「ごめんなさい……」

『どうしたの。露天風呂ではあっさり裸になってたのに』

「すみません、大丈夫です。……あのときは、先生が自分を意識してくれると思ってなかったから平気だった」

『〝先生〟？』

「せ、先生のときの、翔さん」

また笑われて、この低くて温かみのある声だけでも死にそうになる。

『平気だよ。真白がしたいと思えるようになるまで待つから』

「ありがとう……でもしたいです。ただ、上手にできなくて待たせたらごめんなさい」

可愛い、とひとり言っぽく呟かれて頬が熱くなった。

『明日はうちでのんびり遊ぶつもりでおいで。つれ帰りたいって冗談言ったけど、つきあい始めて最初のデートでセックスするのもおかしいでしょ。……そうだな。駅で待ちあわせて買い物して、一緒に夕飯作ろう。昔話でもしながら食べて呑んで、DVD観るなりゲームするなり、なんでもいいから朝まで怠惰にふたりでいられたら俺はそれで幸せだよ』

……夕飯、昔話、DVDにゲーム。朝まで怠惰にふたり。

部屋に入ってどうやってセックスを始めるか、そんなシミュレートばかりして焦っていた頭にほのぼのと和やかな自分たちの姿が浮かんできた。

「はい……。楽しそう。俺も翔さんといたい」

『これから週末はそうして過ごす？　同棲気分が味わえて嬉しいな』

「同せ、」

『本当は日曜まで帰したくない』

そんな言葉狡い。

「迷惑じゃなければいます。……帰らない」

『ならずっと一緒だよ』

ああもうほんとに、電話だけでこんなに浮かれてしまう自分をどうにかしたい。でも翔さんの家に招いてもらえるうえに二泊も一緒にいられる奇跡みたいな現実、受けとめきれない。

『なんのＤＶＤ観たいか希望があったら明日聞かせて』

「あ、はい。考えておきます」

そのあと、おやすみと言いあって通話を終えた。

ＤＶＤか……と、自分の好きな映画や、翔さんが好みそうな映画のリストを脳内でつくって物語の内容まで思い出し、一緒に観たときのおたがいの反応なんかを想像する。うとうとしてきたころに、あ、と我に返った。不安が消えてる。

もしかして翔さんは俺がよこしまな想像ばかりして怖がらないように、わざとＤＶＤの話をふって電話を終えてくれたんだろうか。

眠りに吸いこまれる間際に気づいて、また好きで好きでしかたなくなった。守られるばかりじゃなくて俺もきちんと至福感を返していかなきゃ——。

翌日の夕方、自宅の最寄り駅から電車で四十分の距離にある翔さんの住む町へやってきた。改札口で落ちあうと駅の正面にあるスーパーへ寄って、野菜や肉を見ながら「焼肉でも食べようか」と決め、焼肉用の肉のセットと、好みの野菜と、缶ビールを買った。

買い物中にかごを持ってくれたり、軽いほうの買い物袋を俺に持たせてくれたりする翔さんの包容力に、同棲気分ってこういうことかな、とほうける。

そして歩いて数分でついた翔さんの家は、一階に自転車屋があるマンションの三階だった。

「教師辞めたあと越してきたんだけど、ロフトとベランダのひろさに惹かれて決めたんだよ」

森林の小さな絵が飾ってある玄関で靴を脱いで、短い廊下をすすんで扉をひらくと、ひろいリビングと、左手にある立派なカウンターキッチンにむかえられた。右隅には階段があって、ロフトに繋がっている。ベランダはリビングの先の真正面、ガラス窓のむこうに見えた。

全体的に清潔感があって、リビングの木製テーブルとソファの柄や、カウンターキッチンのグラスと皿の整頓のしかたや、本棚の隙間にある車や自転車の模型がとにかくお洒落で驚嘆する。美術の人、って感じだ。

「とりあえず食事の用意しよう」と翔さんがホットプレートをだしてきてリビングのテーブルにおいてくれた。俺もキッチンに入って買い物袋から食材をだし、ふたりで皿に盛っていく。

焼肉のタレや小皿も運んでひととおり準備がすむと、テーブルの前にむかいあって座った。

ふたりで缶ビールのプルタブをあけて、「乾杯」「お疲れさまです」と笑いながらぶつけて呑み、肉と野菜を焼いて食べる。

「真白、野菜もりもり入れないで肉食べなさい」

「うん、食べます。にんじんとしいたけは時間がかかるからはやめにと思って」

おたがい焼肉のルールや、肉と野菜の食べかたのペースに違いがあって、ああだこうだ言いながらつつくのが楽しい。おなじだったのは白米も肉と一緒に食べたくなること。

「呑み会なんかだと〝女子か〟ってばかにされるんだけど、俺はご飯も食べたいんだよね」

「俺もです。ご飯は野菜とおなじ感覚で、セットで食べたい。肉だけだと物足りないです」

うんうん、とふたりでうなずきあって笑う。翔さんが奮発して高めの肉を買ってくれたおかげで、タレと一緒に口のなかで蕩けて絡みあう。とっても美味しい。

「……翔さんが食事してるとこって見たことなかったから新鮮です」

箸の綺麗な持ちかたや片頬をふくらませて咀嚼する顔は再会してから初めて知る姿で、目の前で眺めていると不思議な愛しさがこみあげる。

ビールを呑んだ翔さんが目を細めて苦笑した。

「俺は三年間ずっと諏訪先生に写真を見せびらかされてたからな。キャンプのカレーに温泉の旅館料理にスキー場のハンバーガー？　嫉妬してたからよく憶えてるよ」

「し、……え、このあいだは友だちできて安心したって言ってくれましたよね」

「恋人がいるかもしれない相手に、そこまでは言えないだろ。ようす見してたって言ったのも諏訪先生に彼女がどうとかキスがどうとか聞いてたからだよ」

諏訪……！

「それ忘れてください、恋人は翔さんが初めてだしキスも意味ないから。今年のキャンプには翔さんも誘っておいでって昨日円さんに言われました。一緒にいけたらすごく嬉しいです」

翔さんはロースをひと切れ口に入れてご飯を食べる。格好いい。

「まあ、諏訪先生は俺と真白のためにも繫がりを断たずにいてくれたんだろうけどね」

「……はい。そうですね」

「キャンプか。俺が輪に入っていいものなのかな。迷惑じゃなければお邪魔するよ」

「大丈夫。前から翔さんのことで散々からかわれててみんな知ってるし、俺の、彼氏だから」

嬉しそうに笑ってくれた翔さんと、そろってにやけた。

キャンプでは川で釣りをしよう、星を見よう、と計画して夢がひろがる。スノボもいきたいねと話した。翔さんは大学時代にはまってスキー場にかよいつめていたそうで、俺がいまだに下手だと言ったら「教えてあげるよ」と約束してくれた。スノボまでできる年上の恋人なんて素敵すぎてどぎまぎする。

やがて肉もご飯もビールもなくなって、からからに焦げた玉ねぎだけがプレートに残ったころ「真白、片づけしておくから先に風呂入ってきていいよ」とすすめられた。

「あ、俺長くなるから翔さん先に入ってください。片づけは一緒にします」

「うちユニットバスじゃないから掃除の必要はないけど」

「いいえ。羽のクズも落ちるから」

「そう？　じゃあお言葉に甘えて」と翔さんが隣室から着がえとタオルを持ってきて、廊下のほうへ消えていく。ぼうっとしてるのもなんだから、俺は小皿や空き缶をシンクに運んで簡単な片づけをした。それで洗い物を終えてテーブルを拭き、残った野菜の皿にラップをしていたら、翔さんも戻ってきた。

「ああ、片づけなくてよかったのに」

濡れ髪が格好いい……。パジャマも黒一色でお洒落すぎる。

「野菜乾いちゃうし、汚れた皿ずっと放置するのも、よくないから」

緊張して笑いながらこたえたら、テーブルにいる俺のところへ翔さんが近づいてきて左横にしゃがんだ。黙ったまま唇で笑んで、じっと顔を覗きこんでくる。濃い石けんの香りがした。髪から雫が落ちて、肩にかけているタオルへ染みる。黒いパジャマの肩先、襟のかたち。

焦ってうろたえて、目をまたたいて困惑していると、腰に翔さんの手がまわってきてひき寄せられ、唇を捕らわれた。観覧車のときと同様に強引で、熱くて、舌を強く吸われる。んん、ン、ともがいて、待っての合図をしても無視された。風呂あがりの身体が熱くて、抱きしめられると自分の肌まで熱が伝染する。……心臓、壊れる。

離れても軽いキスをしたあとまたすぐに深く求められて、解放されたのはたっぷり十分以上経過してからだった。

「……俺、キス優しくないでしょ」

鼻先があたる間近で訊かれて、呼吸を整えながら、うん、とこたえた。死にそうだ。

「嫉妬してるからだよ。はやく俺以外の感触忘れてほしい」

眩暈がする。

「ばか……」

至近距離がたえきれなくて、脱力して翔さんの右肩にうな垂れたら笑われた。

「真白がまっさらで真っ白なとき目の前にいたのに逃がしたから、妙に悔しいんだよ」

真っ白。

「俺が本当に白いなら、汚せるのはあなただけだと想う」

「そうかな」

「嫉妬なんてばかげてます」

「……うん、そうやって呆れてくれると救われる」

抱きしめられて耳や髪にもキスされた。腰をぽんぽん叩いて「風呂いっておいで」と翔さんが続ける。はい、と顔をあげて、自分からも翔さんの口に初めてキスをした。

「……優しくなくても、キスも好きです。うまく言えないけど……口で呼吸塞いで、一緒に息をついでると、ふたりで生きてるって感じがするから」

照れくさい告白をしてはにかんでごまかしたら、もう一度痛いぐらい抱きしめられた。

そして笑いあったのち、ゆっくり離れて俺も浴室へ移動した。服を脱いで入室し、軽く湯をかぶって浴槽に浸かる。

ずっとふたりでいたいのに何遍も死にそうになるから、ひとりになるとリラックスする。キスや、もらったばかりの言葉を反芻して、湯につっ伏して身もだえて、落ちつきをとり戻したあと身体を洗う。翔さん愛用のシャンプー、ボディソープ、ボディタオル。考えすぎて、十七のころに戻ってぼんやりほうけないよう、深呼吸してくり返し気持ちを立てなおす。

風呂をでる準備を始めたころ、「真白」と外から声をかけられた。

「そろそろでる？」

「はい」

「じゃあおいで」

ん？　と疑問に思ってドアをあけたら、そこにいた翔さんに白いタオルで包まれた。

「バスローブだよ、手とおしてごらん」

「え」と驚きつつも、誘導されるままバスローブを背中からじゃなく胸の前から着るかたちで袖《そで》に腕をとおしたら、腰のうしろで紐を結んでくれた翔さんに抱きあげられた。

「わっ」

ドアをしめて、廊下へつれだされる。え、え、と混乱する俺をよそに翔さんは笑ってリビングをとおりすぎ、ベランダへ繋がるガラス戸をあけた。

窓辺に立って、俺を抱きしめたまま微笑む。

「ばさばさしていいよ」

その瞬間、涙がでそうになった。この人が好きだ、と想った。

微笑み続けている翔さんの首に両腕をまわして首もとに顔を埋め、目の奥の痛みにたえた。

ドライヤーで乾かしたあとの翔さんの髪の香りと耳先の冷たさを感じながら、幸せに震える。

そうして背中に力をこめて、羽をそっとのばした。加減してゆるく前後にふる。雫がいくつか顔にかかって冷たかったけど、離れずにしがみついていた。

「……雫と夜空と羽がすごく綺麗だよ」

翔さんの声に感動があふれている。

「この羽も翔さんのですよ」

「神々しいな。ひとり占めするのは贅沢だ」

「俺にとっては翔さんをひとり占めするのが贅沢だから」

学校でみんなの教師だった人。

顔の右横に、ふんわり乾いてシャンプーの香りをただよわせている翔さんの髪がある。右手で後頭部のあたりを梳いたらドライヤーの熱がこもっていた。

すこし身体を浮かせて、また自分から口にキスをしてみた。微笑みかけると、翔さんは顎をあげ加減に唇を俺のほうへむけ続けて、離すのがはやいよ、とねだるように笑む。愛おしげに見つめてくれる瞳に負けて、照れを隠してもう一度キスをした。

自分の舌に搦む翔さんの舌を包む。足が浮いているせいで空を飛んでいるみたいに錯覚した。この人といると自分は飛べる。

目をとじておたがいの唇を吸いながら、高校の校舎や、美術室や、修学旅行の雪景色をまた想い出した。口を離した翔さんが俺の首筋に唇をつけて吸う。肩を揺らして反応したら、次は鎖骨を吸われて「ン」と声がでた。ガラス戸をしめてカーテンをひく。ソファへ移動して、腰かけた翔さんの膝にまたがる格好になった俺の喉に、翔さんが再びくちづけてくる。

バスローブがずれて、自分の肌を吸う唇もさがっていくから、見られるのが怖くてしがみついた。うしろでは、大きくひらいたバスローブの隙間を割って腰や背中を掌でじかに撫でられている。その、肌の感触をあまさず味わうような官能的な触りかたに、ぞくりと羞恥と劣情が走り抜けた。左胸に口がついた。

「あっ、ン……」

唇で覆われて、舌先で乳首を嬲られる。

声をだすのが恥ずかしくて、喉の奥で唸るしかなかった。んん、んんっ、とくり返し苦しく唸って震えていると、翔さんが愛撫をとめて俺の手を離させ、唇にキスをしながらバスローブをさげて腕から袖もとってしまった。

腰のまわりでわだかまったバスローブをそのままに、裸になった身体を抱きしめられる。

「……翔さ、ん」

先生に抱かれてる。大好きだった先生に身体ごと想われてる。そう思ったら涙がでた。

「落ちついて」

背中を撫でてくれた。

「うん、平気……。好きです。とっても好きです」

「嬉しいけど、そういうときはこう言うんだよ」

ひき寄せられて、耳に、愛してるよ真白、と囁かれた。吐息の熱さに身が竦む。

縋るように俺も翔さんの身体を抱き返して、翔さん愛してます、とこたえた。

耳もとに小さく笑い声が洩れ聞こえた。背中と、胸も右手で触って乳首をこすられる。あの先生の手だ、と想いながら朦朧と見つめて、求められるとキスに応えた。

翔さんもキスと愛撫を続けつつ上着を脱ぐ。あらわになる肌がたくましく綺麗で、どきどきするから直視できなかった。ただ、触れあう感触で胸の厚みや肌のすべらかさがわかる。そうするとまた緊張して、心臓が跳ねる。

「翔、さ……、」

俺の反応や気持ちを注意深くうかがいながら、翔さんが掌で尻を覆って指先で奥に触った。ンっ、と両腿と肩をかたくさせて強張ると、大丈夫だよ、となだめてくれる。

俺の怯えと昂奮と、翔さんの愛撫とを、ゆっくりした駆けひきでくり返して、時間をかけて翔さんが奥をほぐしていってくれた。

教師に触られていい範囲はとっくに超えている。この人は翔さんで、自分たちは恋人同士なんだと自分に言い聞かせても、肌も指も、焦がれ続けた元教師のものに違いなくて、そんな愛しい存在が自分を探っている事実を許容しきれない。

「……真白、すこし腰浮かして、俺のところに降りておいで」

そううながされたころには、ぼやけた意識の狭間で全身快感にしびれて昂ぶりきっていた。目をあけると、知らないあいだにあふれていた涙が邪魔で翔さんが見えない。左手で拭って、自我を保って、膝で立って翔さんの頭を抱き、導きに従って腰を落として身を寄せていく。

この人が欲しい、と想った。一心に、ただそれだけだった。

「ん、ンっ……」

奥に性器が触れると一瞬肩が跳ねたけど、大丈夫、好きだよ、と優しく背中を撫でてくれる手に委ねて、深呼吸してさらに身を沈めた。

翔さんの膝にぴったり座るほど挿入するのは無理だったものの、ありがとう真白、嬉しいよ、と翔さんが褒めてキスをしてくれるから、そのほうが恥ずかしくて、言わないで、俺も嬉しいから、と顔を隠してこたえた。

前にも翔さんの手がまわって俺の性器をこすりあげる。真白が気持ちいいように動いてごらん、と言ってもらって、俺は翔さんが快感を得られるように探りながら腰を揺すった。

上下するとさすがに痛みがあって辛かった。でもやめなかった。翔さん、と呼んだ。好き、ずっと好きだった、愛してる、と何度も告げた。そして先に達した俺を追うように翔さんが自分の奥でふくらんで爆ぜても、至福感と涙がやむまで長いあいだしがみついて離れずにいた。

ふたりでもう一度シャワーを浴びて汗をながし、会話の合間に何度もキスをしながらパジャマを着てロフトにあるベッドへ入った。うつぶせでしか寝られない俺を、仰むけで寝た翔さんが「おいで」と抱き寄せてくれるから、右肩にくっついて寄り添う。

「……しないって言ってたのに、しちゃいましたね」

ぼそと呟いたら笑われた。

「真白が悪いんだよ、キスで誘ってくるから」

「えっ、誘ったつもりなかった。……翔さんのバスローブ作戦が周到だったと思う」

「失礼だな、作戦なんて練ってません」

俺も笑ってしまう。

「……でも嬉しかったです。俺、翔さんの服は着られないって思ってたから」

「服が着たいの？」

「うん。修学旅行のとき、翔さんが諏訪先生のコート着たでしょ。ああいうの羨ましい」

「ああ、そういえばむっとしてたな」

翔さんが右手で俺の右手をとって、指を絡めて繋ぐ。

室内はしんとしずかで、外でたまに犬の鳴き声がした。

「……あのときもらった幸福駅の切符、ちゃんと持ってるよ」

見つめられて、嬉しくて照れて笑ったら、翔さんが続けて「あそこ見てごらん」と俺のうしろのほうを指さした。ふりむくと、本棚の片隅に小さな瓶にさして飾られた白い羽根があった。

「〝栞がわりに〟って真白がむしった羽根。あれも大事にとってた」

片想いだと信じていた淋しかった想い出が、ひとつひとつ温かく塗りかえられていく。

「……ありがとう。嬉しいです」

「真白が手を怪我したコースターもつかってる。俺は真白に宝物をたくさんもらったのになにもあげられなかったから、これから贈っていくよ。リクエストも聞くけどなにかある？」

繋いだ掌から翔さんの体温を感じた。翔さんにも俺の体温がきっと伝わっている。

「なにもない」

温かくて心地いい香りのする右肩に額をつけてこたえた。

あなただけでいい――。


眩しい朝日に瞼を照らされて目がさめた。

まばたきをしてきちんと目をひらくと、翔さんも眠たげな顔で俺を見ている。

「おはよう」

そう囁かれて、俺も「おはようございます」と微笑んだら、翔さんが俺のほうに身体を傾けて、胸に顔を埋めて甘えてきた。顔を左右に揺すられるとくすぐったくて、いや、こそばい、と笑ってしまう。そのうちうしろでパジャマのチャックをはずされているのに気がついた。

「真白の身体が見たい」

寝ぼけているにしてははっきりした口調で、どきりとする。それでも「……うん、いいよ」とうなずいて上半身を起こし、翔さんのほうをむいて上着を脱いだ。

なにが見たいのかはもうわかっている。でも恥ずかしいからうつむき加減に視線をさげて、羽を天井へむけてひろげていった。ガラスの天窓からさす朝日が背中にあたって暖かい。

「……本当に綺麗だ」

翔さんも身体を起こして俺の顎をあげ、キスをしてくれる。膝の上にひき寄せられて座ると、耳や頬を食まれながら、羽をそっと撫でられた。この人が好いてくれると、自分の身体に価値があるように思えた。この人は俺に新しい幸せをいくつもくれる。昔も、いまも。

「朝食、なにが食べたい？」

「え……なにか作ってくれるんですか」

「いいよ、俺にできるものなら」

考える間もなく決めて微笑みかけた。

あのときはひとりだったから、今度はふたりで一緒に食べたい。

「――……じゃあ、焼きそば」

あとがき

人間の住む世界に「自分たちとすこし違う人」が混在している物語です。

今作の世界で〝人外〟は差別用語で、半獣の人たちは〝獣人〟で統一されています。「違う人」に対して人間はいつだって残酷なので、獣人たちは人間以上に外見の美しさや醜さが顕著になるなか、さまざまな悩みを抱えるだろうと想像しました。自分ならどんな獣人になりたいか、あるいはどんな獣人なら我慢できるか、とも考えました。獣人は自害しても理解できる、でも人間は生きるべき、という死生観も、もしかしたら暗黙のうちにひろがっているのかもしれない。差別の上に重なる差別です。

しかしどんな世界でも、温かな想いや奇跡はたえず日常に生まれ続けるんだという希望が、このみっつの出会いのお話からお贈りできたら幸せに思います。

絵は問《とい》先生にお願いいたしました。登場人物の個性を洋服の着こなしや表情の細かな変化で描きわけて、想像どおりのリアルな人間にしてくださる問先生の力に、絵が届くたび驚嘆し、魅了されていました。わたしにとってこの作品は問先生とつくることにも意味がありました。彼らを問先生に託せたことを心から幸福に思います。

ほか、いつもお世話になっている校正者さんやデザイナーさん、担当さんを始め、ご尽力くださいました皆さまにも深くお礼申しあげます。

そして読者の皆さま、『サヨナラ・リアル』をお手にとってくださいましてありがとうございました。彼らを繋ぐ縁が、皆さまの癒やしに繋がりますよう祈っております。

朝丘　戻

朝丘先生の素敵な物語を
絵で少しだけでも伝わったら、幸いです。

とい

線香花火は彼岸花に似ている。

お盆のこの時期にあう花火だな、としんみり感じ入って見つめていると、隣で一緒にしゃがんでいる翔《しょう》さんが「綺麗だね」と微笑んだ。

「はい」

うなずいてこたえて、翔さんの甘い笑顔にも意識が奪われる。

日暮れどきとはいえまだ空も若干明るいし、おまけに正面の海辺で矢浪《やなみ》さんと円《えん》さんが着火したたくさんの噴出花火がまばゆく噴いているから、翔さんの瞳もきらきら光っている。

「おまえら、線香花火はまだはやいだろ」

諏訪《すわ》先生が五変色のススキ花火を片手にやってきた。

「いえ、もうこれが最後なんですよ。だから先に翔さんとやってました」

「そうなのか。円が大量に買いこんでたけど、あっという間になくなったな」

夏のキャンプで花火しよう、と用意してくれたのは円さんだ。円さんは少年の心を忘れていないところがあって、みんなで集まるとき必ず楽しいことを計画してきてくれる。

「諏訪、ライター貸して。俺のなくなった」

正《せい》さんもきて、諏訪先生にライターを借りて最後のススキ花火に火をつけた。

諏訪先生と正さんのススキ花火がシューと音を立ててしだれ柳のように揺れ、落ちていく。

青、緑、赤、白、と色をかえるさまが綺麗で見惚れてしまう。

「矢浪さんも結構こういうの好きだよな」

俺たちの前方ではしゃいでいる円さんと矢浪さんを眺めながら、諏訪先生が苦笑した。

「ね。いまになって子どもの遊びにハマってるんだよ」

正さんも笑う。

噴水みたいに噴きあげる花火の美しさには心をうつ魅力がある。しばし会話を忘れて見入って、シュンシュンシュン、と弱々しく消えていく瞬間の儚さにため息をつくくり返し。

「松本。そういえばあの噂ひろめてた犯人わかったんだよ。瀬川《せがわ》だった」

「せがわ？」

「一年のときの担任。終業式の日、俺と円が帰ったあと瀬川も美術準備室いって、廊下でおまえと矢浪さんの会話立ち聞きしたんだと。で、瀬川はおまえが矢浪さんに毒牙で脅されてるって勘違いして逃げ帰ったらしい。後々そのことを聞いたほかの教師から噂がひろまって、尾ひれがついていったっぽいんだよな。実際瀬川と話した教師つきとめて裏とれた」

「へえ……ま、俺は毒持ってる子と、ほかの生徒に悪い影響がなければもうかまわないけどね。それより生徒が脅されてると思ったのに逃げた瀬川につっこみたい」

「情けないことしたって自覚してたから、俺らが卒業するまで口外しなかったんじゃないか？　瀬川らしいっちゃらしいよ」

「ふうん？　俺あんまりしゃべった記憶ないからわかんないなあ」

それでいい、と諏訪先生が正さんの背中を労るように叩いた。

「正さんと矢浪さんは、結局美術準備室でなにしてたんですか？」

口を挟んだら、「内緒」「秘密」と、ふたりに口をそろえて遮断された。

「ケチ」

そこだけはいまだ教えてもらえないまま、真相も闇のなかだ。

手のなかの線香花火の光玉が落ちてしまった。諏訪先生と正さんは火の消えたススキ花火をバケツに捨てて、円さんと矢浪さんをからかいにいく。

「みんな仲がいいな」

翔さんが俺に新しい線香花火をくれつつ苦笑を洩らした。

「仲がいいのは諏訪先生たちですよ。俺は単なる元生徒で、かまってもらってる身ですから」

「いや、真白が繋いだ輪だろ。みんなが真白を可愛がってるのもわかる」

「前にも言ったじゃないですか。翔さんもちゃんと輪に入ってるんですって」

「まあ。でも真白《ましろ》の彼氏なんて、とんでもないＶＩＰ待遇だね」

肩を竦めて翔さんが笑う。俺も苦笑して返したら、口に一瞬キスをくれてから線香花火に火をつけてくれた。

ぱちぱち、と再び火花が咲いて散る。噴出花火をかこむみんなの笑い声と、潮風と波の音がさらさらながれていく。

「真白、あとで星観《み》にいこう。ここなら天の川も観られるだろうから」

「うん、楽しみ。……先生を独占してるなんて、俺のほうがまだ夢心地ですよ」

「そう？　俺は六年前に会ったときから真白のものなんだけどね」

線香花火の火が細かな雨のように小さくなって、橙色の玉がふくらんだ。

羞恥心を持てあまして花火に視線をむけていたら、玉を落とさないよう慎重に腕を固定している俺の左耳に、翔さんが息をかけて邪魔してきた。

「落ちるから、やめてください」

「やめない。〝先生〟って言った罰」

「え、また言ってた……?」

つきあい始めてから数ヶ月、無意識に〝先生〟と呼んでは叱られている。翔さんが笑いながら息をかけてきて、俺もくすぐったくて「もう言わないから」と肩でよけて笑ってしまう。

「真白と翔せんせーがいちゃついてんぞ」

円さんにばれた。

「初々しいな」

「俺たちもはるか昔あんな感じだった気がするな〜」

矢浪さんと正さんのにやけた目線が痛い。

「じゃあせっかくだからそろそろのろけ話聞かせてもらうか」

「だなー。焦らされまくったぶん、らぶらぶっぷりを披露してもらわねーとな」

諏訪先生と円さんものっかって、にやりと笑う。

「いいんですか。のろけなんて、話しだしたら朝までとまりませんよ」

翔さんが受けてたって余裕たっぷりに笑んだ。その横顔に、俺は頬がゆるみそうになる。

「上等だぜ」とこたえた円さんに便乗して、みんなが笑顔で俺たちのところへやってくる。

指の先で、線香花火は火玉がきちんとついたまま知らないあいだに消えていた――。

初出一覧

ダリア文庫をお買い上げいただきましてありがとうございます。
この本を読んでのご意見・ご感想・ファンレターをお待ちしております。

〒170-0013 東京都豊島区東池袋3-22-17　東池袋セントラルプレイス5F
(株)フロンティアワークス　ダリア編集部
感想係、または「朝丘 戻先生」「問先生」係

サヨナラ・リアル

2016年8月20日　第一刷発行

著　者
朝丘 戻

発行者
辻 政英
発行所
株式会社フロンティアワークス
〒170-0013 東京都豊島区東池袋3-22-17
東池袋セントラルプレイス5F
営業　TEL 03-5957-1030
編集　TEL 03-5957-1044
http://www.fwinc.jp/daria/
印刷所
図書印刷株式会社